LA GRANDE TRAVERSÉE

DU MÊME AUTEUR

Roman

LA GRANDE TRAVERSÉE, Actes Sud, 2019 ; Babel n° 1882.

Manga

LA GRANDE TRAVERSÉE (adapté par Haruko Kumota), Le Lézard noir, 2022.

Titre original :
Fune wo amu
Éditeur original :
Kobunsha Co., Ltd, Tokyo

ISBN 978-2-330-17997-7

SHION MIURA

LA GRANDE TRAVERSÉE

roman traduit du japonais
par Sophie Refle

BABEL

1

Araki Kōhei avait consacré sa vie – en tout cas sa vie professionnelle – aux dictionnaires.

Son intérêt pour les mots s'était éveillé tôt.

Une de ses premières découvertes concernait le mot "chien". Il avait éprouvé du ravissement en se rendant compte qu'il ne désignait pas seulement l'animal à quatre pattes.

C'était pendant un film que son père l'avait emmené voir. Couvert de sang et à l'article de la mort, un des gangsters avait gémi : "Ce chien qui s'est vendu aux flics…" Araki avait alors réalisé que "chien" signifiait ici un traître envoyé par l'ennemi.

Apprenant ce qui s'était passé, le chef de bande avait crié à ses hommes : "Bon sang de bonsoir, ne restez pas plantés là ! On ne peut pas le laisser crever comme un chien ! Allez le chercher !"

Araki s'était aperçu que "chien" avait encore un autre sens : "Abandonné de tous."

Que ce mot qui désigne un animal connu pour sa fidélité à son maître puisse aussi désigner un traître ou une personne abandonnée de tous lui avait paru étrange. Était-ce parce que la loyauté qui le caractérisait pouvait parfois le pousser à trahir les autres pour son maître ? Et sa docilité, le conduire à être délaissé de tous ? Ces qualités canines étaient peut-être liées aux sens négatifs du mot "chien".

Bien qu'il ait aimé réfléchir à ces mystères, Araki n'avait découvert que tardivement les dictionnaires, lorsque son oncle lui avait offert le *Dictionnaire japonais Iwanami* pour fêter son entrée au collège. Il s'était pris de passion pour cet ouvrage.

La quincaillerie que tenaient ses parents les occupait à plein temps. Leur objectif en matière d'éducation était que leurs enfants soient en bonne santé et ne causent de problèmes à personne. Comme la plupart des parents de cette époque, ils n'auraient pas eu l'idée de les encourager à bien travailler en classe et encore moins de leur offrir un dictionnaire.

Enfant, Araki préférait bien sûr jouer dehors avec ses amis plutôt que passer du temps à étudier. Les dictionnaires ne l'intéressaient pas spécialement. À l'école, il arrivait que ses yeux s'arrêtent sur le dos de l'unique exemplaire de dictionnaire de japonais qui se trouvait dans sa salle de classe, mais ce n'était pour lui qu'un objet parmi d'autres.

Pourquoi s'était-il senti attiré par le dictionnaire, une fois qu'il l'avait ouvert ? Il avait été enchanté par sa couverture brillante, les signes qui couvraient entièrement la surface de ses pages, et la sensation de leur papier fin sous ses doigts. Mais ce qui l'avait séduit plus que tout, c'était la concision des articles expliquant le sens de chaque entrée.

Un soir qu'il jouait bruyamment avec son frère dans le séjour, leur père leur avait lancé : "Je vais faire la grosse voix, si vous n'arrêtez pas !" Cela lui avait donné l'idée de chercher le mot *koe*, "voix", dans son dictionnaire.

Koe : 1. Son produit par les hommes ou les animaux grâce à un organe particulier situé dans la gorge. 2. Son qui y ressemble. 3. Ce qui indique la proximité d'une saison ou d'une époque.

L'article fournissait des exemples de ces différents sens. Il connaissait et utilisait certains d'entre eux, comme *koe wo ageru*, "faire la grosse voix", ou *mushi no koe*, "la voix des insectes", mais il n'aurait pas pensé à *aki no koe*, "la voix de l'automne", à savoir la proximité de l'automne, ni à *yonjū no koe wo kiku*, "entendre la voix de la quarantaine", c'est-à-dire s'approcher de la quarantaine.

Ces définitions étaient convaincantes. Il ne faisait aucun doute que *koe* avait tous ces sens, de la même manière que le mot "chien" avait plusieurs significations. Il avait découvert que les articles du dictionnaire permettent de percevoir la profondeur inattendue des mots.

Mais une partie de l'article, "un organe particulier situé dans la gorge", ne lui paraissait pas claire. Sans plus se préoccuper des remontrances paternelles ou de son frère venu se réfugier auprès de lui, il chercha les mots *tokushū*, "particulier", et *kikan*, "organe".

Tokushū : 1. Qualitativement différent de l'ordinaire. D'une nature spécifique. 2. (philosophie) Ce qui est unique, comparé à l'universel.

Kikan : partie d'un organisme vivant bien circonscrite dans l'espace, et qui remplit une fonction physiologique qui lui est propre.

Une explication qu'il comprenait sans comprendre.

Devinant qu'"organe particulier situé dans la gorge" désignait probablement les cordes vocales, il n'était pas allé plus loin dans ses recherches. Mais cet organe demeurerait un mystère pour quelqu'un qui consulterait le *Dictionnaire japonais Iwanami* en ignorant leur existence.

Loin de le décevoir, la découverte de cette imperfection lui fit concevoir encore plus d'affection pour le livre. Qu'il existe quand on se gratte un endroit que la main ne peut atteindre permet de se rendre compte de la peine que l'on se donne, ce qui est loin d'être désagréable. Cette lacune du dictionnaire permettait de mieux percevoir la passion et les efforts des hommes qui l'avaient rédigé.

Au premier regard, un dictionnaire offrait une énumération inanimée de mots, mais ces innombrables entrées, articles et exemples résultaient des réflexions avancées de quelqu'un. Quelle persévérance ! Quel attachement aux mots !

Chaque fois qu'il réussissait à mettre un peu d'argent de côté, Araki courait chez le bouquiniste du quartier. Lorsque paraissait une nouvelle édition d'un dictionnaire, il y trouvait souvent la précédente, à bas prix. Il se mit à collectionner et à comparer toutes sortes de dictionnaires de différents auteurs. Leur couverture déchirée à force d'avoir été consultée, leurs pages contenant des annotations ou des passages soulignés en rouge étaient les marques de la lutte entre auteurs et utilisateurs.

L'été de sa deuxième année de lycée, Araki, rêvant d'apporter sa pierre à l'édifice des dictionnaires comme linguiste ou grammairien, demanda à son père de lui permettre de faire des études supérieures.

— Tu veux étudier la grammaire japonaise ? Mais tu parles japonais, non ? Pourquoi aurais-tu besoin d'aller à l'université pour ça ?

— Ce n'est pas de ça qu'il s'agit.

— Tu ferais mieux de venir travailler au magasin. Ta mère a des problèmes de dos.

L'oncle qui lui avait offert son premier dictionnaire réussit à convaincre son père.

Il avait intercédé en faveur de son neveu auprès de son grand frère qui avait repris la boutique familiale, bien qu'il ne vienne le voir qu'une fois tous les deux ou trois ans. Matelot sur un baleinier, il avait découvert l'attrait des dictionnaires pendant les longues traversées sur le bateau. Le reste de sa famille le considérait comme un excentrique.

— Kōhei est plutôt sérieux, non ? Pourquoi ne pas le laisser continuer ses études ?

Araki s'était mis à bachoter avec l'énergie du désespoir et avait été admis à l'université. Pendant les quatre ans qu'il y passa, il se rendit compte qu'il n'avait pas l'étoffe d'un érudit, mais n'abandonna pas pour autant son rêve de participer à la rédaction d'un dictionnaire. La maison d'édition Shōgakkan commença la publication de son *Grand Dictionnaire de la langue japonaise* pendant sa dernière année d'études.

La rédaction de ses douze volumes qui contenaient environ quatre cent mille articles, rédigés par trois mille contributeurs, avait nécessité plus de dix ans de travail.

Trop pauvre pour s'offrir cet ouvrage qui renfermait le travail et la passion de tant de contributeurs et lui semblait émettre un éclat pur, pareil à celui de la lune dans le ciel nocturne, Araki dut se contenter de le couver d'un regard énamouré, dans la paisible bibliothèque universitaire où flottait une légère odeur de poussière.

Il ne lui serait pas donné de voir son nom sur la couverture d'une telle œuvre en tant que contributeur. Mais il avait encore la possibilité de participer à son élaboration en tant qu'éditeur. C'était ce qu'il voulait faire. Il était prêt à se dévouer entièrement aux dictionnaires.

Araki mit toute sa passion dans la recherche d'un emploi et fut embauché par Genbu Shobō, une grande maison d'édition.

— Et cela fait trente-sept ans que je m'occupe de dictionnaires.

— Si longtemps ?

— Oui. Nous nous connaissons depuis plus de trente ans et vous aviez plus de cheveux quand nous nous sommes rencontrés, dit Araki en regardant le crâne dégarni du professeur Matsumoto, assis en face de lui.

Celui-ci posa le crayon avec lequel il remplissait une fiche et rit si fort que son maigre corps d'échassier trembla.

— Et les vôtres ont aujourd'hui la couleur du givre.

Leurs pâtes de sarrasin arrivèrent à leur table. Le restaurant était rempli d'employés venus déjeuner ici. Les deux hommes mangèrent en silence. Même à de tels moments, le vieux professeur tendait l'oreille pour écouter la télévision allumée, de manière à pouvoir immédiatement noter sur une fiche tout mot ou expression inhabituels. Comme à son habitude, Araki gardait un œil sur la main droite de son interlocuteur. Obnubilé par les mots, celui-ci risquait en effet d'utiliser son crayon pour manger ses nouilles ou une baguette pour noter quelque chose.

Leur repas terminé, les deux hommes burent un verre de tisane d'orge froide.

— Quel est le premier dictionnaire que vous avez possédé, professeur ?

— Un exemplaire du *Genkai*, *La Mer des mots*, d'Ōtsuki Fumihiko, hérité de mon grand-père. L'enfant que j'étais a été très impressionné de savoir qu'Ōtsuki avait écrit ce dictionnaire tout seul, en surmontant d'énormes difficultés.

— Vous avez été impressionné mais cela ne vous a pas empêché d'y rechercher des mots scabreux, n'est-ce pas ?

— Bien sûr que non !

— Vraiment ? Comme je vous l'ai dit, le *Dictionnaire japonais Iwanami* a été mon premier dictionnaire. Quand j'étais collégien, j'ai passé beaucoup de temps à y consulter tous les mots louches que je connaissais.

— C'est pourtant un dictionnaire extrêmement correct et policé. J'imagine que vous avez été déçu.

— En effet. J'ai cherché *chinchin* : les seules définitions étaient "faire le beau", pour un chien, et "le bruit que l'eau fait quand elle bout". Aucune mention de "zizi". Mais si vous le savez, c'est que vous aussi avez cherché ce mot.

Le professeur pouffa de rire en guise de réponse.

L'heure du déjeuner s'achevait. Le restaurant s'était graduellement vidé, et la patronne vint remplir leurs verres.

— J'ai eu la joie de travailler avec vous pendant des années, professeur, mais c'est la première fois que nous évoquons des souvenirs personnels.

— Nous en avons fabriqué des dictionnaires, ensemble… Sitôt que nous en finissions un, il fallait tout de suite s'atteler à la mise à jour du précédent, si bien que nous n'avions jamais le temps de bavarder tranquillement. Le *Dictionnaire Genbu du japonais contemporain*, le *Dictionnaire Genbu des collégiens*, *La Voie des mots*… Que de souvenirs…

— Et je suis vraiment navré de ne pouvoir vous aider jusqu'au bout, dit Araki en posant les deux mains sur la table et en s'inclinant profondément.

Peut-être pris au dépourvu, le professeur, qui avait rassemblé ses fiches, courba légèrement le dos, ce qui ne lui arrivait guère.

— Vous voulez dire que vous n'avez pas réussi à retarder votre départ à la retraite ?

— Un employé n'est pas maître de son destin.

— Mais vous pourriez continuer à temps partiel, non ?

— J'ai bien l'intention de venir au bureau le plus possible… Malheureusement ma femme n'est pas en bonne santé. J'ai passé ma vie dans les dictionnaires, je n'ai jamais rien fait pour elle, et je voudrais être auprès d'elle quand je serai retraité.

— Je comprends, dit le professeur avec un entrain artificiel, sans parvenir à dissimuler son abattement. Non, je veux dire que vous avez raison. C'est votre tour de soutenir votre épouse.

Araki releva la tête. S'il décevait le professeur, il aurait failli en tant que directeur éditorial du service des dictionnaires. Il se pencha vers lui pour lui prodiguer des mots d'encouragement.

— Avant de prendre ma retraite, je vais trouver quelqu'un chez nous pour me succéder. Quelqu'un de jeune et de compétent, capable de promouvoir notre nouveau projet de dictionnaire et de diriger le service, qui saura vous apporter toute l'aide nécessaire.

— Éditer un dictionnaire n'a rien à voir avec éditer un roman ou une revue. Notre monde est très particulier. Vous croyez qu'il existe aujourd'hui une personne patiente, passionnée par les mots, pourvue aussi de la minutie qu'exige notre mission, et d'une vision assez ample pour ne pas s'y égarer ?

— Oui, j'en suis convaincu. Et si je ne trouve personne parmi les cinq cents collaborateurs de Genbu, j'irai le débaucher ailleurs. Professeur, je vous demande humblement de continuer à accorder votre soutien à Genbu Shobō.

Le professeur hocha la tête.

— J'ai été très heureux de faire des dictionnaires avec vous. Mais je ne pense pas que j'aurai encore une fois la chance de rencontrer quelqu'un de votre calibre.

Araki se mordit les lèvres en sentant un sanglot monter à sa gorge. Les trente et quelques années qu'il avait passées submergé dans les jeux d'épreuves aux côtés du professeur lui paraissaient un rêve merveilleux.

— Je vous remercie, professeur.

Devoir prendre sa retraite en laissant le nouveau projet inachevé était cruel. Les dictionnaires étaient presque tout pour lui.

Mais en voyant le regard que lui adressait le professeur, rempli d'amitié, de tristesse et d'inquiétude face à l'avenir, il eut aussi le sentiment d'être chargé d'une nouvelle mission.

Il s'était trompé en croyant que son rôle d'éditeur de dictionnaire était de mener à bien ce projet dans lequel il avait tant investi. Trouver une personne qui aimait les dictionnaires autant que lui, non, plus encore, était sa véritable mission. Pour le professeur. Pour les gens qui utilisaient le japonais, qui l'étudiaient. Et au-delà, pour ce bien précieux qu'étaient les dictionnaires.

Araki retourna à son bureau, débordant du désir de mener à bien cette dernière besogne.

Il entreprit immédiatement de demander à tous les départements éditoriaux de la maison s'il ne s'y trouvait pas quelqu'un qui correspondrait à sa quête, mais ses efforts ne furent guère couronnés de succès.

— Aujourd'hui tout le monde cherche avant tout le profit.

La récession mettait sous pression l'ensemble des départements. Seuls s'en sortaient les magazines qui engendraient des revenus publicitaires, et les livres dont le contenu ne nécessitait pas d'importantes dépenses. Mais aucun département n'avait d'employé à céder à celui des dictionnaires.

— Alors que les dictionnaires ont une bonne image, et sont moins affectés par les aléas de la conjoncture ! Plus personne aujourd'hui ne semble prêt à viser haut et à songer au futur, dit Araki, en pensant tout haut.

— Personne n'y peut rien, répondit Nishioka, émergeant soudain d'entre les rayonnages. L'élaboration d'un dictionnaire exige un investissement énorme, et une durée immense. De tout temps, les hommes ont préféré les projets rapides qui rapportent immédiatement.

Il disait vrai. La récession avait affecté le service des dictionnaires de Genbu Shobō : son budget et ses effectifs avaient été rabotés, le nouveau projet était à l'arrêt, et il n'y avait aucune garantie qu'il reparte.

Araki tourna les pages du *Vaste Jardin des mots* et de *La Grande Forêt des mots*, deux ouvrages qui ne quittaient jamais sa table de travail.

— Tsss, fit-il tout en vérifiant la différence entre "énorme" et "immense". Comment peux-tu dire une chose pareille ? C'est à cause de toi que je me trouve dans cette situation, tu le sais très bien.

— Si c'est ce que vous pensez… Toutes mes excuses.

— Tu n'es pas fait pour les dictionnaires. Même si tu te montres habile quand tu vas chercher des contributions…

— Ne soyez pas trop dur envers moi, m'sieu.

Sans quitter sa chaise à roulettes, Nishioka se rapprocha d'Araki en la faisant avancer du pied sur le sol.

— C'est précisément grâce à mon habileté que j'ai appris une chose extrêmement intéressante.

— Quoi donc ?

— Il y a apparemment dans notre entreprise quelqu'un qui est fait pour les dictionnaires.

— Où ?

Nishioka vit qu'Araki se levait de sa chaise et esquissa un sourire pour l'irriter. Il baissa ensuite la voix dans le bureau où ils étaient pourtant seuls.

— Il travaille au service commercial et il a vingt-sept ans.

— Quel idiot tu fais ! lâcha Araki en lui donnant une tape sur la tête. Il est donc entré dans la société en même temps que toi. Pourquoi ne m'en as-tu pas parlé plus tôt ?

— Vous exagérez, répondit Nishioka en se frottant le crâne avant de reculer sur sa chaise. Il n'a pas été embauché en même temps que moi, il a fait une maîtrise et c'est sa troisième année ici.

— Et il travaille au service commercial ?

— Ça m'étonnerait qu'il y soit maintenant. Il fait sans doute la tournée des librairies.

Avant même que Nishioka ait fini de parler, Araki avait quitté le bureau.

Le service des dictionnaires était situé au premier étage de l'annexe de Genbu Shobō, un vieux bâtiment en bois, haut de plafond, avec un plancher de couleur miel foncé. Les semelles d'Araki résonnèrent dans le couloir sombre et l'escalier.

Une fois en bas, il poussa la porte à deux battants, sortit. Ébloui par le vif soleil du début de l'été, il courut vers l'entrée de l'immeuble principal, haut de sept étages, sans prendre la peine de se mettre à l'ombre.

En arrivant au service commercial, il s'aperçut que, dans son impatience, il avait oublié de demander comment s'appelait ce successeur potentiel, et si c'était un homme ou une femme.

Il reprit son souffle et jeta un coup d'œil circulaire en se composant une expression neutre. Par chance, tous les employés n'étaient pas partis en tournée. Une demi-douzaine de personnes étaient assises face à leur écran d'ordinateur ou passaient des appels. Comment reconnaître celle qui était âgée de vingt-sept ans et avait fait une maîtrise ?

Tous les présents lui paraissaient avoir moins de trente ans.

La manière dont fonctionnait ce service lui parut incompréhensible. Pourquoi tous ces jeunes n'étaient-ils pas chez leurs clients ? Le mieux aurait été que seule la personne qu'il recherchait soit restée ici.

Tout en grommelant intérieurement, il remarqua le regard méfiant que lui portait la jeune femme la plus proche de lui.

— Vous cherchez quelqu'un ?

Elle aurait visiblement voulu voir décamper immédiatement celui qu'elle prenait sans doute pour un visiteur égaré, arrivé ici sans passer par l'accueil. Araki avait trente-sept ans d'ancienneté mais, comme il avait fait toute sa carrière dans le service des dictionnaires qui était logé dans l'annexe, la majorité des employés de Genbu Shobō, y compris les plus anciens, ne le connaissait pas, même de vue.

— Euh… non… enfin… fit-il, incapable de formuler la raison de sa présence.

Son regard fut attiré par un homme dans un coin du bureau. Debout devant sa table de travail, il tournait le dos à Araki. Grand et mince, en bras de chemise, les cheveux en désordre, chose surprenante pour un commercial, il mettait de l'ordre dans les rayonnages.

Il déplaça les boîtes, grandes et petites, posées sur les étagères et les aligna de sorte qu'il ne reste aucun interstice, comme s'il s'agissait d'un puzzle qu'il aurait terminé en un clin d'œil.

Araki parvint de justesse à étouffer le cri de joie qui monta dans sa poitrine en voyant cette splendide démonstration d'une qualité indispensable à la création d'un dictionnaire.

Le stade final de l'édition de ce genre d'ouvrage pose un problème ardu. Il faut faire tout tenir dans un nombre de pages fixé d'avance, qui ne peut être modifié, parce que cela aurait des répercussions sur la fabrication ou le coût, et ce dans un temps limité. Un éditeur de dictionnaires s'évertue à abréger les exemples fournis et les articles, afin de respecter ces contraintes d'espace, et la maîtrise des puzzles dont cet homme venait de faire preuve en rangeant les étagères était une qualité essentielle.

Il eut la conviction d'avoir trouvé l'homme qui saurait lui succéder dans le département des dictionnaires.

Réfrénant son enthousiasme, il se tourna vers la jeune femme.

— Que pouvez-vous me dire de ce collègue ?

— Comment ça ? répondit-elle d'un ton méfiant.

— Mon nom est Araki et je travaille au service des dictionnaires. Il a vingt-sept ans, et c'est sa troisième année ici ?

— Oui, je crois, mais vous n'avez qu'à lui demander. Il s'agit de Majimé*.

Araki hocha la tête avec satisfaction. Il faut du sérieux pour mener à bien le travail minutieux qu'exige l'édition d'un dictionnaire.

La jeune femme se tourna vers l'homme qui considérait d'un œil critique le résultat de son effort de rangement, et lui adressa la parole :

— Majimé ! Vous avez un visiteur.

* "Sérieux" en japonais. *(Toutes les notes sont de la traductrice.)*

Elle n'est décidément pas futée, pensa Araki. Il n'était pas un visiteur, mais un collègue du service des dictionnaires. L'idée qu'elle entendait le mot "visiteur" non comme signifiant "quelqu'un venu de l'extérieur", mais peut-être dans le sens premier, à savoir "une personne qui effectue une visite", le ramena au calme.

Le fait qu'elle ait appelé l'homme Majimé était plus inquiétant. À partir de quel degré de sérieux surnommait-on ainsi quelqu'un ? Araki et elle n'étaient pas des camarades de classe bavardant ensemble à la fin des cours, ni des policiers en jeans qui se côtoyaient dans un commissariat, mais des collègues au sein d'une maison d'édition. Que quelqu'un soit affublé de ce surnom conduisait à penser que ce jeune homme était l'incarnation du sérieux.

L'heure était grave. Araki le regarda avec encore plus d'attention.

L'homme s'était retourné quand la jeune femme l'avait appelé. Il portait des lunettes cerclées de métal argenté. Malgré cela, son surnom n'était pas Megané, "lunettes", mais bien Majimé. Cela devait avoir un sens. Il vint vers lui avec une démarche qui laissait deviner qu'il n'était pas à l'aise dans son long corps mince.

— Majimé, à votre service.

Araki douta d'avoir bien entendu. Il se présentait en donnant son surnom ?

Éberlué, Araki dissimula son trouble en sentant faiblir son intention de recruter cet homme dans le département des dictionnaires.

Comment pouvait-il être impudent au point de se faire appeler Majimé ? Cela ne pouvait que signifier que cette qualité avait peu de poids à ses yeux, ou au moins qu'il n'en comprenait pas l'importance. Dans les deux cas, lui confier l'édition de dictionnaires était impossible.

Le regard hostile qu'il lui adressa dut embarrasser son interlocuteur, car il passa la main dans ses cheveux en désordre et la plongea soudain dans la poche de sa chemise, comme si une idée lui était subitement venue.

— Voici, fit-il en lui tendant sa carte de visite des deux mains, le torse légèrement incliné, une posture trahissant sa maladresse et son insouciance.

On ne donne pas sa carte de visite à n'importe qui, enfin ! Et surtout pas à quelqu'un qui travaille dans la même entreprise que vous ! Dissimulant sa déception et sa colère, Araki baissa les yeux vers les mains de son interlocuteur. Ses doigts étaient longs, ses ongles propres, courts, et limés. La carte de visite indiquait :

> Majimé Mitsuya
> Service commercial
> Genbu Shobō

— Majimé Mitsuya…

— C'est moi, fit-il en souriant. Vous ne vous y attendiez pas, n'est-ce pas ?

— Euh… non. Désolé.

Araki sortit de la poche de son pantalon sa propre carte de visite.

— Araki, du service des dictionnaires.

Majimé l'accepta en s'inclinant et la lut. Son regard derrière ses lunettes était pur et serein. Sa chemise était un peu démodée, il ne devait pas faire trop attention à son apparence, mais sa peau avait l'éclat de la jeunesse. Il pourrait consacrer de longues années aux dictionnaires.

Rien chez Araki ne trahit la bouffée de jalousie qui l'envahit.

— Majimé, ce n'est pas un nom fréquent. Vous êtes d'où ?

— Je suis né à Tokyo, mais mes parents sont originaires de Wakayama. Là-bas, les grossistes étaient appelés *majimé*.

— Peut-être parce qu'au départ, leur travail était de fournir des chevaux* aux voyageurs ?

Araki fouilla ses poches à la recherche de son carnet. Comme il ne trouva pas, il écrivit au revers de la carte de visite de Majimé :

"*Majimé* : « grossiste ». Ni le *GFM* ni le *VJM* ne le mentionnent. À vérifier dans le *GDLJ*."

Bien qu'il ne le fasse pas aussi fréquemment que le professeur Matsumoto, il avait l'habitude de noter immédiatement les mots qu'il ne connaissait pas. Il consulterait les fiches lexicographiques, et s'il n'y en avait pas sur ce mot, il faudrait en rédiger une, mentionnant la source et, dans la mesure du possible, la première occurrence écrite.

Le service des dictionnaires en avait accumulé une énorme quantité. Au moment de rédiger un nouvel ouvrage, elles étaient lues et relues pour déterminer lesquelles utiliser. Depuis quelques années,

* Le premier caractère du nom Majimé est celui du cheval.

l'informatique jouait un rôle grandissant, mais les fiches demeuraient essentielles. Bien avant l'instauration des espaces non-fumeurs dans les entreprises, il était déjà strictement interdit de fumer dans la pièce où elles étaient conservées.

— On m'a souvent demandé l'origine de mon nom de famille, mais vous êtes le premier à la noter, déclara sans se démonter Majimé en observant ce qu'Araki écrivait.

Celui-ci se souvint tout à coup qu'il était là pour débaucher ce jeune homme, un objectif que sa découverte d'un mot inconnu lui avait fait sortir de l'esprit. Il toussota et rangea le crayon et la carte de visite dans la poche intérieure de son veston.

— Si quelqu'un vous demandait de définir le mot "droite", que diriez-vous ?

Une expression perplexe parut sur le visage de Majimé.

— "Droite" comme dans "côté droit", ou comme dans "idées de droite" ?

— Comme dans "côté droit".

— Eh bien…

Majimé baissa la tête et se passa à nouveau la main dans les cheveux.

— Dire : "Côté de la main avec laquelle on écrit ou on agit", cela exclut les gauchers. Mais choisir pour le définir : "Côté du corps où ne se trouve pas le cœur" n'est pas non plus possible, car il arrive que cet organe se trouve à droite. "Ce qui est à l'est quand on fait face au nord" peut être une solution, même si elle n'est pas entièrement satisfaisante.

— Et *shima*, comment le définiriez-vous ?

— Le *shima* de l'anglais *stripe* ou celui de *island*, la région de Shima, le *shima* de *yokoshima*, autrement dit, “le mal”, ou de *sakashima*, “à l’envers”, *shima*, “conjecture”, ou encore *shima*, “les quatre démons du bouddhisme”…

— *Shima* de l’anglais *island*.

— Eh bien… “Terre entourée d’eau”, peut-être. Non, cela ne suffit pas. L’île d’Enoshima est reliée à la terre par un isthme, mais c’est quand même une île. Donc… murmura Majimé, la tête penchée de côté, visiblement indécis.

Plongé dans ses réflexions, à la recherche de la complète signification du terme, il semblait avoir oublié la présence d’Araki.

— “Une terre relativement petite, entourée d’eau ou séparée du reste par l’eau” serait peut-être une possibilité. Non, cela ne suffit pas non plus. *Shima* dans le sens de “territoire d’un yakuza” n’est pas couvert. “Terre séparée de son environnement” devrait convenir, je pense.

C’est remarquable, pensa Araki. Majimé avait réussi à couvrir en quelques instants les sens de *shima*. Lorsqu’il avait posé la même question à Nishioka, celui-ci n’avait pensé qu’au sens “île” et lui avait répondu : “Ce qui flotte au milieu de la mer.” Courroucé, Araki l’avait traité d’imbécile et lui avait demandé si le dos d’une baleine et le corps d’un noyé devaient être considérés comme des îles. Nishioka avait reconnu son erreur en riant de bon cœur, avant d’ajouter qu’il ne s’était pas imaginé que trouver une réponse correcte serait si difficile.

Le visage grave, Majimé se tourna soudain vers l’étagère.

— Écoutez, je vais vérifier dans le dictionnaire.

— Ce n’est pas la peine, fit Araki en le prenant par le bras pour attirer son attention. Majimé, je vous demande de vous donner à fond dans *Daitokai*.

— *Daitokai ?* Vraiment. Bon.

Il hocha la tête et se mit à chanter à tue-tête. Les regards de tous les présents convergèrent sur lui. Araki le dévisagea, interloqué. Au bout de quelques secondes, il reconnut la mélodie de *Daitokai*, le plus grand succès des Crystal King, un groupe pop des années 1970. Il tira Majimé qui chantait faux par la manche et l'entraîna vers le couloir.

— Majimé, écoutez-moi, ce n'est pas de ça qu'il s'agit.

— Ah bon ?

Il s'arrêta de chanter, l'air déçu.

— Je suis désolé, je ne m'y connais pas en chanson.

Araki n'arrivait pas à comprendre comment le jeune homme avait pu penser qu'il lui avait demandé de chanter. Sa façon de penser n'est pas toujours facile à suivre, nota-t-il en son for intérieur. Il décida néanmoins d'expliciter sa requête.

— *Daitokai*, c'est-à-dire *La Grande Traversée*, le nom que nous avons choisi pour le nouveau dictionnaire que nous comptons lancer. Je voudrais que vous deveniez le responsable de ce projet.

— Un dictionnaire…

Majimé ouvrit toute grande la bouche et se figea. L'illustration parfaite d'une poule qui vient de trouver du grain dans un endroit inattendu, se dit Araki à qui, par association d'idées, cela rappela un passage d'un livre qu'il avait lu récemment : dans le bunraku, le théâtre de marionnettes japonais, lorsqu'il y a plusieurs récitants, celui qui est assis le plus loin du récitant principal est appelé *mamegui*, le “becqueteur”, parce qu’il ouvre la bouche comme une poule qui becquetterait. Il se demanda s’il existait un dictionnaire dans lequel ce terme figurait, et décida de le vérifier au plus vite. Il faudrait ensuite déterminer si le mot avait sa place dans *La Grande Traversée*.

Les autres employés observaient avec méfiance les deux hommes plongés dans leurs réflexions respectives.

Majimé fut le premier à en sortir.

— Écoutez, je suis désolé mais j’ai rendez-vous avec un libraire à Shibuya à 13 h 30.

— Ah bon… fit Araki.

Il consulta sa montre et vit qu’il était déjà 13 h 15. Majimé se rendit compte qu’il allait être en retard. Il partit en courant gauchement vers son bureau, où il prit son veston et un porte-documents en cuir noir.

— Je suis vraiment désolé, répéta-t-il en passant devant Araki dans le couloir.

Les cheveux en bataille, il se précipita vers l’entrée, en trébuchant deux fois au passage.

Araki avait à présent des doutes sur sa propre initiative. Majimé semblait croire que la proposition qu’il venait de lui faire concernait une seule journée de collaboration sur le projet de dictionnaire. Araki ne comprenait pas comment il avait pu arriver à cette conclusion.

Il secoua la tête pour chasser son hésitation et monta dans l’ascenseur pour engager la procédure de demande de transfert de Majimé auprès de sa hiérarchie.

Grâce à une négociation bien menée, la direction de Genbu Shobō finit par donner son feu vert à *La Grande Traversée*. Le jour où le service des dictionnaires l'apprit, Majimé y fut transféré. Il y arriva en portant un petit carton qui contenait ses effets personnels. Araki prendrait sa retraite deux mois plus tard. C'était peu, mais il poussa un soupir de soulagement en voyant entrer dans leur service le successeur qu'il avait trouvé.

Obtenir son transfert n'avait posé aucun problème. Le responsable du service commercial n'avait d'abord pas su de qui il s'agissait. Il parut ensuite content, allant jusqu'à demander à Araki s'il était certain de son choix. Le supérieur hiérarchique de ce responsable ne voyait même pas qui était Majimé.

Araki n'avait pas eu de mal à comprendre la réaction de ces deux hommes. Il n'avait pas oublié la réaction quasiment abracadabrante de Majimé quand il lui avait parlé de cette collaboration, probablement parce qu'il ne s'attendait pas du tout à ce que quelqu'un dans la maison lui reconnaisse des qualités. Il n'avait aucun poids comme employé du service commercial, et son départ ne dérangeait personne.

Araki pensait savoir pourquoi. Majimé n'y était pas apprécié. Il avait un côté indéchiffrable. Un employé normal de Genbu Shobō n'aurait pas entonné avec entrain une chanson comme il l'avait fait en se méprenant sur le sens de *Daitokai*.

Ce n'était pas la faute de Majimé. Les ressources humaines n'avaient pas bien fait leur travail en ne lui attribuant pas un poste où ses capacités pouvaient servir.

Il avait une perception précise des mots. La rigueur avec laquelle il avait cherché à répondre aux questions d'Araki était trop grande et pouvait le rendre indéchiffrable, mais il avait sans aucun doute un don pour la lexicographie.

Araki fit signe du regard à Nishioka d'accueillir Majimé. Celui-ci lui souhaita la bienvenue, s'empara de son carton, et le fit entrer dans le bureau.

— Nous manquons de personnel, et tu peux prendre n'importe quelle table. Celle-ci te convient ? demanda-t-il en lui montrant celle qui jouxtait la sienne.

Majimé s'en approcha en regardant les nombreux rayonnages.

— Oui, fit-il timidement.

— Tu as une copine ?

Nishioka avait tendance à penser que parler de filles avec un collègue était un bon moyen de faire connaissance. Araki observa sans mot dire la réaction du nouvel arrivant.

— Non.

— Dans ce cas, je vais te présenter quelqu'un quand on ira boire un verre ensemble. Donne-moi ton numéro de portable.

— Je n'en ai pas. J'ai rendu celui dont je me servais au service commercial.

— Quoi ?

Nishioka le regarda comme s'il voyait une momie déambuler sous ses yeux.

— Tu n'as pas envie d'avoir une copine ?

— Euh… Je ne me suis jamais posé la question de savoir si j'en voulais une ou un portable.

Araki remarqua le regard de détresse que lui lança Nishioka. Il se retint de lui dire ce qu'il pensait et fit preuve d'autorité.

— Ce soir, nous allons fêter ton arrivée au restaurant. J'ai réservé une table à 18 heures au Jardin des Sept Trésors. Il est temps de se mettre en route. Nishioka, va chercher Mme Sasaki.

Le professeur Matsumoto était déjà en train de boire un vin de Shaoxing à une des tables rondes et rouges du restaurant. Il s'autorisait de l'alcool une seule fois par semaine, sans pour autant abandonner son crayon à papier et ses fiches.

Sitôt assis, Araki présenta les membres de l'équipe.

— Nishioka, qui est comme il est. Et voici Mme Sasaki, qui s'occupe avant tout du classement des fiches.

Mme Sasaki, une femme d'une quarantaine d'années, inclina la tête sans sourire. Elle manquait un peu de chaleur mais était très efficace. Le service des dictionnaires n'aurait pu fonctionner sans elle. Elle avait commencé à temps partiel, mais maintenant que ses enfants étaient plus grands, elle travaillait à plein temps.

Comment Majimé et le professeur allaient-ils réagir l'un à l'autre ? Cette question préoccupait Araki. Le premier inclina la tête avec son habituelle gaucherie, puis regarda le second qui lui adressa un sourire réservé. Majimé s'inclina ensuite devant chacun de ses collègues.

Les convives trinquèrent, et la table se garnit des mets qu'ils avaient commandés. Nishioka, qui savait se conduire en société, servit le professeur en faisant attention à ne pas mettre de l'œuf de cent ans dans son assiette, parce qu'il savait que celui-ci n'en était pas friand. Et comment se débrouillait Majimé, assis à gauche du vieil homme ? Il était en train de remplir le verre de bière de Mme Sasaki. Malheureusement, la mousse déborda.

Il avait en tout cas essayé.

Araki avait l'impression de regarder un enfant de maternelle. Mme Sasaki devait partager cet état d'esprit, car elle trinqua avec Majimé sans changer d'expression.

— Et c'est quoi ton passe-temps favori ?

La question venait de Nishioka, qui faisait preuve de persévérance pour faire comprendre à Majimé ses bonnes dispositions à son égard. Celui-ci avala le morceau d'oreille de Judas qui dépassait de sa bouche, et réfléchit quelques instants.

— Euh… probablement regarder les gens prendre l'escalator dans le métro.

Un ange passa.

— C'est agréable, ça ? s'enquit Mme Sasaki d'un ton neutre.

— Oui, répondit Majimé en se penchant légèrement en avant. Quand je descends du train, je vais lentement exprès. Les autres passagers me dépassent, et s'attroupent devant l'escalator. Mais il n'y a jamais de bousculade. Deux rangs se forment naturellement, celui de gauche est statique, tandis que celui de droite est formé par des gens qui montent les marches. C'est un si beau spectacle que j'en oublie la foule.

— Il est quand même un peu bizarre, chuchota Nishioka à Araki.

Mais ce dernier échangea un regard avec le professeur, qui hocha la tête en signe d'approbation. Les deux hommes comprenaient exactement ce dont Majimé parlait.

La foule qui se presse sur le quai se range en file avant de monter sur l'escalator, de la même manière que les innombrables mots d'un dictionnaire sont classés, reliés les uns aux autres, avant de s'ordonner dans ses pages.

Majimé percevait la beauté de ce mouvement qui le réjouissait. Il était taillé pour écrire des dictionnaires.

Mû par le sentiment qu'il devait le dire, Araki prit la parole.

— Tu sais pourquoi nous avons l'intention d'appeler ce dictionnaire *La Grande Traversée* ?

Majimé était en train de croquer des cacahuètes. Il les mangeait une à une, à la manière d'un écureuil. Lorsque Mme Sasaki tapota la table du bout des doigts, pour attirer son attention, il saisit enfin que la question lui était adressée. Il fit non de la tête, tel un enfant pris en faute.

— Cet ouvrage sera un bateau pour traverser l'océan des mots, annonça Araki avec le sentiment de dévoiler le fondement de son âme. Les hommes monteront dans cette embarcation qui leur permettra de rassembler les petits points de lumière qu'ils distingueront au loin. Pour transmettre aux autres ce qu'ils pensent le plus précisément, le plus correctement possible. Sans dictionnaire, nous ne pourrions nous lancer sur cette mer des mots qui nous serait incompréhensible.

— Nous allons construire un bateau qui permettra de la traverser, déclara posément le professeur Matsumoto. D'où ce nom qu'Araki et moi avons choisi.

Majimé dut percevoir ce qui n'avait pas été dit : "Nous te confions cette mission", car il posa les deux mains sur la table et se redressa.

— Combien d'entrées avez-vous prévues ? Quelles seront ses caractéristiques ? J'aimerais que vous m'en disiez plus, demanda-t-il, les yeux brillants.

Le professeur tenait ses baguettes et son crayon à papier. Mme Sasaki sortit de son sac un grand cahier qu'elle ouvrit. Araki inspira profondément et s'apprêta à entamer la description de ce projet d'un nouveau dictionnaire.

— Mais avant ça, l'interrompit Nishioka, je pense qu'il convient de porter un toast.

D'une main, il remplit le verre du professeur de vin de Shaoxing, et de l'autre fit pivoter le plateau tournant. Les verres des autres convives se remplirent de bière.

— Pardonnez-moi mon impudence, mais je vais le porter moi-même.

Il leva son verre.

— Au lancement du bateau de notre service des dictionnaires ! Santé !

— Santé ! reprirent tous les convives en riant.

Le verre de Majimé heurta doucement celui, plus petit, du professeur.

Araki ferma les yeux, en souhaitant tout bas que Majimé fabrique un bon navire, dans lequel puissent monter un grand nombre de gens, pour une traversée longue et sûre. Un bateau capable de les soutenir, même les jours de grande tristesse.

Il était convaincu que cette équipe en était capable.

2

— Bonsoir, lança Majimé Mitsuya en rentrant dans sa chambre déserte.

Il posa son lourd cartable sur les tatamis et ouvrit la fenêtre en bois en fredonnant, comme à son habitude, une chanson qui parlait de la rivière Kandagawa, mais le filet d'eau qu'il apercevait n'était pas celle-ci, mais une rigole. Au loin, la grande roue du parc d'attractions de Kōrakuen se détachait sur fond de soleil couchant.

Il s'allongea au milieu de la pièce de six tatamis sans allumer la lumière. Bien que presque trois mois se soient écoulés depuis son transfert dans le service des dictionnaires, il ne s'y était pas encore habitué. Il travaillait de 9 heures à 18 heures, et n'avait pas à sortir avec ses clients ensuite, contrairement à son poste précédent qui lui prenait bien plus de temps. Malgré cela, il était fatigué quand il rentrait chez lui.

Aujourd'hui, il avait pris le métro avec une correspondance pour revenir de Jinbochō, où se trouvait le siège de Genbu Shobō, jusqu'à son logement de Kasuga, un trajet qu'il aurait aisément pu faire à pied, mais il avait envie de voir les passagers du métro utiliser les escalators.

Cela ne l'avait pas détendu autant qu'il l'espérait, peut-être parce que l'heure de pointe n'avait pas encore commencé. La majorité des passagers était des personnes âgées ou des femmes au foyer, et leur pratique des escalators n'était pas aussi fluide que celle des employés de sociétés. Leur flot désordonné formait par moments des bouchons et n'avait pas la beauté de l'ordre qu'il recherchait.

Il sentit un poids sur son ventre, leva les yeux, et vit Tora, comme il s'y attendait. Le chat venait le saluer chaque fois que Majimé ouvrait la fenêtre.

— Il faut que je me fasse à dîner, dit-il tout haut.

Ses seules provisions étaient des nouilles instantanées, mais il n'avait aucune envie d'aller faire des courses. Des nouilles, cela lui convenait très bien, mais pour le chat…

— Et si je te donnais des petits poissons séchés ? demanda-t-il à l'animal qui ronronnait en battant de sa courte queue sur le nombril de Majimé.

Ce n'était pas très agréable, et le chat commençait à lui peser. Tora avait grandi et grossi.

Majimé s'était installé dans cette pension de Kasuga, le Sōunsō, presque dix ans auparavant, quand il était étudiant. Il approchait aujourd'hui de la trentaine. Tora n'était plus un chaton qui miaulait tristement, trempé par la pluie, mais un gros matou roux tigré. Le Sōunsō, un bâtiment en bois avec un rez-de-chaussée et un étage, était situé dans un quartier calme qui n'avait pas changé depuis que Majimé y vivait. Peut-être était-il trop vétuste pour qu'il change, d'ailleurs.

Il alluma le néon sans se lever, en tirant le cordon qui était assez long pour qu'il puisse le faire en position allongée. Le grelot fixé à son extrémité tinta légèrement et le chat quitta enfin son ventre. Majimé en profita pour se lever.

Il soupira en voyant la pièce quasiment vide, à l'exception d'une petite table basse près de la fenêtre, dans la lumière. Il rangeait ses vêtements et ses autres possessions dans le placard. Les murs étaient recouverts d'étagères chargées de livres. Il y en avait aussi en piles sur les tatamis, effondrées pour certaines.

Ses livres ne remplissaient pas seulement sa chambre, mais toutes les autres pièces du rez-de-chaussée, que Majimé avait annexées.

Les pensions pour étudiants étaient passées de mode. Les chambres vides se multipliaient comme les feuilles d'érable qui tombent à l'automne, et Majimé était aujourd'hui le dernier locataire du Sōunsō. Il en avait profité pour mettre d'abord ses livres dans la chambre voisine de la sienne, puis dans celle adjacente à celle-ci, puis dans toutes celles du rez-de-chaussée. Pour finir, Také, la vieille dame qui tenait la pension, avait quitté la sienne pour s'installer à l'étage. Elle était très gentille, et avait accepté cela sans faire aucune difficulté.

— Les étagères remplies de livres jusqu'au plafond que tu as mises dans toutes les chambres renforcent la maison. Elles nous protégeront en cas de tremblement de terre.

Le risque était plutôt que le poids des livres ne fasse s'enfoncer le bâtiment dans le sol, mais ni Majimé ni la vieille Také ne s'arrêtaient à ce genre de détails. Elle ne lui demandait pas non plus de loyer pour les pièces qu'il avait annexées, et son locataire distrait ne payait que pour une seule chambre.

S'il est vrai qu'un intérieur reflète le caractère de celui qui y vit, je suis un être fade et desséché, couvert de poussière, incapable de bien utiliser les mots que j'accumule, pensait Majimé.

Il prit dans son placard un paquet de nouilles instantanées Nupporo Ichiban, goût sauce au soja, dont il avait acheté un carton dans le magasin discount du quartier parce qu'elles étaient très bon marché. Il s'agissait visiblement d'une contrefaçon d'une marque bien connue, et leur mode d'emploi fantaisiste indiquait qu'il fallait "porter à ébullition cinq cents litres d'eau", qu'il était "préférable de remuer les nouilles investies", et concluait : "Vous aimez les œufs, le poireau, le jambon." Cinq cents litres d'eau, cela paraissait excessif, mais l'enthousiasme de ce mode d'emploi lui plaisait. Ces derniers temps, il en mangeait souvent.

Le paquet à la main, il ouvrit une porte qui coinçait un peu et se dirigea vers la cuisine commune. Tora le suivit. Les lames du plancher grinçaient sous chacun de ses pas comme le pont d'un bateau.

Il était en train de chercher les petits poissons séchés dans le placard de la cuisine lorsque Také l'appela depuis l'étage.

— Tu es rentré, Mitsu ?

— Oui, je viens d'arriver.

Il se retourna et vit la logeuse le regarder depuis le haut de l'escalier.

— Je m'apprête à dîner, mais j'ai fait trop de ragoût. Viens manger avec moi, si ça te dit.

— Je vous remercie de votre invitation et je l'accepte volontiers.

Il gravit les marches, un paquet de nouilles dans une main, et un sachet de poissons séchés dans l'autre. Le chat le suivit.

Le séjour de Také se trouvait en haut de l'escalier. Il faisait la même taille que la chambre de Majimé. La logeuse dormait dans la pièce voisine, et la dernière de l'étage, qu'elle utilisait comme salon de réception, même si elle ne recevait quasiment aucune visite, était en passe de devenir un débarras.

Il y avait des toilettes en bas et en haut, mais comme la cuisine et la salle de bains communes, ainsi que la buanderie, se trouvaient au rez-de-chaussée, l'ambiance à l'étage était plus intime. Un séchoir à linge se dressait sur le balcon qui offrait une belle vue. Ses portes, ses fenêtres et sa rambarde étaient en bois brut et il était très différent de la loggia d'une résidence moderne.

— Excusez-moi de vous déranger, dit Majimé en enlevant ses chaussons pour entrer dans la pièce à vivre de Také.

Il s'immobilisa en voyant de l'autre côté de la vitre une gerbe de roseaux de Chine à côté d'une assiette sur laquelle étaient disposés des gâteaux ronds.

Il comprit que la fête de la mi-automne tombait aujourd'hui. Son travail le préoccupait tellement qu'il n'avait pas vu le temps passer.

Tora mangea les quelques petits poissons séchés que lui avait donnés Majimé et miaula en levant la tête vers la pleine lune, qui n'était pas encore visible. Il sortit sur le balcon lorsque son maître lui entrouvrit la porte.

Také invita son locataire à s'asseoir, ce qu'il fit en gardant le dos bien droit, à la petite table basse garnie de plats contenant des épinards bouillis, du ragoût de taro et de poulet, et du concombre à la saumure.

— Et puis il y a ça, fit la vieille dame en ajoutant une assiette de croquettes de pommes de terre qui venaient visiblement du traiteur. Quand on est jeune comme toi, on a besoin de plus que de ragoût !

Majimé vit qu'elle avait également préparé de la soupe au tofu et au miso et comprit qu'elle avait tout cuisiné à temps pour son retour. Elle remplit ensuite leurs bols de riz fumant.

— Je vous remercie, dit-il en lui adressant une courbette avant de prendre ses baguettes.

Ils mangèrent en silence.

— Cela se voit que je n'ai pas le moral ? lui demanda-t-il une fois qu'il eut fini son repas.

La vieille dame avala la dernière goutte de sa soupe avant de lui répondre.

— Tu as des problèmes au travail ?

— Il y a tellement de choses à décider que j'ai l'impression que ma tête va exploser.

— Mon pauvre garçon ! Alors que ton cerveau est ton seul point fort…

Elle exagère, pensa Majimé qui savait cependant qu'à part l'étude et la réflexion, il n'était bon à rien.

— Oui, c'est bien un problème de cerveau, répondit-il en regardant un grain de riz qui reflétait la lumière de la lampe. Quand je travaillais au service commercial, je savais ce que j'avais à faire – il suffisait que je rende visite aux libraires. Les objectifs à atteindre étaient précis, et j'y parvenais à condition de faire des efforts. C'était plus facile. Fabriquer un dictionnaire est beaucoup plus compliqué. Il faut répartir les tâches d'une manière efficace.

— Et en quoi cela te pose-t-il problème ?

— Moi, je peux penser, penser, et penser encore, mais je ne suis pas doué pour expliquer ce à quoi j'ai réfléchi. Pour faire court, je n'ai pas encore pris mes marques dans le service des dictionnaires.

La vieille Také secoua la tête comme si elle n'en croyait pas ses oreilles.

— Mitsu, en toute honnêteté, as-tu jamais vraiment réussi à trouver tes marques quelque part jusqu'à présent ? Tu passes ton temps à lire, et tu n'as jamais ramené ici d'amis ou de petite amie.

— Parce que je n'en ai pas.

— Dans ce cas, je ne comprends pas de quoi tu te plains.

Il l'écouta et se posa lui-même la question.

Majimé avait toujours été perçu comme un excentrique. À l'université comme dans son travail, les autres le maintenaient à distance. Il arrivait qu'on lui adresse la parole, par curiosité ou par sympathie, mais généralement les gens qui le faisaient s'éloignaient ensuite de lui en le regardant avec un sourire ambigu, peut-être parce que ses réponses leur paraissaient indéchiffrables. Majimé pensait pourtant s'être exprimé sincèrement.

Il s'était réfugié dans les livres parce qu'il en souffrait. Quand il lisait, son manque de don pour la conversation n'avait aucune importance. Celle qu'il menait avec les livres était profonde et lui procurait du bien-être. La lecture avait un autre avantage : quand il était encore écolier et qu'il ouvrait un livre pendant les récréations, ses camarades de classe le laissaient tranquille.

Grâce à ce goût pour la lecture, il avait été un très bon élève. Son intérêt pour les mots, qui permettent d'exprimer les sentiments, l'avait conduit à faire des études de linguistique.

Bien qu'il ait emmagasiné beaucoup de connaissances sur les mots, son aptitude à communiquer n'avait pas progressé. Cela l'attristait, mais il ne pouvait rien y changer. Il s'était presque résigné à cette incapacité lorsque son affectation au service des dictionnaires avait fait renaître l'espoir en lui.

— Si j'ai bien saisi, tu aimerais mieux t'entendre avec tes collègues, pour pouvoir fabriquer un bon dictionnaire avec eux.

Étonné, Majimé releva la tête. Elle avait raison. Il voulait communiquer, créer des liens avec les autres.

C'était exactement de cela qu'il s'agissait.

— Je viens de comprendre mon problème. Jusqu'à présent, je parlais tout seul.

— Oui, mais toi et moi, on se comprend *tsūkā*, à demi-mot, tu le sais bien.

Elle appuya sur le sommet de la thermos pour remplir d'eau chaude la théière.

— Quand même, je suis un peu étonnée de voir que tu continues à te préoccuper de ce genre de choses à ton âge. Mon petit Mitsu, tu es peut-être bon pour penser, mais pour le reste, tu es impuissant.

Majimé aurait voulu disparaître. Il se tut à nouveau, et attaqua une nouvelle croquette de la pointe de ses baguettes, en réfléchissant à l'expression *tsūkā*. C'était l'abréviation de "si l'on me dit « *tsū* », je réponds « *kā* »", il le savait. Il avait aussi lu quelque chose sur son étymologie, et se souvenait qu'elle n'avait pas été établie avec précision. C'est mieux pour un dictionnaire de ne pas mentionner l'étymologie d'un mot ou d'une expression si elle n'est pas parfaitement établie, se dit-il. Les mots naissent entre les gens qui les utilisent, sans que l'on puisse définir avec précision à quel moment.

Quand même, c'était étrange. Pourquoi n'était-ce pas "tac" quand on dit "tic", ou "Milou" quand on dit “Tintin” ? Pourquoi *tsū* et *kā* ? *Tsū*, cela faisait penser à *tsuru*, “la grue”, et *kā*, au cri du corbeau. Était-ce une référence à ce conte traditionnel dans lequel une femme est transformée en grue, et au corbeau qui l’aurait saluée en croassant quand elle s’était envolée ?

— Si je te demande de changer une ampoule, tu le fais, Mitsu, n’est-ce pas ?

— Bien sûr.

Tiré de sa rêverie par la question de Také, Majimé regarda autour de lui. De quelle ampoule parlait-elle ? Il s’efforçait de les changer avant qu’elle ne lui demande. Aurait-il failli à sa tâche ?

— Et si je t’invite à dîner avec moi, tu acceptes sans faire de manières, n’est-ce pas ? poursuivit sa logeuse en regardant la vapeur qui montait de son gobelet de thé. Eh bien, tu n’as qu’à te conduire de la même façon avec tes collègues de bureau : faire des choses pour eux et les laisser faire des choses pour toi.

Il saisit enfin que Také ne lui parlait pas d’une ampoule grillée mais cherchait à l’aider.

— Je vous remercie pour ce repas, dit-il en se courbant, le dos bien droit.

Il offrit à la vieille dame les deux paquets de nouilles instantanées qu’il avait apportés pour lui exprimer sa gratitude.

Majimé se chargea de débarrasser la table et de faire la vaisselle dans la cuisine au rez-de-chaussée. Také avait déjà pris son bain et s’était retirée dans sa chambre.

Comme il se contentait généralement d’une douche le matin, il décida de se coucher tôt, sans plus réfléchir au dictionnaire ou à ses relations avec les autres.

Il remplit d'eau fraîche la coupe de Tora, puis remit quelques petits poissons séchés et flocons de bonite dans son assiette. Il savait que la nourriture qu'il lui donnait ne constituait pas la base de son alimentation. Také croyait qu'une personne du voisinage l'alimentait en croquettes, et Majimé, que le chat se nourrissait de la chasse. Malgré sa corpulence, Tora était en effet un excellent chasseur. Il l'avait souvent vu marcher le long de la rigole, tenant fièrement dans sa gueule un moineau ou une libellule.

De retour dans sa chambre, il déroula son futon sur les tatamis, et appela tout bas le chat depuis la fenêtre. Il attendit quelque temps, mais le chat ne se montra pas. D'ordinaire, il passait ses nuits pelotonné contre les jambes de Majimé. Que lui était-il arrivé ?

Il s'allongea, éteignit la lumière, et fixa le plafond en espérant que Tora ne tarderait pas. La fenêtre n'était pas fermée.

Dans le silence nocturne, il perçut le ruissellement de l'eau plus bas. Le vent avait chassé les nuages, et la lune faisait porter l'ombre des arbres sur la vitre.

Soudain, il entendit Tora miauler, un miaulement sourd, qui pouvait être une menace ou une expression de plaisir.

Majimé se releva à moitié dans la chambre éclairée par la lumière bleuâtre de la lune. Il tendit l'oreille. Oui, c'était bien la voix de Tora. Où était-il ? Que faisait-il ?

Inquiet, il sortit de sous sa couette et mit ses lunettes. L'air était plus que frais, quasiment froid.

Il enfila ses chaussettes après en avoir rapidement reniflé l'odeur, jeta un coup d'œil dehors mais ne vit pas le chat, contrairement à ses attentes. Sa voix venait d'en haut, du balcon.

Také avait dû fermer la porte-fenêtre, ce qui se comprenait, étant donné la température extérieure.

Majimé monta l'escalier pour aller secourir le chat. Il faisait sombre dans le couloir où s'entendait le ronflement de sa logeuse. Elle n'avait pas dû remarquer les miaulements.

Il aurait été impoli de faire irruption dans la chambre d'une femme. Toutes les fenêtres de l'étage donnaient sur la véranda, et il n'avait pas besoin de la réveiller pour y accéder.

Il ouvrit la porte de la pièce dans laquelle ils avaient dîné. La pension n'ayant plus qu'elle et lui pour occupants, les portes des chambres n'étaient pas fermées à clé.

— Excusez-moi de vous déranger, dit-il cependant en entrant dans la pièce à vivre.

La lumière de la pleine lune était plus vive qu'il ne le pensait. Il s'approcha de la fenêtre sans allumer.

La gerbe de roseaux de Chine et l'assiette de gâteaux avaient disparu.

Také les avait-elle rangés ? Ou bien Tora les aurait-il mangés ? Soupçonneux, Majimé ouvrit la fenêtre. Le miaulement du chat était proche.

— Ça suffit, tu n'as pas besoin de miauler comme ça.

Il enjamba le rebord de la fenêtre et sortit sur le balcon.

— Je suis venu te chercher.

Il s'apprêtait à ajouter : "Tora !" lorsqu'il tourna la tête et découvrit que la gerbe de roseaux et l'assiette de gâteaux se trouvaient à présent devant la fenêtre de la pièce de réception. De plus, une jeune fille était debout sur la terrasse, le chat dans ses bras.

Majimé poussa un cri de surprise. La jeune fille, qui fixait la lune du regard, tourna lentement les yeux vers lui et scruta son visage. Elle était aussi belle de profil que de face. Incapable de bouger, comme si quelqu'un lui avait jeté un sort, il s'immobilisa avec le sentiment d'être au mauvais endroit.

Le vent souleva doucement les longs cheveux noirs de l'inconnue qui lui sourit.

— Ah… je suis contente que vous soyez venu, dit-elle d'un ton vif, légèrement malicieux.

Il crut reconnaître sa voix. La pleine lune aurait-elle fait rajeunir Také par magie ? Majimé se posa la question en se souvenant des descriptions des merveilles qui lui étaient attribuées dans la littérature japonaise. Puis il jeta un coup d'œil dans la chambre de la logeuse. Elle dormait, la bouche ouverte.

Qui était cette jeune femme ?

Tora se dégagea de ses bras et sauta par terre. Il vint se frotter aux jambes de Majimé, accroupi.

— Trop mignon… Et c'est quoi, son nom ?

— Majimé.

— Un chat qui s'appelle Majimé ? Bizarre.

— Non, Majimé, c'est moi, le chat, c'est Tora.

Ma mère, parce que je suis son fils, m'a probablement trouvé mignon, mais elle est bien la seule, pensa-t-il avec amertume. Il était rouge de honte d'avoir commis cette erreur, mais l'inconnue pencha la tête de côté, comme si elle était troublée.

Il décida d'en profiter.

— Mais puis-je vous demander le vôtre ?

— Moi, c'est Kaguya*. Je suis arrivée aujourd'hui. Enchantée.

La lune toute ronde flottait dans son dos.

— Majimé ! À quoi tu rêves ?

La tape dans le dos qui accompagna cette question de Nishioka fit redescendre Majimé sur terre. Il s'en fallut de peu qu'il ne dise tout haut : "Kaguya…" Mais son collègue ne s'en préoccupa pas et tourna les yeux vers le livre ouvert sur son bureau.

— Qu'est-ce que tu regardes ?

Nishioka était la première raison pour laquelle Majimé avait du mal à trouver ses marques dans le service des dictionnaires. Le tempo de sa conversation, son sens du timing, la précision de son travail, tout chez lui était incompréhensible pour Majimé, et sa simple présence le mettait mal à l'aise.

— Rien de spécial, en réalité.

— *Ren'ai*, "amour".

Un seul coup d'œil lui suffit pour voir ce que regardait Majimé, et il se mit à lire à voix haute :

> *Ren'ai* : état d'une personne qui a des sentiments pour une personne spécifique de l'autre sexe, dans lequel elle éprouve de l'exaltation, souhaite se retrouver seule et partager avec l'autre un sentiment d'union spirituelle, et si possible physique, accompagné de la crainte que ce souhait ne se réalise pas, et, rarement, de la joie de voir cela se produire.

* Kaguya est le nom d'une princesse venue de la lune, dans un conte folklorique japonais datant du XIe siècle.

— Je la connais, cette définition. Elle vient du *Nouveau Dictionnaire précis du japonais*, n'est-ce pas ?

— Oui. De la cinquième édition.

— Dictionnaire connu pour ses articles inimitables, et rigolos. Et alors…

— Quoi donc ?

— Ne crois pas que tu vas t'en tirer comme ça !

Sans quitter sa chaise à roulettes, Nishioka s'approcha de Majimé et mit le bras sur ses épaules.

— Tu es amoureux, c'est ça, hein ?

— Non, je réfléchissais.

Majimé remonta ses lunettes, qui avaient glissé sur l'arête de son nez lorsque Nishioka lui avait donné une bourrade.

— C'est certainement une définition originale, mais je me demandais s'il était juste de limiter l'origine de cet état à une "personne spécifique de l'autre sexe".

Nishioka écarta son bras et roula jusqu'à son bureau.

— Tu ferais partie de ces gens-là ?

"Ces gens-là…" À quoi faisait-il allusion ?

Sans prêter attention à son collègue, Majimé chercha la définition de ce mot dans d'autres dictionnaires. Tous précisaient que ce sentiment naissait entre des personnes de sexes opposés. Eu égard à la réalité, ces articles étaient inexacts.

Il traça deux cercles noirs sur la fiche du mot, une marque indiquant qu'il était important et devait nécessairement figurer dans le dictionnaire, et ajouta une note : "Seulement entre personnes de sexes opposés ? À vérifier dans les dictionnaires étrangers."

Une fois qu'il eut fini de l'écrire, il saisit enfin le sens de la question de Nishioka.

— Non, je ne crois pas. Probablement pas.

— Comment ça, probablement pas ? C'est oui ou c'est non ?

— Toutes les personnes avec qui j'ai souhaité partager un sentiment d'union spirituelle et si possible physique étaient de l'autre sexe. Mais étant donné que je n'ai jamais connu "la joie de voir cela se produire", je ne suis pas encore assez familier avec l'amour, d'où mon choix de la formulation "probablement pas".

Nishioka se tut pendant quelques secondes.

— Ne me dis pas que tu es puceau ! s'écria-t-il ensuite.

Mme Sasaki, qui venait d'entrer dans le bureau, leur jeta un regard glacial.

— Le professeur Matsumoto et M. Araki sont arrivés.

Chaque semaine avait lieu une réunion de concertation sur le nouveau dictionnaire, à laquelle tous les membres du service participaient. Il était prévu que *La Grande Traversée* comporte deux cent trente mille mots, à peu près autant que *Le Vaste Jardin des mots* et *La Grande Forêt des mots*, une quantité habituelle pour un ouvrage de taille intermédiaire. *La Grande Traversée* qui serait le dernier arrivé dans ce segment devait offrir quelque chose qui les distinguerait de ces prédécesseurs.

"Nous devons réfléchir à des définitions qui collent au plus près du ressenti d'aujourd'hui", avait coutume de dire le professeur Matsumoto.

Bien qu'il ait pris sa retraite, Araki assistait à cette réunion en tant que mentor du service.

— Et dans la mesure du possible, inclure des proverbes, des termes techniques et des noms propres.

Nous en ferons un dictionnaire qui puisse aussi être utilisé comme une encyclopédie.

Majimé s'évertuait à vérifier les fiches des mots retenus afin de répondre aux exigences des deux hommes.

Il commençait par chercher les mots figurant nécessairement dans les dictionnaires existants, et inscrivait deux doubles cercles noirs sur les fiches qui y correspondaient. Ces mots constituaient la base du japonais courant.

Il ajoutait un cercle simple sur celles de mots apparaissant dans les dictionnaires de petite taille, et un triangle sur celles de ceux qui figuraient aussi dans les dictionnaires de taille intermédiaire.

Ces indications aideraient à déterminer quels mots devaient être inclus dans *La Grande Traversée*. Ceux dont la fiche portait deux doubles cercles ne pouvaient pas en être exclus, à moins qu'il n'existe une raison particulière ; ceux avec un triangle pouvaient plus aisément l'être.

Toutes ces informations recueillies dans les ouvrages existants n'étaient destinées qu'à servir de référence. Les mots du nouveau dictionnaire seraient sélectionnés en fonction de sa ligne éditoriale. Il fallait collecter les mots désuets, les néologismes, les mots d'origine étrangère, les termes venus des vocabulaires spécialisés, et procéder ensuite au choix.

Majimé et Mme Sasaki s'étaient réparti la tâche de chercher dans différents dictionnaires les mots figurant sur les fiches. Ils en avaient le bout des doigts douloureux, et légèrement insensibles. Pendant ce temps-là, Nishioka se désaltérait dans les cafés du quartier, et se divertissait dans des fêtes pour célibataires.

— Nous avons un problème, commença Majimé en regardant les participants à la réunion. Les fiches de *La Grande Traversée* manquent cruellement de mots du domaine de la mode.

— Je l'avais remarqué, fit Nishioka, assis les bras croisés, le dos nonchalamment appuyé au dossier de sa chaise. Il faudrait au moins parler des trois grandes collections.

— Si tu l'avais remarqué, pourquoi n'as-tu pas préparé une fiche là-dessus ? lui reprocha Araki.

— J'avoue que c'est un domaine que je connais mal, lâcha le professeur Matsumoto en tripotant son nœud de cravate.

— Mais je n'ai pas dit cela pour vous, professeur. Je m'adressais à cet idiot de Nishioka.

Majimé, à qui le trouble d'Araki n'avait pas échappé, exprima ses doutes.

— Qu'entend-on en général par les trois grandes collections ? Les timbres, les appareils photos, et… les étuis à baguettes ? Ou bien serait-ce plutôt les *netsuke* ?

— Paris, Milan, New York, ça va de soi, non ? Qu'est-ce que c'est que ces histoires d'étuis à baguettes ? Ta façon de penser est sérieusement un mystère, lança Nishioka en le regardant comme s'il observait un insecte rare.

Majimé ne s'en offusqua pas. Il était préoccupé par autre chose.

Nishioka venait d'utiliser l'adverbe "sérieusement" dans le sens de "vraiment, nettement", un usage qui lui paraissait inhabituel, et dont il se demandait s'il était courant.

Il en prit note afin de l'ajouter sur la fiche de "sérieusement". Date de premier usage, aujourd'hui.

C'était la première fois qu'il entendait le mot utilisé ainsi. Il ajouta le nom du locuteur, Nishioka.

Mme Sasaki poussa un soupir en le voyant se plonger dans la rédaction d'une fiche en pleine réunion.

— Je vais préparer une liste des spécialistes du domaine de la mode. Nous pourrons les solliciter pour la sélection des mots et l'élaboration des définitions, dit-elle.

— Les dictionnaires ont trop tendance à adopter un point de vue masculin, déclara paisiblement le professeur Matsumoto. Les rédacteurs sont pour la plupart des hommes dans la force de l'âge. Ils oublient trop facilement le vocabulaire de la mode ou de la maison. Mais on ne peut plus continuer sur cette lancée. Notre idéal est de fabriquer un dictionnaire qui s'adresse aux hommes et aux femmes, jeunes et vieux.

— Il faut bien reconnaître que notre service n'a jamais eu de jeunes collaboratrices.

Araki fit une pause.

— Même si Mme Sasaki est encore jeune, s'empressa-t-il d'ajouter.

— Je vous remercie de votre attention, mais elle est superflue, fit sèchement celle-ci. Majimé, qu'en pensez-vous ? Avez-vous d'autres choses à nous communiquer cette semaine ?

— Non, répondit-il en secouant la tête.

Nishioka leva la main.

— Vous savez, il est encore puceau, dit-il.

Tous les regards convergèrent sur Majimé.

— Et alors ? rugit Araki après un silence.

Les veines de son front saillaient.

— Quel rapport avec le dictionnaire ?

Il ramassa ses documents sur la table et se prépara à partir. Surpris par la colère d'Araki, Majimé balbutia qu'il était désolé.

— Si, ça change quelque chose… En réalité.

Nishioka, qui avait l'habitude des remontrances d'Araki, n'en démordit pas.

— Oui, tout à l'heure, il était plongé dans la lecture de l'article *ren'ai* du *Nouveau Dictionnaire précis du japonais*. Ho ho ho !

Même si j'étais plongé dans cet article, je suis quand même plus efficace que toi, pensa Majimé, tout en sachant que se lancer dans une querelle avec son collègue ne servirait à rien.

— Je suis désolé, répéta-t-il.

— Vous avez rencontré une jeune fille qui vous plaît ?

La question émanait du professeur, qui venait de soulever son lourd cartable. Chaque fois qu'il venait à la réunion hebdomadaire, il faisait la tournée des bouquinistes, nombreux dans le quartier des éditions Genbu Shobō, dans le but d'y acquérir à ses frais les premières éditions de romans neufs et anciens, non par amour de la littérature mais afin d'y rechercher des exemples d'usage pour le dictionnaire. Un tel ouvrage doit en effet, dans la mesure du possible, indiquer à quelle époque un mot est apparu. D'où son attirance pour les premières éditions.

— Vous n'avez pas à vous abaisser au niveau de Nishioka, professeur.

— Ce n'est pas ce que je fais, Araki. L'amour et les fréquentations sont des choses importantes, encore plus dans le cas d'un jeune innocent comme notre Majimé.

Celui-ci sentit son visage s'enflammer jusqu'aux oreilles. Il était conscient de sa virginité, mais c'était la première fois que son état amoureux faisait l'objet de discussions, et il ne savait comment se comporter.

Le professeur continua, bien que Majimé ait rentré la tête dans les épaules.

— Nous devons nous donner entièrement au dictionnaire. Y consacrer tout notre temps, tout notre argent. Le reste de notre vie doit s'accommoder de peu, car le dictionnaire nous demande beaucoup. Je connais le sens des mots "voyage en famille", "parc d'attractions", mais pas leur réalité. Il est essentiel que votre partenaire soit prête à l'accepter.

Comme ils s'attendaient tous à ce que le professeur évoque l'importance de l'amour dans la vie, l'éclat qu'il y apportait, ils furent momentanément déçus. Mais ils ressentirent un fort étonnement – seul le professeur était capable de tenir un tel discours – et une admiration sans borne pour lui, même s'ils n'étaient pas certains de partager toute sa conviction.

— Vous voulez dire, professeur, que vous n'êtes jamais allé à Disneyland Tokyo ?

— J'en ai entendu parler, mais pour moi, cet endroit appartient au domaine de l'imagination.

— Vraiment ? Vos petits-enfants ne vous demandent pas de les y emmener ?

Pendant que Nishioka et le professeur continuaient cette discussion, Mme Sasaki se tourna vers Majimé.

— Et elle est comment votre amie ?

— Ce n'est pas encore mon amie, répondit-il en secouant la tête, avant de livrer un peu plus d'informations. Elle s'appelle Hayashi Kaguya, et elle est venue s'installer dans la pension où j'habite. C'est la petite-fille de ma logeuse.

Il se sentit à nouveau rougir jusqu'aux oreilles en prononçant le nom de Kaguya.

— Autrement dit, vous vivez sous le même toit. Ben dis donc... fit Nishioka en se mêlant à la conversation. Une situation potentiellement chargée, ajouta-t-il d'une voix qui exprimait son intérêt. Il va te falloir faire preuve d'un sacré sang-froid !

— Ce serait bien si tu faisais ce que tu prêches, imbécile, jeta Araki en donnant une tape sur la tête de Nishioka. Et alors ? reprit-il en tournant la tête vers Majimé.

La puissance de son regard fit perdre tous ses moyens à Majimé, qui se mit à cracher tout ce qu'il savait sur la jeune fille, comme s'il était le Merlion de Singapour.

— Elle a le même âge que moi, vingt-sept ans. Elle est venue habiter chez sa grand-mère qui commence à se faire vieille. Avant cela, elle se perfectionnait à Kyoto.

— Se perfectionner ? Dans quel domaine ?

— Comme chef.

Nishioka se mit à rire.

— Chef cuisinier, continua Majimé, qui s'attendait à cette réaction.

— Comment s'appelle le restaurant où elle travaille ?

Mme Sasaki avait déjà ouvert la page de son moteur de recherche.

— Ume no mi*. Je crois que c'est dans le quartier de Yushima.

* Les Fruits du Prunier.

Elle avait déjà trouvé le restaurant et saisi le téléphone. Elle échangea ensuite quelques mots avec son correspondant.

— J'ai réservé une table pour quatre, au nom de M. Araki. Je ne pourrai pas vous accompagner, car je dois faire à manger pour ma famille.

Elle donna à Majimé la feuille sur laquelle elle venait d'imprimer le plan du quartier où se situait le restaurant, puis quitta la salle de réunion.

— Vous êtes parfaite. Votre rapidité et votre efficacité m'impressionneront toujours, commenta Araki avec satisfaction.

— J'espère que ce n'est pas un restaurant trop cher, dit Nishioka en jetant un coup d'œil à l'intérieur de son portefeuille.

— Eh bien, allons donc voir la dame des pensées de notre Majimé, suggéra le vieux professeur.

Pris au dépourvu par la tournure inattendue des événements, Majimé s'empara du lourd cartable de ce dernier.

Un rideau d'une blancheur immaculée, avec trois prunes imprimées sur le côté, était accroché à l'entrée de l'Ume no mi.

Les nouveaux venus furent accueillis par les voix sonores du patron, un homme plutôt âgé, et d'un autre cuisinier dans la trentaine, tous deux debout derrière le comptoir en bois blanc devant lequel s'alignaient huit chaises. Il y avait sur la gauche trois tables pour quatre personnes, et une autre petite salle à tatamis au fond du restaurant. Presque toutes les places de l'espace sobre étaient occupées.

Kaguya sortit du salon à tatamis, un plateau vide à la main. Elle était la plus jeune et servait aussi en salle. Majimé la trouva encore plus éblouissante dans ses habits de travail, un pantalon et une blouse blanche, et un tablier de la même couleur. Elle portait un petit calot sur ses cheveux noués en queue de cheval.

— Bienvenue, dit-elle en s'approchant d'eux à pas rapides.

— Mon nom est Araki, j'ai réservé par téléphone.

— Oui, bien sûr... Mitsu, quelle surprise, ajouta-t-elle en remarquant la présence de Majimé derrière lui.

Son sourire se fit plus vif encore.

— Tu es venu avec tes collègues ?

— Oui, mes collègues du service des dictionnaires.

Elle les conduisit à la dernière table libre, au fond du restaurant, et leur apporta ensuite des serviettes chaudes, dont ils se servirent en lisant le menu écrit au pinceau sur du papier japonais. Les prix des plats, qui allaient de la cuisine familiale jusqu'à des mets raffinés, étaient raisonnables.

Les quatre hommes se rafraîchirent d'abord en buvant de la bière.

— Je suis favorablement surpris, fit Araki.

— C'est une très jolie jeune fille. Vous faites un beau couple, dit le professeur en dégustant une bouchée de tofu frit servi avec une sauce aux champignons.

— Et elle t'appelle Mitsu, hein... grommela Nishioka, avec une expression équivoque, qui pouvait s'interpréter comme de la moquerie ou de la colère.

— C'est juste parce que ma logeuse m'appelle comme ça.

Mal à l'aise, Majimé jeta de discrets coups d'œil vers le comptoir – même si cela n'échappa pas à ses compagnons. Kaguya ne quittait pas du regard les mouvements du patron. Chaque fois que le second, un homme séduisant aux traits réguliers, lui adressait la parole, elle inclinait la tête et exécutait ses ordres.

En le voyant, Majimé fut saisi d'une violente envie de peigner ses cheveux qui étaient déjà ébouriffés quand il était sorti ce matin, et dans lesquels il s'était souvent passé la main pendant la journée. Il reposa sur la table la serviette chaude qui lui avait été apportée. Elle n'était même plus tiède et ne lui serait d'aucun secours pour apprivoiser ses mèches rebelles. L'air lui paraissait collant, et il eut du mal à avaler les plats.

Kaguya sembla ne pas remarquer son embarras, peut-être parce qu'il en manifestait chaque fois qu'il la voyait. Elle apporta successivement à leur table l'assortiment de poisson cru, le ragoût et le bœuf de Miyazaki grillé et mariné à la pâte de miso "maison" qu'ils avaient commandés. Chaque fois qu'elle y venait, elle remplaçait leurs assiettes et remplissait leurs verres s'ils le souhaitaient.

— Majimé nous a dit que vous vous appeliez Kaguya. C'est un très joli nom, lui lança Nishioka en penchant la tête de côté, probablement parce qu'il pensait que cela mettait son visage en valeur.

— Merci, mais je ne l'aime pas beaucoup, il me fait penser à un manga.

— Comment pouvez-vous dire cela ! Il va très bien à la jolie fille que vous êtes… susurra Nishioka.

— Épargne-nous tes banalités, lâcha Araki en dirigeant sur lui un regard furieux.

Immédiatement après, Majimé ressentit une vive douleur au tibia. Il comprit que le coup de pied qu'Araki destinait à Nishioka l'avait atteint.

— Je suis née une nuit de pleine lune, d'où le choix de mes parents, répondit Kaguya d'un ton poli, mais indifférent.

Cela ne découragea pas Nishioka.

— Même la lune s'est réjouie la nuit de votre naissance.

Un nouveau coup de pied vint frapper le tibia de Majimé. Il le supporta en silence, incapable de signaler son erreur à Araki.

Ils quittèrent le restaurant le ventre plein, légèrement grisés par le saké qu'ils avaient bu. L'hiver s'approchait, il faisait presque froid, mais cela leur était à présent indifférent.

— C'était très bon. Il faudra revenir avec Mme Sasaki.

— Eh bien, si cela vous a plu, professeur, pourquoi ne pas dîner ici chaque semaine après notre réunion ? répondit Araki.

— Chaque semaine, peut-être pas… C'est un peu au-dessus de mes moyens, remarqua Nishioka. Mais une semaine sur deux, en alternance avec le Jardin des Sept Trésors.

Les quatre hommes projetaient de longues ombres sur le sol. Pensant que ce devait être la lumière de la lune, Majimé regarda le ciel. Elle était invisible mais les nuages reflétaient la lumière des réverbères.

Nishioka, qui avait été chassé par Araki, vint le rejoindre. Il soupira, l'air accablé.

— Des fois, je me fais peur…

— Et pourquoi donc ?

— Tu as vu que Kaguya ne pouvait pas détacher ses yeux de moi ? Ça m'arrive chaque fois. Désolé pour toi, mon vieux, mais je n'y peux vraiment rien. J'espère que tu ne m'en veux pas trop.

Araki qui marchait devant eux se retourna.

— Tu prends toujours tes désirs pour la réalité, dit-il d'un ton dégoûté.

Majimé avait écouté son collègue avec un léger étonnement. Il lui avait jeté un coup d'œil pour s'assurer qu'il ne plaisantait pas, mais Nishioka paraissait convaincu de ce qu'il disait.

D'où tirait-il cette assurance ? Kaguya l'avait certes beaucoup regardé, surtout parce qu'il n'avait cessé de lui adresser la parole. Majimé avait pour sa part l'impression que Kaguya s'était contentée de répondre à ses lourds compliments, comme l'exigeait son rôle d'employée du restaurant.

Nishioka avait assurément de la prestance dans son costume bien coupé. Peut-être était-ce vrai que les filles préféraient les hommes de son genre, une idée qui remplit Majimé d'incertitude. Oui, plutôt que de sortir avec quelqu'un d'aussi mal fagoté que moi, elle préfère passer son temps à caresser Tora, qui est si mignon, se mit-il à penser, se torturant à imaginer les pensées de Kaguya. Lui qui n'avait pas l'habitude d'être amoureux fut annihilé par l'extrême confiance en lui de Nishioka qui s'émerveillait de sa capacité à séduire.

— Nishioka, pourquoi n'iriez-vous pas vous installer dans la pension où vit Majimé ? suggéra aimablement le professeur.

— Au Shingensō ?

— La pension s'appelle le Sōunsō, rectifia Majimé dans un murmure.

Nishioka continua sur sa lancée.

— Je n'ai aucune envie de m'installer dans une vieille pension pourrie.

— C'est dommage de rater cette occasion de vivre une version moderne du *Pauvre Cœur des hommes* de Sōseki.

— *Le Pauvre Cœur des hommes* ?

Nishioka continua à avancer quelques instants sans comprendre de quoi il s'agissait.

— Ah oui... Ça figurait au programme de japonais au lycée. Avec ce testament qui n'en finissait pas... C'était d'un rasoir...

— Comment oses-tu dire cela de ce chef-d'œuvre ?

Nishioka avait une fois encore réussi à mettre Araki en colère.

— Je ne comprends pas pourquoi tu travailles dans une maison d'édition.

— Ils m'ont recruté, ce n'est pas ma faute, répliqua-t-il en croisant les bras. Pour commencer, l'histoire est invraisemblable. Comment croire que quelqu'un qui songe à se suicider écrirait un aussi long testament ? Et la personne qui le recevrait en paquet par la poste serait terrifiée.

— Je ne crois pas que le testament ait été envoyé sous la forme d'un paquet. Il était écrit sur du papier fin, et rentrait dans une enveloppe. Qui tenait dans la poche du professeur.

Majimé, qui avait fait ce commentaire, commença à se dire que le testament du personnage du professeur dans le roman était, comme venait de le faire remarquer Nishioka, très long, et qu'il n'aurait probablement pas tenu dans une enveloppe, quel que soit le support sur lequel il ait été écrit.

— Je me demande qui était chargé du recrutement l'année où tu es entré…

Araki continuait à manifester sa colère. Pourtant, Nishioka n'est pas un si mauvais employé, se dit Majimé. Peut-être manquait-il de persévérance, mais ses idées étaient originales. Ne venait-il pas de pointer une invraisemblance problématique dans ce grand classique de la littérature japonaise ?

Quelqu'un qui, comme lui, est capable de penser librement est peut-être plus qualifié que moi avec mon esprit d'escalier, se dit Majimé, de plus en plus déprimé.

Nishioka, même s'il n'avait probablement pas l'intention de le persécuter, s'entêta à parler du *Pauvre Cœur des hommes*.

— Et en quoi mon installation dans cette pension d'avant-guerre nous conduirait-elle à vivre une version moderne de ce roman ?

— Si vous faisiez cela, il y aurait entre Kaguya, Majimé et vous le même triangle amoureux que dans le roman.

— J'ai du mal à imaginer Majimé comme mon rival, dit Nishioka sur un ton taquin.

— Vous avez peut-être lu dans des romans ce qu'est un triangle amoureux, mais il faut l'avoir vécu pour percevoir la douleur et la peine que cela apporte, continua le professeur, le visage grave. De la même manière que l'on ne peut écrire un bon article pour un mot qu'on ne comprend pas vraiment. L'important pour un lexicographe est de ne jamais cesser d'analyser le réel.

Le professeur avait voulu entraîner Nishioka et Majimé dans les affres d'un triangle amoureux dans le seul but de s'assurer qu'ils saisissent ce que cette expression signifiait. Cet homme était obsédé par la lexicographie. Majimé regarda à la sauvette son dos maigre et trembla. Son cartable alourdi par les vieux livres lui parut rempli de passions nocives.

— Vous êtes incroyable, professeur, lâcha Nishioka, sans doute insensible à ce côté sombre. Vous me dites, en d'autres termes, que ce serait bien que je fasse cette expérience dans l'intérêt du dictionnaire. Mais dans ce cas, je pense que Majimé n'est pas taillé pour ce travail. Il est trop innocent. Bon courage quand même, Majimé !

Il hocha deux ou trois fois la tête, visiblement content de lui-même.

— Pourtant, professeur, commença Majimé d'un ton hésitant, animé par le désir de discuter d'un point qui lui paraissait contradictoire, vous nous avez dit tout à l'heure que vous n'étiez jamais allé dans un parc d'attractions. Vous n'avez pas besoin de faire l'expérience de cette réalité-là ?

— Je ne supporte pas les endroits animés, répondit-il d'un ton dégagé. Mais vous qui êtes jeunes et en pleine santé vous pouvez tout essayer, du parc d'attractions au triangle amoureux.

Les chargeait-il de vivre tout cela à sa place ?

Les quatre hommes se séparèrent à l'entrée du métro. Majimé continua à pied vers Kasuga où se trouvait la pension. Il était prêt à tout vivre, l'ivresse de l'amour s'il réussissait à conquérir le cœur de Kaguya, et le parc d'attractions si elle avait envie d'y aller. Celui du Kōrakuen était d'ailleurs à deux pas de la pension de Také.

Pourtant, la distance paraissait énorme à Majimé. L'endroit était aussi éloigné qu'une merveille archéologique cachée dans un vaste désert. Comment faire comprendre ses sentiments à Kaguya ? Comment les lui faire partager ? Et pour commencer, comment inviter Kaguya à sortir avec lui ? Il n'entrevoyait aucune réponse à toutes ces questions.

Les membres du service des dictionnaires prirent l'habitude de se rendre alternativement au Jardin des Sept Trésors et à l'Ume no mi après la réunion hebdomadaire. Au lendemain d'un dîner dans ce dernier établissement, Mme Sasaki quitta la pièce où elle travaillait la plupart du temps à ses fiches pour venir voir Majimé.

— Je pense que ça ne va pas être facile, lui dit-elle.

— Qu'est-ce qui ne va pas être facile ?

— Kaguya. Il va falloir que vous vous donniez beaucoup de mal.

— Vous pensez qu'elle préfère quelqu'un du genre de Nishioka ?

— Nishioka ?

Elle pouffa de rire.

— Je doute qu'il y ait des femmes qui aiment ce type d'hommes.

Nishioka n'avait apparemment pas autant de succès qu'il le prétendait auprès de la gent féminine. Mais quel genre d'hommes plaisait donc aux femmes ? La confusion de Majimé vis-à-vis des rapports amoureux entre les deux sexes devint encore plus profonde.

— Il ne fait pas le poids, lâcha-t-elle en éliminant sans plus de façon Nishioka qui n'était pas là. Et puis je crois que Kaguya s'intéresse bien plus au patron et à son second.

— Ah bon ?

Stupéfait, Majimé visualisa le visage rude du patron et le corps musclé du second.

— Vous croyez que le second lui plaît ?

— Majimé, soupira Mme Sasaki.

Elle lui accorda un regard apitoyé et fit non de la tête, comme si elle pensait qu'il était stupide.

— Ce que je veux dire, c'est que Kaguya ne s'intéresse qu'à son travail. Il faut que vous vous montriez patient et que vous lui adressiez la parole au bon moment, sans la gêner pendant son service. Vous vous en sentez capable ?

Majimé baissa la tête en se disant qu'il n'y arriverait pas, et se mit à rassembler les débris de gomme sur son bureau dans son mouchoir.

Nishioka revint juste après que Mme Sasaki était retournée dans l'autre pièce, au moment où Majimé pliait son mouchoir.

— Tu n'as pas autre chose à faire que jouer avec tes crottes de nez ? lança-t-il d'un ton sans réplique.

Majimé jeta dans la corbeille à papier la petite boule qu'il avait formée.

— Qu'est-ce qui te prend, tout d'un coup ?

— J'ai entendu quelque chose d'inquiétant dans les toilettes du bâtiment principal.

— Pourquoi aller jusque là-bas, alors qu'il y en a aussi ici, dans l'annexe ?

— Je n'y allais pas pour pisser. Je fais partie de ceux qui préfèrent être au calme pour ça, là où je ne connais pas tout le monde.

Majimé ne s'attendait pas à une telle délicatesse de la part de Nishioka. Celui-ci se gratta la gorge et reprit :

— Je venais de fermer la porte quand j'ai entendu deux personnes dire que le projet de *La Grande Traversée* allait être annulé.

— Vraiment ? s'écria Majimé en se levant.

— Je pense qu'elles appartenaient au service commercial, mais je n'en suis pas sûr parce qu'elles étaient déjà parties quand je suis sorti. Je n'en sais pas plus. Et toi non plus, n'est-ce pas ?

— Non.

Majimé n'avait gardé aucun contact dans cette équipe à laquelle il ne s'était jamais intégré. Aucun de ses membres ne prendrait l'initiative de l'informer officieusement de l'annulation du projet auquel il avait été affecté.

— Fabriquer un dictionnaire coûte cher, dit Nishioka en levant les yeux vers le plafond. Et tu vas faire quoi, Majimé ?

Ce dernier se mit à y réfléchir. Les réunions de concertation avaient permis de fixer la ligne éditoriale. L'abandon du projet serait un échec complet pour Araki et le professeur Matsumoto.

— Il faut que tu te renseignes pour savoir si la décision est déjà prise, et s'il est encore possible de négocier. Et nous, nous devons nous débrouiller pour les mettre devant le fait accompli.

— Comment ça ?

— En contactant de nombreux experts de différents domaines pour leur demander des contributions.

— Je vois.

Majimé inspira profondément, et Nishioka rit avec un air de conspirateur.

Solliciter des contributions extérieures nécessitait des préparatifs complexes. Il fallait d'abord sélectionner les mots retenus, à partir des fiches lexicographiques. Puis il fallait définir l'angle d'approche, et pour cela finaliser la ligne éditoriale. Un dictionnaire nécessitait au moins une cinquantaine de contributeurs. S'ils étaient libres d'écrire comme ils l'entendaient, ni le style ni le contenu ne seraient unifiés, et le faire prendrait beaucoup de temps. L'angle d'approche éliminerait cet obstacle. Il préciserait le type d'informations requis, le nombre de caractères et la présentation, grâce à des articles modèles dont la rédaction incombait à l'équipe éditoriale.

Ses membres seraient chargés de les rédiger, en étroite concertation avec le professeur Matsumoto, qui était le directeur éditorial. Leur élaboration permettrait de faire les ajustements nécessaires à l'angle d'approche. Ces modèles ne concerneraient qu'une infime partie du contenu du dictionnaire, mais ils devaient être d'une grande variété et contenir des noms de lieux, de personnes, et des articles nécessitant des chiffres et des illustrations. Il faudrait tout définir. Cette phase du travail peaufinerait l'orientation du projet, et sa qualité.

Les modèles permettraient aussi de déterminer la taille des polices utilisées, la composition, et la mise en page. Estimer le calibrage de l'ouvrage et le nombre d'articles, ainsi que son coût, deviendrait alors possible.

Normalement, la recherche de contributeurs commencerait à ce stade. Les personnes sollicitées recevraient les angles d'approche et les articles modèles. Comme l'équipe de *La Grande Traversée* venait d'entamer l'élaboration des premiers, il aurait normalement été trop tôt pour solliciter des contributions.

Majimé décida qu'il fallait le faire dès maintenant, dans l'intérêt du projet.

Le monde des dictionnaires n'est pas grand. Peu de maisons d'édition ont un service y afférent. Celui de Genbu Shobō n'avait pour l'instant contacté que des spécialistes de la mode, un domaine qui ne lui était pas familier, mais cela avait suffi à lancer une rumeur dans le milieu selon laquelle Genbu Shobō travaillait à un nouveau dictionnaire.

À présent, il fallait l'amplifier, en sollicitant des contributions d'experts reconnus, ce qui ne manquerait pas de faire prendre conscience du sérieux du projet, tant au sein de la maison qu'à l'extérieur.

La fabrication d'un dictionnaire coûtait très cher, mais c'était pour la maison qui le publiait à la fois un de ses plus beaux fleurons et un élément de son patrimoine. On disait dans la profession qu'un bon dictionnaire, qui saurait s'attirer la confiance du public et sa fidélité, garantissait vingt ans de stabilité à son éditeur. Si la direction ordonnait d'annuler le projet de nouveau dictionnaire alors que le service qui en était chargé avait déjà avancé dans son travail, cela ne pourrait que susciter des inquiétudes sur la solidité de la maison, ou du mépris pour son mercantilisme et sa vision à court terme. Genbu Shobō n'avait certainement aucune envie de se mettre dans cette situation.

— Je ne te savais pas si rusé !

Le commentaire venait de Nishioka, qui s'apprêtait à aller enquêter dans le bâtiment principal.

— Tu ferais bien d'être aussi roué si tu veux me battre, ajouta-t-il.

— Quoi ?

— Pour Kaguya, je veux dire. Il va falloir que tu sois malin si tu ne veux pas que je gagne, continua-t-il en s'esclaffant.

C'était peut-être vrai, même si Majimé ne comprenait toujours pas la raison pour laquelle son collègue était si sûr de lui. Il le regarda partir en lui enviant son insouciance et sa confiance en lui. Puis il prit le téléphone pour mettre Araki et le professeur Matsumoto au courant de ce nouveau développement.

La Grande Traversée n'avait pas encore été interrompue. Majimé et ses collègues faisaient tout pour que cela n'arrive pas.

Nishioka et Mme Sasaki, qui avaient établi une liste de contributeurs, passaient leur temps à les appeler ou à leur rendre visite pour solliciter leur participation. Quand il n'était pas auprès de sa femme hospitalisée, Araki consacrait le sien à tenter de persuader la direction de ne pas abandonner le projet. Majimé et le professeur Matsumoto vouaient tous leurs efforts à la rédaction des angles d'approche.

Pour définir un mot et l'expliquer, il faut nécessairement utiliser d'autres mots. Chaque fois qu'il pensait aux mots, une image venait à l'esprit de Majimé, celle de la Tokyo Tower, en bois, composée d'innombrables pièces, qui ne tenait debout que grâce à leur équilibre précaire. Il avait beau consulter tous les dictionnaires existants, chercher dans une documentation volumineuse, à peine croyait-il en avoir saisi un que celui-ci s'effritait et que tout s'effondrait.

Le week-end, il ne sortait pas de chez lui et continuait à réfléchir aux mots, allongé devant un livre dans une des pièces qu'il avait annexées.

— Est-il possible d'exprimer de manière plus précise la différence entre *agaru*, et *noboru* ? Ils signifient tous deux la même chose, "monter", mais ils ne sont pas toujours interchangeables.

— En plein travail, même le dimanche ? C'est dur, dit Kaguya, qui venait d'entrer dans la pièce, suivie de Tora.

— Miaou, ajouta le chat.

La jeune femme s'accroupit devant une pile de livres. Ume no mi étant fermé le dimanche, Kaguya, qui partait d'ordinaire tôt le matin vêtue de sa tenue de travail blanche qui lui allait si bien, portait un jean et un pull tout aussi seyants. Majimé sentit son pouls accélérer et se dit que cela correspondait à un autre sens du mot *agaru*, "être tendu, stressé". Il était ravi de sa présence, mais ce n'était pas bon pour son cœur.

— Il y a beaucoup de poussière ici.

— Je dérange ?

Tora, qui se frottait aux livres empilés, frappa Majimé de sa queue, comme pour l'encourager.

— Non pas du tout, s'empressa-t-il de répondre.

— Je me demandais si je trouverais un livre de cuisine que je puisse emprunter.

De la même façon que le dictionnaire ne quittait pas l'esprit de Majimé, Kaguya pensait à son travail même pendant son unique jour de congé.

Elle ne cuisinait cependant jamais à la pension. Také lui avait confié que sa petite-fille s'y refusait lorsque le restaurant était fermé, en ajoutant d'un ton réprobateur que ce n'était pas comme ça qu'elle se trouverait un mari.

Comme Majimé ne se sentait pas le droit d'espérer qu'elle cuisine pour lui seul, il leur préparait à tous trois des nouilles instantanées Nupporo. Kaguya les engloutissait avec appétit, comme si elle appréciait leur goût artificiel. L'idée que quelque chose qu'il avait cuisiné allait nourrir la chair de Kaguya, qu'il dévorait des yeux pendant qu'elle mangeait, le faisait toujours se tenir le dos bien droit.

Il se leva, en espérant de tout cœur qu'il ne lui paraissait pas répugnant, et inspecta ses étagères où il ne trouva malheureusement aucun livre de cuisine.

— Voici sans doute le seul ouvrage en ma possession qui ait à voir avec la cuisine, dit-il en lui tendant *Le Monde des champignons*.

Elle jeta un regard empreint de méfiance à sa couverture qui montrait des champignons rouge vif sortant d'un sol gorgé d'eau. Ils n'avaient rien d'appétissant.

— À partir de maintenant, je vais m'intéresser aux livres de cuisine, ajouta-t-il d'un ton confus.

— Bon, je l'emprunte, dit-elle en le feuilletant.

Elle se releva.

— Quel beau temps ! On pourrait aller se promener, non ?

— Mais où ?

— Pourquoi pas au parc d'attractions Kōrakuen ? C'est tout près d'ici.

Majimé crut que son cœur allait exploser. Ça, c'est *noboru*, comme dans *ten ni noboru*, "monter au ciel", eut-il le temps de penser. Les deux verbes avaient à présent un sens clairement distinct pour lui. Soudain, deux magnifiques tours se formèrent dans son esprit, celle de *noboru*, et celle d'*agaru*, chacune avec un équilibre parfait.

La vision était si splendide qu'il en oublia et la présence de Kaguya, et son invitation.

— Je vois, je vois, murmura-t-il, en retenant son excitation.

Agaru mettait l'accent sur l'endroit où conduisait le mouvement vertical, alors que *noboru* soulignait le déplacement lui-même. Pour dire "monter prendre un thé", on utilisait *agaru*, parce que l'important était le fait d'aller dans un endroit approprié pour boire du thé, et non pas le mouvement qui y conduisait.

À l'inverse, lorsqu'il s'agissait de faire de la montagne, on utilisait *noboru*, parce que, plus encore que d'arriver au sommet, l'important était l'ascension qui y menait.

Qu'en était-il alors de "monter au ciel" ? Pourquoi *noboru*, dans ce cas-là ? Cela lui paraissait réfléchir à merveille ses sentiments. *Agaru* aurait définitivement été étrange. Il avait l'impression de monter au ciel, mais n'y était bien sûr pas encore arrivé.

Pourtant quand on parle d'exultation, on dit *mai-agaru*, pensa-t-il soudain. *Noboru* lui semblait plus logique dans ce cas. Tout en restant assis sur ses talons, il croisa les bras.

Puis il entrevit la solution : avec *noboru*, l'accent aurait été mis sur le déplacement, alors que l'exultation était un état spécifique, d'où l'usage d'*agaru*. L'important n'était pas comment l'exultation était atteinte, mais l'exultation elle-même. *Agaru* était parfaitement justifié.

Une fois arrivé à ce stade de réflexion, il décroisa les bras, satisfait, et se rendit compte que Kaguya et Tora avaient tous deux quitté sa chambre. Il se leva et sortit précipitamment dans le couloir. Le rez-de-chaussée était parfaitement silencieux.

Son silence soudain au plein milieu de la conversation avait peut-être froissé Kaguya. Au point de lui faire perdre l'envie d'aller avec lui au parc d'attractions ? Il monta à l'étage et entendit Kaguya rire dans le séjour. Také était en train de lui faire des remontrances. Et si, en réalité, elle riait parce qu'elle me trouve *bokunenjin*, "balourd" ? Lui qui n'avait pas pour habitude de penser à la manière dont les autres le percevaient fut offusqué. L'idée que Kaguya le méprise, se moque de lui qui était amoureux d'elle, le remplit d'une tristesse sans borne. Mais *bokunenjin*, quel mot étrange, pensa-t-il sans transition. Il se mit à réfléchir à son étymologie. Le mot avait une apparence chinoise, mais c'était probablement trompeur.

Il prit son courage à deux mains et ouvrit la porte de la pièce à vivre de Také. Kaguya et elle étaient en train de regarder une émission de variétés à la télévision en croquant des galettes de riz.

— Le présentateur n'a pas vraiment l'air d'y croire, non ? Ça rend tout plus drôle ! s'exclama Kaguya.

— Si tu continues à t'empiffrer de galettes, tu n'auras plus faim pour le déjeuner, lui reprocha sa grand-mère.

Leurs préoccupations divergentes ne les empêchèrent pas de saisir de concert leur gobelet de thé. Majimé resta sur le pas de la porte, frappé par cette similarité entre les deux femmes qui ne se ressemblaient pas, mais étaient liées par le sang. L'amusement manifesté par Kaguya l'avait rassuré.

Celle-ci remarqua enfin sa présence et lui sourit.

— Fini de réfléchir ?

— Oui. Toutes mes excuses.

— OK. On y va ?

Majimé était surpris. Elle n'avait pas renoncé à leur promenade, juste attendu qu'il s'extraie de sa rêverie éveillée. Sa stupéfaction était si grande qu'elle l'emportait sur sa joie. Devant son absence de réaction, elle enfila son blouson et mit son portefeuille et son téléphone dans une de ses poches.

— Tu viens avec nous, mamie ?

— Où ça ?

— Au parc d'attractions de Kōrakuen.

Také dévisagea Majimé et sa petite-fille, puis pressa sur le bouton de la thermos pour rajouter de l'eau chaude dans la théière. Majimé lui lança un regard éperdu.

Soudain, la vieille dame se recroquevilla sur elle-même, les mains pressées sur le ventre. Inquiète, Kaguya lui frotta le dos.

— Qu'est-ce qui t'arrive, mamie ?

— Ma colique qui me reprend.

— Te reprend ? Depuis quand as-tu la colique ?

— Mes crampes d'estomac, je veux dire.

Majimé se pencha au-dessus de sa logeuse, et l'aida à se remettre sur pied.

— Ça va aller ?

Také ferma les deux yeux en le regardant. Elle avait apparemment eu l'intention de lui adresser un clin d'œil, le résultat n'était pas convaincant.

— Je suis sûre que je me sentirai mieux si je m'allonge un peu. Ne vous faites pas de souci pour moi, et allez-y !

— Mais…

La vieille dame les poussa vers la porte avec une vigueur inattendue chez une personne souffrant de l'estomac.

— Ne vous en faites pas pour moi, et profitez bien de toutes les attractions ! lança-t-elle en mimant les montagnes russes de la main.

Il lui lança un regard reconnaissant, tout en trouvant qu'elle en faisait un peu trop, et elle ferma à nouveau les deux yeux.

Telles furent les circonstances de leur départ pour le parc d'attractions. Même le chat Tora adressa un miaulement d'encouragement à Majimé depuis le coussin proche de la chaufferette où il était pelotonné.

Le parc d'attractions était rempli de familles et de couples en ce dimanche. L'air retentissait des annonces pour les spectacles de héros de dessins animés et du fracas des manèges. Le soleil était encore haut dans le ciel, et Majimé, dont c'était la première visite dans un tel lieu depuis son enfance, se sentait légèrement inquiet.

— Les montagnes russes d'aujourd'hui sont bien plus impressionnantes qu'autrefois. Je dirais même qu'elles sont effrayantes.

— Ma grand-mère tenait vraiment à ce que nous venions ici tous les deux, non ?

Encore une fois, nous ne parlons pas de la même chose, se dit Majimé en regardant Kaguya, dont les yeux noirs brillaient d'un éclat qu'il ne comprenait pas. Envahi par un léger malaise, il se sentit obligé de dire quelque chose. Mais même dans le plus gros dictionnaire du monde, il ne trouverait pas les bons mots.

— Par quelle attraction allons-nous commencer ?

Il lui posa la question en évitant son regard. Elle poussa un léger soupir, peut-être parce que son attitude la décevait.

— Celle-ci, répondit-elle en pointant un carrousel du doigt.

La perspective de grimper sur un cheval aux couleurs bariolées était un peu embarrassante, mais préférable à celle des montagnes russes, et il hocha la tête en signe d'assentiment.

Ils en firent trois tours, en allant se promener dans le parc après chacun. Même s'ils ne se dirent pas grand-chose, l'ambiance entre eux était détendue. Ils s'assirent sur un banc à l'une de ces occasions, et il observa son profil. Elle paraissait à l'aise avec lui. En mangeant leur sandwich, ils tournèrent tous les deux les yeux vers un jeune couple accompagné de deux enfants qui se dirigeaient vers un grand trampoline.

— Tu as des frères et sœurs ?

— Un grand frère, répondit-elle. Il est marié et travaille à Fukuoka.

— Mes parents y habitent aussi, depuis que mon père y a été muté, il y a longtemps.

— Et tu as des frères et sœurs ?

— Non, je suis fils unique, mais je vois peu mes parents, souvent moins d'une fois par an.

— C'est comme ça, une fois qu'on est adulte.

Ils parlèrent ensuite de Fukuoka, des quartiers où leurs familles respectives habitaient, des spécialités culinaires de la ville, et plus particulièrement des œufs de colin pimentés. Ils débattirent desquels étaient les meilleurs, mais épuisèrent rapidement ce sujet, dans le brouhaha des cris de plaisir et des hurlements terrifiés, sur fond de musique entraînante.

— Allons-y ! fit Kaguya en saisissant son coude d'une main, et en tendant l'autre vers la gigantesque grande roue.

Elle le lâcha vite, mais la sensation de ses doigts fins sur le bras de Majimé ne s'évanouit pas tout de suite.

La grande roue très moderne, sans aucun rayon partant du centre, dessinait un immense cercle dans le ciel.

Le choix de Kaguya se porta exclusivement sur des attractions qui se déplaçaient lentement. Il ne comprit pas si c'était parce qu'elle les préférait aux plus animées, ou par égard pour lui, parce qu'elle avait deviné que ces dernières ne lui convenaient pas. Seuls dans leur nacelle, ils découvrirent la ville à leurs pieds au fur et à mesure de l'ascension.

— Je me demande qui a inventé la grande roue, s'interrogea-t-elle tout haut, les yeux tournés vers le ciel. C'est agréable, mais un peu triste, je trouve.

Il était précisément en train de penser la même chose. Bien qu'ils partagent le même espace limité, ou plutôt, parce qu'ils le partageaient, il avait vivement conscience de ce qu'ils ne partageaient pas. Ils s'éloignaient du sol ensemble, mais chacun de leur côté. Ils voyaient le même paysage et respiraient le même air, sans se rapprocher l'un de l'autre.

— Parfois mon travail au restaurant me procure la même impression que la grande roue, lâcha-t-elle, le coude appuyé sur le rebord de la fenêtre contre laquelle elle collait la joue.

— Comment ça ?

— Même si je cuisine quelque chose de très bon, cela ne fait qu'un tour et c'est fini.

— Je comprends.

La comparaison entre la grande roue et l'ingestion puis la digestion d'un plat était audacieuse. Majimé se dit que la tristesse et le sentiment de vide dont elle parlait étaient aussi présents dans le processus d'élaboration du dictionnaire.

Un dictionnaire, quel que soit le nombre de mots qu'il rassemble, et la qualité de ses définitions, n'était jamais véritablement terminé. À l'instant où on le croyait achevé apparaissaient de nouveaux mots qui changeaient tout. Comme si le dictionnaire lui-même se moquait des efforts et de la passion de ses rédacteurs en leur lançant un nouveau défi.

La seule chose que pouvait faire Majimé était de puiser le plus précisément possible la forme que les mots avaient à un moment donné, dans leur immensité et leur mouvement perpétuel, afin d'en laisser une trace écrite.

De la même manière que tout être humain, même s'il avait beaucoup mangé, ressentirait à nouveau la faim, les mots qu'il capturait s'évanouissaient dans le vide comme s'ils n'existaient pas.

— Mais malgré ça, tu ne te verrais pas faire un autre métier, n'est-ce pas ?

Même s'il était impossible d'être rassasié de façon permanente, elle continuerait à cuisiner tant qu'il y aurait des gens désireux de manger de bonnes choses, et lui, même s'il savait qu'il était impossible de rédiger un dictionnaire parfait, continuerait à y consacrer toute son énergie, tant qu'il y aurait des gens qui essaieraient de transmettre leurs pensées par les mots.

— Non, je ne regrette rien, dit-elle en hochant la tête. J'aime ça.

Majimé regarda le ciel, et les couleurs changeantes du crépuscule. Leur petite nacelle était parvenue au sommet de la roue et commençait doucement à descendre vers le sol.

— Moi, de toutes les attractions du parc, c'est la grande roue que je préfère.

Parce que même si elle était un peu triste, elle renfermait une énergie tranquille mais continue.

— Moi aussi.

Ils échangèrent un sourire complice.

— Tu ne l'as pas embrassée, et tu ne lui as pas non plus déclaré ta flamme ? Autrement dit, ça n'a servi à rien que vous alliez ensemble au parc d'attractions !

Assis à son bureau, Majimé gémit sous le feu roulant des critiques de Nishioka, qui n'était pas le seul à être ébahi par son insouciance. La vieille Také avait poussé un gros soupir ce matin en se demandant tout haut à quoi bon avoir simulé une crise de colique.

Il n'avait rien su lui répondre et s'était efforcé de manger son morceau de navet mariné en faisant le moins de bruit possible. Kaguya était déjà partie.

— Tu crois que tu as tout le temps du monde ? insista Nishioka. Elle a peut-être déjà une relation avec le second du restaurant.

— Non, c'est impossible.

— Qu'est-ce qui te permet de dire ça ?

— Je lui ai demandé si elle avait quelqu'un dans sa vie, et elle m'a répondu que non. Elle a ajouté qu'elle était trop prise par son travail, et qu'elle n'en avait pas envie.

— Et tu la crois ? Imbécile ! s'exclama Nishioka. Elle t'a juste signifié que tu ne l'intéressais pas. Ouvre les yeux, enfin ! Tu aurais dû lui dire à ce moment-là que tu voulais sortir avec elle, enfin ! Pourquoi tu crois qu'il y a un hôtel juste à côté du parc d'attractions ?

Kaguya n'avait pas dit "Je n'en ai pas envie", mais "Je n'en avais pas envie", en utilisant l'imparfait. Mais Majimé n'était pas imbu de lui-même au point d'en déduire qu'il l'intéressait. Il trouvait beaucoup à redire aux affirmations de Nishioka, mais préféra se taire.

Bien qu'il soit encore au travail, Majimé était en train de lui écrire une lettre. Il n'avait pas besoin de Nishioka ou de Také pour comprendre que son attitude négative et ambiguë n'était pas la bonne. Il en était pleinement conscient, mais les mots appropriés lui échappaient quand il était en présence de Kaguya.

Puisqu'il n'avait pas réussi à le faire dans la nacelle, il n'y arriverait pas ailleurs, à moins que quelqu'un ne lui demande qui il aimait en plaçant un couteau sous sa gorge.

Lui déclarer son amour de vive voix étant impossible, il le ferait par écrit. Il avait liquidé son travail au plus vite et sorti du papier à lettres sur son bureau. Ce n'était pas le moment de perdre du temps à donner la réplique à Nishioka.

— "Le vent froid qui souffle aujourd'hui annonce la prochaine arrivée du général Hiver, mais j'espère que vous allez bien..." C'est quoi, ce charabia ?

Nishioka, qui lisait par-dessus l'épaule de Majimé, se pencha plus bas.

— C'est beaucoup trop formel, Majimé ! Même une société ne choisirait pas ce style pour s'excuser par écrit.

— Ce n'est pas approprié ?

— Non, il faut que ça sonne plus détendu, plus cool. Pour commencer, pourquoi écrire une lettre ? Elle a un portable, non ? Ça ne serait pas mieux de lui envoyer un texto ?

— Je ne connais pas son numéro. Et même si elle me l'avait donné, je ne me vois pas lui écrire d'un téléphone professionnel. On a déjà fait plus romantique, non ?

— Comment peux-tu vivre sans portable ! Va vite en acheter un. Sinon, on va te donner un nouveau surnom. "Rustaud" au lieu de "Majimé".

— Majimé n'est pas mon surnom mais mon nom.

Une voix grave s'immisça dans leur querelle.

— Vous travaillez, tous les deux ?

Ils levèrent la tête et virent Araki debout à la porte, les mains sur les hanches.

— J'espère que vous ne pensez pas que nous avons tout le temps du monde pour fabriquer ce dictionnaire.

— Mais pas du tout ! Nous nous donnons à fond !

Nishioka se leva et invita Araki à s'asseoir. Majimé rangea discrètement l'ébauche de sa lettre dans son tiroir.

— Comment se fait-il que vous soyez ici un jour où il n'y a pas de réunion ?

— Je viens d'obtenir un engagement ferme de la direction, commença Araki, qui ôta son cache-nez noir avant de s'asseoir. Le projet de *La Grande Traversée* a reçu le feu vert, sous certaines conditions.

Nishioka et Majimé se dévisagèrent. Ils étaient déterminés à mener le projet à son terme, avec ou sans l'accord de la direction. C'était la raison pour laquelle ils avaient cherché à la placer devant le fait accompli, et cette mention de "conditions" les inquiétait.

— La première, c'est la révision du *Dictionnaire Genbu des collégiens*. Et la deuxième…

— Ce n'est pas possible, l'interrompit Majimé. Nous ne pouvons pas nous lancer dans la révision d'un autre dictionnaire au moment où nous sommes en train de rédiger un ouvrage de plus de deux cent mille articles à partir de zéro. Nous devons concentrer tous nos efforts sur *La Grande Traversée*.

— Les gens de la direction n'ont jamais travaillé sur un dictionnaire, et c'est pour cela qu'ils nous demandent de nous charger de cette révision maintenant, répondit Araki.

Nishioka ne resta pas coi.

— Réviser un dictionnaire demande autant de travail et de temps que pour en faire un nouveau. Vous le savez mieux que personne, monsieur Araki.

— Peut-être, mais nous n'avons pas le choix, répondit celui-ci en faisant la même grimace que s'il était contraint de boire un breuvage amer. Il faut de l'argent pour fabriquer *La Grande Traversée*. La direction veut que, dans la mesure du possible, nous le financions nous-même.

Les nouvelles éditions des dictionnaires se vendaient bien, parce que la plupart des acheteurs préféraient, quand ils avaient le choix entre deux dictionnaires, acquérir celui qui portait la mention : "nouvelle édition".

Le *Genbu des collégiens*, un dictionnaire de petit format, destiné aux écoliers et aux collégiens, dont les rédacteurs étaient Araki et le professeur Matsumoto, rencontrait un succès durable. La direction le savait et elle en avait lancé une version révisée l'an dernier, mais elle venait de donner l'ordre de préparer une nouvelle édition.

— Mais que va en dire le professeur Matsumoto ?

— Je pense qu'il acceptera. De toute façon, ce travail nous servira pour la rédaction de *La Grande*

Traversée, déclara Araki comme s'il cherchait à s'en convaincre lui-même. De plus, tu es nouveau dans le monde des dictionnaires, Majimé, et plutôt que de te lancer d'un seul coup dans un projet aussi important que *La Grande Traversée*, travailler sur cette révision te sera bénéfique.

Araki était le plus affecté de tous par ce contretemps pour le grand projet qu'il avait mis sur pied après tant d'efforts. Majimé, qui allait certainement accumuler une précieuse expérience, n'avait aucun argument à lui opposer.

Mais il n'avait pas non plus oublié que ce n'était pas la seule condition. Quelle que soit l'autre, ou les autres, il les accepterait avec équanimité. Il releva la tête et regarda Araki.

— Vous avez parlé d'une autre condition, n'est-ce pas ? De quoi s'agit-il ?

— Eh bien… fit Araki en détournant les yeux et en se grattant le menton, comme s'il avait du mal à l'énoncer. Euh… rien. Nishioka, viens avec moi.

Il quitta le bureau. Majimé et son collègue échangèrent à nouveau un regard.

— Que lui arrive-t-il ?

— Va savoir…

— Nishioka, je t'attends ! fit Araki d'une voix rageuse depuis le couloir.

— J'arrive ! Je n'y comprends rien, mais j'y vais. Si tu pars le dernier, n'oublie pas de tout fermer à clé.

Nishioka sortit à son tour et Majimé resta seul. Il ouvrit le tiroir et en retira l'ébauche de sa lettre sans parvenir à chasser Araki et Nishioka de son esprit. Il se dit qu'il avait envie de thé, conscient qu'il ne s'agissait que d'un prétexte pour quitter son bureau.

Le couloir était sombre et vide. Il colla son oreille à la porte de la pièce des fichiers sans rien entendre. Araki et Nishioka avaient sans doute quitté l'annexe. Il remplit cependant sa tasse de thé dans la cuisine vieillotte, et retourna à son bureau.

La pièce lui parut encore plus calme qu'à l'accoutumée, et il n'alluma que le néon au-dessus de sa tête. Cela rendit plus profonde l'ombre dans le reste du bureau dont les rayons de livres lui firent l'effet d'une noire forêt.

Il tapota sur le coussin de son siège, s'assit et but son thé à petites gorgées en réfléchissant à la suite de la lettre.

Tout lui paraissait incertain, l'avenir de ce service comme celui de son amour. La pièce débordait de livres et de mots, mais Majimé n'arrivait pas à trouver ceux qui lui permettraient de sortir de cette incertitude.

Il lui fallait avancer, sinon rien ne changerait.

Il prit son stylo, bien qu'il se sente oppressé par les rayonnages, et couvrit lentement les feuillets de signes. Pour donner une forme à ses sentiments.

Il posa son stylo un peu après 20 heures. Nishioka n'était toujours pas revenu. Il plaça la lettre sur son bureau, puis se ravisa. Son collègue risquait de croire que la missive lui était destinée. Il y ajouta une note pour lui demander de bien vouloir lui dire ce qu'il en pensait.

Il éteignit ensuite la lumière, ferma la porte du bureau à clé, vérifia que celle des fichiers l'était aussi, et s'assura que le chauffe-eau de la cuisine était éteint. Le service des dictionnaires ne recelait aucun objet précieux, mais les connaissances accumulées sur les mots qu'il contenait étaient irremplaçables. Personne n'aurait su dire à quand remontait l'habitude, respectée infailliblement par tous les employés du service des dictionnaires, de vérifier que toutes les portes étaient fermées à clé et le feu, éteint.

Il confia la clé au gardien en faction dans l'annexe, et sortit dans la rue. Il remarqua que son haleine était blanche. Il faut que je pense à sortir mon manteau d'hiver, se dit-il en marchant vers Kasuga, son écharpe autour du cou.

Il entra dans la pension au moment où Také quittait la salle de bains du rez-de-chaussée.

— Bonsoir ! lui lança-t-elle, les joues rosies par le bain.

Il réalisa soudain qu'en raison de la différence entre ses horaires de travail et ceux de Kaguya, il ne l'avait jamais vue au sortir du bain, bien qu'ils vivent sous le même toit. Il en éprouva un regret immédiatement suivi d'embarras, sans qu'il comprenne s'il concernait sa logeuse ou Kaguya, et il s'excusa intérieurement.

— Bonsoir, fit-il.

— Il fait froid aujourd'hui, hein ? Tu ne crois pas qu'une tasse de thé te ferait du bien ?

— Si, je vous remercie.

Il alla se laver les mains et se rincer la bouche avant de monter dans la pièce à vivre de Také. Il s'assit, glissa ses jambes sous la couverture de la chaufferette et poussa un long soupir. Puis il sentit une masse chaude sur ses genoux. Tora, qui dormait au chaud, avait changé de position.

— Vous vous êtes bien amusés au parc d'attractions, n'est-ce pas ? demanda la logeuse.

Elle versa de l'eau chaude sur le thé et disposa quelques feuilles de chou chinois mariné sur une assiette.

— Kaguya me l'a raconté, ajouta-t-elle après un silence.

— Si cela lui a plu, je suis content.

Il transperça d'un cure-dent une feuille de chou pendant que son cœur battait la chamade. À cause de l'émoi qu'il ressentait si facilement depuis quelque temps, il n'arrivait pas à savoir si Také se moquait de lui. Qu'il se soit trompé en pensant qu'elle était de son côté ne lui paraissait plus impossible.

Après tout, non content d'être un locataire qui ne payait que pour une chambre tout en s'attribuant l'usage exclusif du rez-de-chaussée, il osait maintenant avoir des prétentions sur sa petite-fille. Také le voyait peut-être comme quelqu'un qui vous prend le bras quand on lui donne le doigt. Mais elle faisait erreur. Il souhaitait avoir une véritable relation avec Kaguya. Si Kaguya était prête à l'accepter.

— J'avais peur qu'elle se soit ennuyée car je ne suis pas très bavard.

Il fit preuve d'humilité pour ne pas risquer de la froisser. Ne parvenant pas à contrôler son émotivité, il se mit à grignoter le chou chinois comme si son salut en dépendait, et le bruit que faisaient ses dents, celui d'un hamster dévorant des feuilles, résonna dans la pièce.

— C'est qu'elle est un peu peureuse, soupira la vieille Také.

— Peureuse ? répéta Majimé, interloqué, une fois qu'il eut avalé ce qu'il était en train de mâcher.

Ce qualificatif ne lui semblait nullement approprié pour parler de Kaguya, qui lui paraissait toujours maîtresse d'elle-même.

— Oui, depuis qu'elle s'est séparée du garçon avec qui elle était avant. Il voulait se marier avec elle, mais elle a refusé parce qu'il devait aller passer quelques années à l'étranger, alors qu'elle voulait rester ici pour continuer sa formation.

— Moi, ça ne risque pas de m'arriver, dit-il en se levant, tellement son excitation était grande.

Surpris, Tora sortit les griffes et miaula.

— C'est sûr qu'un homme de ce genre ne peut pas la voir comme une gentille jeune fille, dit Také en poussant un nouveau soupir. Du coup, elle se méfie des hommes, et elle a décidé de faire passer son métier avant tout. Je crois qu'elle avait un amoureux quand elle était à Kyoto, mais ça n'a pas duré non plus.

Kaguya était venue à Tokyo pour vivre avec sa grand-mère vieillissante. Il n'était pas impossible qu'elle ait aussi terminé ce qui l'avait menée là-bas, mais Také se sentait responsable de son départ de Kyoto.

— Il est naturel qu'un cuisinier veuille apprendre toute sa vie, déclara Majimé dans le but de réconforter sa logeuse. Et puis la personne qu'elle fréquentait avant ne partait pas pour toujours à l'étranger, j'imagine. S'il avait vraiment voulu l'épouser, il aurait pu accepter qu'ils vivent séparément bien qu'ils soient mariés, ou encore retarder le mariage de quelques années, ajouta-t-il en sentant la colère monter en lui.

Il était jaloux de cet homme qui n'avait pas saisi l'opportunité d'épouser Kaguya, alors que, pour sa part, il n'arrivait même pas à lui déclarer sa flamme. À cause de la manière dont les choses s'étaient passées avec lui, elle avait peur à présent. Il enviait l'autre, et lui en voulait.

— Quelqu'un comme toi lui conviendrait peut-être mieux, tu sais, Mitsu.

Majimé releva la tête en l'entendant.

— Vous le pensez vraiment ?

— Oui. Tu es parfois un peu lent pour comprendre ce que les gens pensent, mais toi aussi tu as ton monde. Tu ne risquerais pas de te mêler du sien, de lui dire ce qu'elle a à faire. Dans un couple, il est préférable de ne pas attendre grand-chose l'un de l'autre. Vivre et laisser vivre, voilà le secret.

Cette vision paraissait un peu triste à Majimé qui comprit cependant que Také cherchait à le ménager. Il se souvint qu'elle lui avait dit autrefois qu'il devait apprendre à faire confiance, et décida de commencer par elle.

— Dans ce cas, je vous prie de dire discrètement du bien de moi à votre petite-fille quand l'occasion se présentera.

— Hein ? Ce n'est pas si simple. Et c'est d'abord à elle de décider.

Majimé quitta la pièce comme une flèche et revint avec plusieurs paquets de nouilles instantanées Nupporo. C'était la seule chose qu'il avait à offrir, il n'avait pas le choix.

— S'il vous plaît, si vous pouvez m'aider, faites-le.

La vision de ces paquets arracha un nouveau soupir à la logeuse.

— Quand tu as une idée, toi... Bon, je ferai ce que je pourrai, répondit-elle.

Son expression indiquait qu'elle se retenait d'éclater de rire.

Lorsque Majimé arriva au bureau le lendemain matin, Nishioka était déjà là, ce qui était exceptionnel.

— Salut Majimé. Je l'ai lue, ta *love letter*.

— Et qu'en as-tu pensé ?

— Elle n'est pas si mal. Maintenant, tu n'as qu'à lui donner, dit-il comme s'il était lui aussi sur le point d'éclater de rire.

Majimé se demanda ce qu'il y avait chez lui pour susciter l'hilarité des autres, surtout lorsque ce n'était pas son intention, un sentiment déplaisant qui fit naître de l'auto-apitoiement. Il mit dans une enveloppe la lettre longue de quinze pages que venait de lui rendre son collègue, et la glissa dans son cartable.

— Et de quoi t'a parlé Araki hier ?

— Ah oui... répondit Nishioka en allumant son ordinateur pour consulter ses mails. De rien de spécial.

— Comment ça ? Il devait pourtant évoquer l'autre condition posée par la direction pour poursuivre le projet de *La Grande Traversée*, non ?

— Euh... non. Il voulait seulement se plaindre de la manière dont on le traite, et j'ai dû rester avec lui jusqu'à tard.

Majimé lui lança un regard soupçonneux. Araki avait pourtant mentionné une deuxième condition. Ou bien se serait-il mépris ? D'ailleurs, si Araki voulait se plaindre, pourquoi n'avait-il demandé qu'à Nishioka de l'accompagner ? Parce que Majimé travaillait dans le service depuis moins longtemps que lui ? Ou bien parce qu'il était moins détendu en sa présence ?

Je suis comme une collégienne qui souffre parce qu'elle se sent ostracisée par ses copines, se dit-il.

Il ne pouvait pas en être sûr, n'ayant jamais été lui-même collégienne, mais il le supposait. Il savait qu'il prenait tout trop à cœur, comprenait que cela avait une influence sur son entourage, et que c'était une des raisons pour lesquelles il n'arrivait pas à créer de liens avec les autres. Sa déception était d'autant plus grande qu'il avait l'impression que les choses se passaient mieux dans son nouveau service, et qu'il avait établi une bonne relation avec Nishioka.

Ce dernier s'était mis à chantonner à mi-voix.

— Tiens, on a reçu une contribution de M. Saijō, l'historien.

Si seulement Majimé pouvait être comme Nishioka, ne craindre rien ni personne, être capable de s'entendre avec tout le monde, tout irait mieux pour lui, sur le plan professionnel et privé. Son collègue lui paraissait parfois manquer de délicatesse, mais Majimé avait remarqué qu'il savait ne pas offenser les autres.

— Bon, fit Nishioka en se levant, son veston à la main. Je vais aller me rappeler au bon souvenir de ces éminents professeurs qui ne nous ont pas répondu.

Majimé était étonné de le voir prêt à partir alors qu'il venait à peine d'arriver.

— C'est si urgent ? On a encore du temps devant nous, non ?

— Peut-être, mais les contributions pour un dictionnaire, c'est particulier. Peut-être se posent-ils des questions sur la manière de les rédiger. Mieux vaut faire les choses en amont qu'en aval, dit-il en ouvrant avec panache une feuille de papier pliée dans son agenda.

Il mit sous le nez de Majimé le planning d'enseignement des universitaires sollicités par leur service. Avec un tel outil, il était facile de savoir à quel moment leur rendre visite.

Majimé s'étonna cependant de la rapidité avec laquelle son collègue l'avait préparé. Sitôt qu'il s'agissait de quitter le bureau, Nishioka revivait.

— C'est impressionnant ! s'exclama-t-il, sincère.

Pour sa part, il pensait qu'avant de se lancer dans cette nouvelle étape, leur équipe avait encore beaucoup à faire, par exemple vérifier les fiches lexicographiques, ou encore les contributions qui leur étaient déjà parvenues, mais il décida de se taire, de peur de refroidir l'enthousiasme de son collègue.

— Quand je reviendrai, on discutera d'un autre planning, celui de la révision du *Genbu des collégiens*.

— Très bien.

Majimé mit ses manchettes noires et étala sur son bureau les fiches qu'il devait vérifier aujourd'hui.

— Majimé !

Il releva la tête en entendant la voix de Nishioka qu'il croyait déjà parti.

— Oui.

— Je voulais juste te dire qu'il faut que tu aies un peu plus confiance en toi. Si tu fais tout avec le sérieux qui te caractérise, ça ne peut que marcher.

Majimé, qui ne s'attendait pas du tout à une telle déclaration, posa son crayon.

— Et en plus, je ferai ce que je pourrai pour t'aider, ajouta son collègue en parlant très vite avant de sortir pour de bon du bureau.

Il s'est passé quelque chose, se dit Majimé. Il en avait la conviction, malgré la lenteur d'esprit qu'il montrait parfois, dont sa logeuse se moquait affectueusement. Ou Nishioka souffrait d'un accès de fièvre, ou Araki lui avait dit quelque chose.

Peut-être parce qu'elle ne s'attendait pas à trouver Majimé accroupi dans le couloir de la pension à cette heure tardive, Kaguya se cogna le dos à la porte d'entrée qu'elle venait de refermer.

— Mais qu'est-ce que tu fais là ?

— Désolé de vous avoir surprise, répondit Majimé en s'agenouillant pour lui tendre sa lettre d'amour. Je vous prie de lire cela.

— Et c'est quoi ?

— L'expression de mes sentiments.

Il se releva en sentant qu'il était rouge jusqu'aux oreilles.

— Eh bien, bonne nuit, lança-t-il avant de partir se cacher dans sa chambre où il plongea immédiatement sous sa couette.

Il entendit Kaguya monter à l'étage. Peut-être lui répondrait-elle sitôt qu'elle aurait lu sa lettre. Son pouls accéléra, et ses tempes étaient tellement tendues qu'elles lui semblaient pétrifiées.

Il avait l'impression d'avoir tout mis dans sa lettre, et il s'exhorta à accepter avec calme la réponse qu'elle lui donnerait. Il attendit, les yeux tournés vers le plafond. Tora miaulait sur le balcon. La fenêtre de la chambre de Kaguya s'ouvrit et se referma. Tout était calme. Il perçut un petit ploc dans la rigole dehors, peut-être la chute d'une branchette ou le saut d'un poisson.

Il attendit si longtemps que ses pieds glacés se réchauffèrent, mais Kaguya ne vint pas le trouver.

Ses yeux étaient encore ouverts lorsque la lumière de l'aube blanchit sa fenêtre.

Une semaine passa sans qu'il reçoive de réponse de Kaguya. Ils ne se croisaient que rarement. Le dimanche, jour de fermeture de l'Ume no mi, elle partit tôt pour assister à une démonstration donnée par un chef célèbre dans un grand hôtel. Cherchait-elle à l'éviter ? Il avait eu tort d'utiliser un moyen aussi indirect qu'une lettre.

Le temps lui paraissait s'écouler très lentement à la pension, mais heureusement pour lui, il défilait à vitesse grand V au travail, car Majimé avait fort à faire. Il parla avec le professeur Matsumoto du programme à adopter afin de pouvoir mener de front la révision du *Genbu des collégiens* et la rédaction de *La Grande Traversée.*

— Chaque fois que l'on rédige un nouveau grand dictionnaire, on se heurte nécessairement à des contretemps, déclara celui-ci, acceptant avec magnanimité la décision de la maison d'édition, qu'il aurait pu prendre comme une entrave. Il n'empêche que nous ne sommes pas assez nombreux. Et il va nous falloir des années pour mener à bien notre grand projet…

— La direction souhaite-t-elle vraiment le voir se réaliser ? s'interrogea Mme Sasaki sans cacher son amertume, alors qu'elle n'avait pas l'habitude de dévoiler ses sentiments. Ils nous demandent de faire cette révision supplémentaire, sans aucun renforcement des effectifs. On dirait presque qu'ils cherchent à nous y faire renoncer.

Le regard qu'échangèrent Araki et Nishioka n'échappa pas à Majimé qui souffrit pendant cette semaine non seulement du silence de Kaguya mais aussi de l'attitude de son collègue.

Il lui avait confié avoir remis sa missive et le tenait journellement au courant de l'absence de réponse. Il pensait que Nishioka, qui l'avait lue, était en droit de savoir. Celui-ci lui prodiguait chaque fois des mots d'encouragement. D'après lui, il était invraisemblable qu'elle n'en tienne pas compte, et il ne fallait pas chercher à en savoir plus. Ses contacts avec les contributeurs potentiels l'occupaient à plein temps, et il prenait également en charge les modifications de l'agenda prévisionnel. Son attitude inhabituelle acheva de convaincre Majimé que quelque chose s'était produit. Il s'était attendu à ce que Nishioka l'importune sans arrêt au sujet de Kaguya, et son indifférence le déconcertait. Mme Sasaki semblait, quant à elle, éprouver un sentiment proche de l'aversion pour le sérieux affiché par Nishioka.

— N'oublions pas nos grands prédécesseurs qui ont rédigé seuls de grands dictionnaires, dit Majimé afin de stimuler ses collègues. Nous ne sommes pas nombreux, mais nous sommes plusieurs. Allons de l'avant, sans nous décourager.

— C'est tout à fait juste, approuva le professeur en lui accordant un regard avenant.

— J'ai quelque chose de difficile à vous dire, commença Nishioka d'un ton hésitant. Il semble que mon transfert ce printemps au service de la communication ait été décidé.

Mme Sasaki et le professeur Matsumoto manifestèrent leur stupéfaction. Nishioka esquissa un sourire et baissa la tête. Araki compléta ce qui venait d'être dit avec une expression abattue.

— Oui, c'est bien ce qui a été décidé. Cela signifie sans doute que la direction n'a pas de personnel à accorder à notre service.

— Mais… balbutia le professeur en soulevant le sac posé devant lui. Si c'est comme ça, je doute que *La Grande Traversée* puisse être terminée de mon vivant…

— Alors que nous ne cessons de dire que nous ne sommes pas assez, soupira Mme Sasaki en secouant la tête si vivement que sa nuque craqua.

Nishioka allait être transféré dans un autre service ? Abasourdi, Majimé garda le silence. M. Araki travaillait à présent à temps partiel, Mme Sasaki, en CDD, et le professeur Matsumoto était un consultant extérieur. Il serait donc le seul employé à plein temps, et par conséquent responsable non seulement des négociations avec la direction, mais aussi de la ligne éditoriale des dictionnaires.

L'heure n'était plus à l'admiration des grands prédécesseurs qui avaient rédigé seuls un dictionnaire. Majimé était sur le point de devenir l'unique employé à plein temps du service des dictionnaires des éditions Genbu.

Assommé par ce nouveau développement, il rentra chez lui, mangea un bol de nouilles instantanées et s'enferma dans la pièce où il entreposait ses livres. Demain aussi, il devrait aller travailler, mais il savait qu'il ne parviendrait pas à s'endormir. Majimé ne possédait pas de téléviseur. La lecture était le seul moyen dont il disposait pour trouver l'apaisement.

Assis en tailleur à même le sol de la pièce poussiéreuse, il inspira profondément. L'ouvrage qu'il avait pris sur ses rayonnages était *La Mer des mots*, en quatre volumes. Ce dictionnaire, considéré comme le premier du Japon contemporain, avait été rédigé à l'époque Meiji par un seul homme, Ōtsuki Fumihiko. Il y avait consacré toute sa fortune et tout le temps dont il disposait : *La Mer des mots* avait été, dans tous les sens du terme, l'œuvre de sa vie.

Ai-je en moi cette volonté et cette capacité, s'interrogea-t-il en tournant les pages qui sentaient légèrement le moisi. Ses yeux s'arrêtèrent sur le mot *ryōrinin.*

Personne qui a pour métier la cuisine. *Chūjin.*

Chūjin, un mot qui a la même signification mais a presque disparu du vocabulaire actuel. Tous les dictionnaires, même les meilleurs, sont voués à l'obsolescence, parce que les mots sont vivants. Impossible de ne pas reconnaître que *La Mer des mots* est aujourd'hui obsolète, se dit Majimé tout en pensant aussi que les principes et la passion sur lesquels cet ouvrage était fondé n'avaient *a contrario* rien perdu de leur actualité, ni pour les divers dictionnaires que tant de gens appréciaient, ni pour ceux qui travaillaient à les élaborer.

S'il avait consulté cet article, c'était bien sûr parce qu'il pensait à Kaguya. "Personne qui a pour métier la cuisine." "Métier" était ici écrit avec le caractère *waza*, qui signifie "travail" et "métier", mais avec encore plus de profondeur. Lu *"gō"*, ce caractère a une signification proche de *tenmei*, "destin, vocation divine". Quelqu'un qui avait pour *waza*, métier, la cuisine l'avait aussi pour destin. C'était une personne choisie pour satisfaire et charmer l'appétit et le cœur des autres.

Kaguya est *ryōrinin*, de la manière définie avec tant de précision par Ōtsuki Fumihiko, se dit Majimé. Ce grand homme, Kaguya, et même peut-être moi, avons tous les trois un métier qui est aussi une vocation divine.

Il avait souvent rêvé du bonheur qu'il ressentirait si Kaguya acceptait son amour. Un seul sourire d'elle le ferait peut-être mourir de joie. Il n'était pas sûr que son cœur, qu'il n'avait jamais renforcé par le sport, puisse supporter ce choc. Et ce n'était pas une exagération, il doutait vraiment que son muscle cardiaque soit capable de résister à la puissance d'un sourire de sa part.

Il n'aurait pas dû lui donner cette lettre. L'attraction qu'exerçait la cuisine sur elle était si forte qu'elle se consacrait tout entière à sa profession. Majimé n'avait aucune intention de lui mettre des bâtons dans les roues. Parce qu'il était lui-même dévoué corps et âme à la rédaction de *La Grande Traversée*, il comprenait ce qu'une vocation impliquait.

Oui, son absence de réponse exprimait son embarras. Il n'aurait pas dû lui en causer, même si cela ne l'avait perturbée qu'une seule seconde. Il aurait dû garder pour lui ce sentiment vulgaire qu'était l'amour.

Il entendit la porte du Sōunsō s'ouvrir doucement. Kaguya venait de rentrer. Malgré tout ce à quoi il venait de réfléchir, il se leva comme si ses jambes se mouvaient indépendamment de sa volonté et il se dirigea vers l'entrée.

— Kaguya, fit-il, la voix cassée.

Elle s'arrêta à mi-hauteur dans l'escalier. Elle portait un manteau noir, et ses cheveux étaient dénoués. Peut-être à cause de sa fatigue, ses yeux qui d'ordinaire brillaient d'un éclat si vif semblaient un peu ensommeillés.

— J'aimerais avoir une réponse.

— Une réponse... fit-elle en clignant des yeux.

— Bien sûr, si c'est impossible, dis-le-moi franchement. Je suis prêt à l'entendre.

— Une seconde... Tu parles de la lettre de l'autre jour ?

— Oui. Ma con con con...

Son émoi était si grand qu'il eut beaucoup de mal à lui dire : “Ma confession amoureuse.” Sans changer de position, elle poussa un son inarticulé dont il ne comprit pas le sens. Il vit son visage s'empourprer graduellement et l'entendit dire “Pardon”, tout doucement. Puis elle finit de gravir l'escalier.

Elle venait de lui dire pardon. Devait-il en déduire qu'elle le rejetait ? Mais si c'était le cas, pourquoi avait-elle rougi ? N'aurait-elle pas dû plutôt chercher à lui arracher le cœur par des mots cruels ?

Mais qu'elle était mignonne à cet instant-là !

Il revit son expression, tout en pensant qu'il faisait preuve d'une certaine perversité. Il était triste, il souffrait, mais elle était mignonne, si mignonne que cela le rendait furieux. Toutes ces émotions le traversèrent pendant qu'il restait planté dans le couloir, sans même se rendre compte du froid qui y régnait.

Il se tint immobile un assez long moment, bien qu'il ait commencé à percevoir le froid. Kaguya apparut soudain dans l'escalier, une serviette et ses vêtements de nuit sous le bras. Elle lui lança un regard étonné.

— Désolée, mais il faut que je prenne mon bain, dit-elle en passant à côté de lui.

Elle venait de s'excuser une deuxième fois. Cela le tira de son hébétude. Il regagna sa pièce à livres, rangea *La Mer des mots* sur l'étagère, retourna dans sa chambre où il entrouvrit la fenêtre puis s'allongea.

Il tira sur le fil pour éteindre le plafonnier. La température dans la pièce baissa rapidement en raison du vent qui s'y engouffrait. Il appela en vain le chat. Puis il ferma les yeux et les couvrit ensuite de ses bras. Aucune obscurité ne saurait être aussi profonde que ce qu'il ressentait.

— Tora, Tora, appela-t-il avant de finir par gémir.

Ce n'était pas ce nom qu'il voulait appeler.

La clochette accrochée au bout du fil du plafonnier tinta. Il avait dû s'assoupir quelques instants. Les émotions fortes qu'il avait vécues si soudainement à son travail et chez lui l'avaient épuisé.

Il perçut soudain quelque chose de lourd et chaud à travers sa couette. Il tendit le bras, croyant que Tora était venu s'allonger à ses côtés, et voulut caresser son pelage lisse.

— Te voilà enfin, dit-il.

Au moment même où il réalisa que ce qu'il percevait sous les doigts n'était pas le pelage du chat, il entendit la voix de Kaguya.

— Oui, je suis là.

— Ouah, hurla-t-il en essayant de se relever sans y arriver.

Il ne put le faire car Kaguya était allongée en travers sur lui. Il ne déplaça pas la main qu'il avait posée sur ses cheveux encore humides du bain pendant qu'elle rampait jusqu'à son visage. Il vit qu'elle lui souriait.

— Je ne pouvais que venir après avoir reçu une lettre aussi sincère et bien rédigée.

Majimé était trop ému pour parler. Pourvu que tout ça ne soit pas qu'un rêve, pensa-t-il en avalant sa salive avec peine, la gorge serrée, comme obstruée par une masse.

— Mais il s'est passé un certain temps depuis que je te l'ai remise.

— Encore une fois, pardon. Je n'étais pas absolument certaine qu'il s'agisse d'une lettre d'amour, expliqua-t-elle en lui caressant le visage.

Peut-être parce qu'elle faisait la vaisselle au restaurant, le toucher de ses doigts lui parut rugueux.

— Le patron m'a dit qu'il ne lisait pas le chinois, et le second s'est mis à rire, ajouta-t-elle.

— Tu l'as montrée à tes collègues ?

Il n'avait pas eu l'intention d'écrire quelque chose d'inintelligible, mais le registre qu'il avait choisi était sans doute trop formel. À cause de l'intensité des sentiments qu'il y exprimait, sa lettre était devenue inutilement difficile à comprendre, et d'autres que Kaguya l'avaient lue, une idée qui l'emplissait de honte.

— Mamie, elle, m'a juste dit que si je ne comprenais pas, je n'avais qu'à te poser des questions directement. Et comme tu n'as pas du tout changé d'attitude avec moi, j'étais de moins en moins certaine d'avoir bien compris.

Bien sûr qu'il n'avait pas changé d'attitude. Dès l'instant où il l'avait rencontrée, son attitude envers elle avait été particulière. Tout était dû aux sentiments qu'il éprouvait pour elle.

— Je t'aime.

Il n'avait jamais parlé aussi sincèrement de sa vie.

— C'est vrai que quand nous étions au parc d'attractions, je me suis dit à plusieurs reprises que tu étais peut-être amoureux.

Elle poussa un soupir rassuré, le front collé contre la poitrine de Majimé.

— Bien que tu ne m'aies pas fait de déclaration ni tenté aucun geste.

— Toutes mes excuses. Tout est tellement nouveau pour moi.

— Tu n'as pas besoin de t'excuser. C'est moi qui n'ai pas joué franc jeu, parce que je voulais voir ce qui se passerait. Je tenais à te le confesser.

— Me le confesser ?

— Oui.

Son regard croisa celui de Kaguya au moment où elle relevait la tête. Elle riait, et il en fit autant. Son cœur battait à grands coups, mais par chance il ne s'arrêta pas plus qu'il n'explosa. Son visage se rapprocha du sien, ses lèvres effleurèrent les siennes. Prenant garde à ne pas renifler, il laissa l'odeur de ses cheveux lui emplir les narines. Il commençait tout juste à réaliser qu'il ne rêvait pas.

— Pourquoi es-tu tendu comme ça ?

— Toutes mes excuses. Je n'ai pas l'habitude.

— Tu crois que c'est une question d'habitude ?

Sa voix indiquait qu'elle trouvait cela étrange. Cela incita Majimé à rassembler son courage et à agir. Son corps et son cerveau lui intimaient de rechercher chez elle la passion et la raison. Ils se redressèrent tous les deux, et il la fit passer sur son côté pendant qu'il repoussait la couette qui le couvrait. Il n'eut pas à la forcer pour la faire se déplacer. Il l'enlaça. Son corps était beaucoup plus souple sous sa main que la cuisse de Tora.

— Je voulais juste te demander une chose. La prochaine fois que tu m'écris une lettre d'amour, tu pourrais le faire dans un style un peu plus moderne ? Que je mette moins de temps à comprendre.

— Je n'y manquerai pas.

Il se souvint qu'il avait oublié de refermer la fenêtre. Pourtant il n'avait pas du tout froid.

La voix de Tora leur parvint depuis l'autre côté de la rigole, comme pour dissiper l'ambiance qui émanait de la chambre. Il poussa un feulement destiné à faire comprendre aux chats du quartier qu'il était le mâle dominant. La lune devait briller dans le ciel.

Illuminés par son éclat bleu, les yeux de Kaguya étaient d'une beauté sans égale.

3

Aha, se dit Nishioka Masashi qui comprit ce qui s'était passé dès que Majimé arriva au bureau.

— Bonjour Majimé ! Quoi de neuf ?

— Rien de spécial.

Sans même lui accorder un regard, il se mit à corriger au crayon rouge les contributions déjà reçues pour *La Grande Traversée.*

Ce sont des textes un peu particuliers. Contrairement aux romans ou aux articles publiés dans des revues, le style de l'auteur ou sa personnalité ne comptent guère. L'important pour un dictionnaire est d'expliquer le plus précisément et le plus clairement possible le mot qui est le sujet de l'article. Presque toutes les contributions sont révisées, afin d'améliorer la qualité des définitions, en coopération avec les contributeurs qui sont prévenus que les éditeurs se réservent le droit de modifier leur texte. Cela augmente leur responsabilité, et leur charge de travail.

La concentration de Majimé était remarquable, mais Nishioka, qui l'observait depuis sa table adjacente à la sienne, se dit que, pour l'instant, il ne travaillait que pour ne pas montrer son état d'esprit. Il essaie de dissimuler son trouble, et fait de grands efforts pour ne pas afficher un sourire extatique. Il n'a probablement pas assez dormi, car il a les yeux rouges. Et sa peau a un éclat inhabituel.

Nishioka n'avait pas l'ombre d'un doute quant à ce qui était arrivé à son collègue.

Il reconnaissait cet éclat pour l'avoir vu sur la peau de camarades de classe quand il était au lycée. Mais il n'aurait jamais imaginé le retrouver au travail, sur un collègue qui approchait la trentaine.

Rien de spécial… Et puis quoi encore ! Il s'en est bien tiré, se dit-il en enlevant la veste de son costume qu'il accrocha au dossier de sa chaise pour ne pas la froisser.

Ce n'était pas vraiment une surprise pour lui. Aux yeux de Nishioka, les femmes étaient des créatures mystérieuses, dont les choix en matière d'hommes étaient quasiment toujours incompréhensibles. Des qualités indispensables pour la vie en société comme le physique, le caractère, ou l'état des finances, n'avaient à peu près aucune place dans leurs critères de sélection. L'expérience lui avait appris que ce qui comptait pour elles était de savoir si leur partenaire leur accorderait la priorité.

Si une femme disait à un homme : "Toi tu es vraiment sincère", la plupart d'entre eux risquaient de se demander si elles ne se moquaient pas d'eux. Mais elles pensaient apparemment que parler de "sincérité" était le compliment suprême qu'elles pouvaient faire à un homme. "Sincérité", pour elles, signifiait : "Toi, tu ne me mentiras jamais, et tu ne seras gentil qu'avec moi."

C'était insupportable. Il aurait aimé le supporter mais n'y arrivait pas.

Il va sans dire qu'aucune femme ne lui avait jamais dit qu'il était sincère. Il mentait quand il le fallait, et ajustait son niveau de gentillesse en fonction de son humeur. C'était ça, la véritable sincérité, non ?

Finalement, un homme du genre de Majimé ne pouvait qu'avoir du succès auprès des femmes. Il n'était pas spécialement séduisant, mais son sérieux sautait aux yeux. Il avait aussi un côté affectueux, et la capacité de se donner à fond dans son travail ou ses hobbys.

Il poussa un soupir et se mit à écrire des mails sollicitant des contributions. Il n'avait pas le temps de rêvasser. Le printemps se préparait à l'intérieur des cerisiers qui n'étaient pour l'instant que troncs et branches dénudées. Pendant le temps qui lui restait jusqu'à sa mutation dans le service de la communication, au moment de leur floraison, Nishioka avait décidé de faire le maximum pour Majimé. Il connaissait le manque de talent de ce dernier pour la négociation.

Lorsqu'il l'avait vu arriver dans le service des dictionnaires, Nishioka s'était dit dès le premier regard que Majimé n'irait pas loin dans la vie, mais que quelqu'un d'aussi terne avait le profil adéquat pour ce travail. C'était lui qui avait parlé de Majimé à Araki, bien qu'il ait douté de son propre choix.

Yokkaichi Yōko, une jeune femme du service commercial entrée dans la maison d'édition la même année que lui, lui avait parlé de Majimé en ces termes :

— Nous avons un nouveau, un drôle de numéro qui met tout le monde mal à l'aise.

Elle lui avait fait cette confidence en mangeant un riz au curry.

— On nous l'a pourtant présenté comme un jeune homme brillant, titulaire d'un master en linguistique, avait-elle ajouté en posant sa cuillère, les sourcils froncés.

Yōko était une des personnes avec lesquelles il s'entendait le mieux chez Genbu Shobō. Ils allaient boire un verre ensemble plusieurs fois par an, et s'étaient aussi retrouvés pour organiser une fête d'entreprise.

— Comment ça, il met tout le monde mal à l'aise ? avait-il demandé sans véritable curiosité, alors qu'ils déjeunaient à la cantine au sous-sol du bâtiment principal.

— Ses cheveux sont toujours en bataille.

— Parce qu'ils frisent naturellement, non ?

— Il range non seulement son bureau mais ceux de tout le service.

— C'est pratique d'avoir un collègue prévenant, non ?

— Quand il range, il me fait penser à un écureuil qui met de côté des glands pour l'hiver, ou à un petit animal dont on n'a pas besoin de s'occuper. Il fait la tournée des librairies, comme tout le monde, mais revient toujours avec des sacs pleins à ras bord de livres de bouquinistes. Personne ne comprend pourquoi il a besoin d'en avoir autant, et on a du mal à croire qu'il rend vraiment visite à nos libraires. Les jours qui précèdent la paie, il grignote des paquets de nouilles instantanées sans y ajouter de l'eau, sans doute parce qu'il dépense trop chez les bouquinistes, non ?

— Comment pourrais-je le savoir ?

— Ça ne te mettrait pas mal à l'aise, toi ?

— D'après ce que tu dis, il a l'air un peu bizarre.

— Je me pose vraiment des questions sur les critères de recrutement de cette société quand je vous vois tous les deux.

Elle avait soupiré et fini son riz au curry sans en laisser un seul grain, avant de tremper sa cuillère dans son verre d'eau. Elle ne supportait visiblement pas de poser une cuillère sale sur son plateau. Nishioka la trouvait, fiable, gaie et séduisante, mais détestait cette manie.

— Oh zut… souffla-t-elle aussitôt en baissant la tête après avoir regardé par-dessus l'épaule de Nishioka. Le nouveau dont je viens de te parler est là, derrière toi. Pourvu qu'il ne m'ait pas entendue !

Nishioka s'était retourné, l'air de rien. Un homme mince, aux cheveux ébouriffés comme elle le lui avait décrit, venait de se lever d'une table à quelques mètres de la leur. Il tenait d'une main une assiette qui avait dû contenir un sandwich, et de l'autre un livre de poche aux pages jaunies, qu'il lisait en marchant vers les chariots à plateaux. La seconde suivante, il se heurta à une plante d'ornement artificielle, ce qui fit se soulever la poussière accumulée sur ses feuilles et attira les regards de toutes les personnes en train de déjeuner. Sans même rajuster ses lunettes que le choc avait mises de travers sur son nez, l'homme s'inclina devant la plante en plastique comme pour s'excuser.

— À mon avis, il ne t'a pas entendue. Ce type-là vit dans son monde à lui, expliqua-t-il à Yōko. C'est le genre de personnalité que je supporte le moins.

— Je ne comprends même pas pourquoi je fais tout ça, murmura Nishioka.

Il était assis face à Majimé dans le restaurant de pâtes de sarrasin où il l'avait invité à déjeuner, sachant qu'il était toujours sans fonds. Majimé avait commandé le plat le moins cher, mais il en paraissait très content.

— De quoi est-il question ? demanda-t-il.

— De rien de spécial, répondit Nishioka qui ne pouvait pas lui dire : "De toi."

Majimé était en train de verser l'eau de cuisson des nouilles dans le bouillon qui restait dans son bol. Ayant pris du riz avec une omelette au poulet, Nishioka ne pouvait l'imiter.

— Hé, Monsieur Propre !

— Tu parles de moi ? réagit Majimé en se passant la main dans les cheveux, l'air surpris. Pourtant, des cheveux, j'en ai beaucoup, non ?

— Comment ça va avec la petite Kaguya ?

— Très bien, merci, fit-il d'un ton indiquant qu'il n'avait pas envie d'en parler, tout en comprenant visiblement que cette possibilité ne lui était pas offerte.

Il reposa son bol sur la table, puis ses baguettes, en faisant attention à ce qu'elles forment un angle droit avec le bord de la table.

— J'ai du mal à y croire, mais elle semble ne pas avoir de mauvais sentiments à mon égard. Elle m'a simplement dit qu'il lui avait fallu du temps, car elle se sentait un peu hésitante, elle avait peur de nuire à mon travail, et plus encore au sien si nous nous rapprochions.

— Ça alors… Tu dois quand même être sacrément content de ne plus être puceau.

Parce qu'il savait que des employés de Genbu venaient souvent déjeuner ici, Nishioka avait pris garde à baisser la voix pour dire "puceau", mais Majimé fit oui de la tête sans plus de façon.

— Nous avons longuement discuté pour arriver à la conclusion que tout devrait très bien aller entre nous, précisément parce que nous souhaitons ne pas nous gêner l'un l'autre.

— Ah oui ?

Nishioka pensa *in petto* que décidément Majimé était l'homme idéal pour le service des dictionnaires comme pour Kaguya. Il n'avait lui-même jamais ressenti une telle passion pour quoi que ce soit, et ne croyait pas non plus que cela lui arriverait un jour.

En voyant son demi-sourire, Majimé lui adressa en retour un sourire discret, mais lumineux. Dès l'arrivée de ce collègue dans le service des dictionnaires, Nishioka avait eu le pressentiment qu'il en serait chassé un jour. Il avait par ailleurs l'impression de s'être donné à fond dans ce travail, et de l'avoir bien fait, même s'il n'avait pas d'affection particulière pour les dictionnaires.

Travailler aux côtés de Mme Sasaki, une personne qui n'arrondissait pas les angles, lui avait appris à être plus résilient. Il s'était aussi documenté sur la façon dont le professeur Matsumoto fonctionnait, et sur les mets qu'il préférait. Et il savait ne plus s'étonner de la passion extraordinaire que les dictionnaires éveillaient chez Araki.

Cela ne le protégeait cependant pas toujours des accès de colère de ce dernier.

— *Kodawari*, "méticulosité", ne doit pas être utilisé dans un sens positif. Quand on parle du *kodawari* d'un artisan qui a créé quelque chose de sublime, on se trompe. À l'origine, ce mot signifie "accorder une importance excessive aux détails".

Araki pouvait rugir tout son soûl, Nishioka ne se décourageait jamais. Il avait eu envie lui dire que cette acception de *kodawari* correspondait parfaitement à l'attitude d'Araki face aux dictionnaires, mais s'en était abstenu.

Les lexicographes ont tendance à passer tout leur temps à travailler dans leurs bureaux sombres, et il avait fait tout ce qu'il pouvait pour apporter un peu de gaieté à ce service où il avait passé cinq ans, pendant lesquels il avait su trouver sa place, un sens à son travail, et même de l'affection, affection qui s'étendait aux amoureux des dictionnaires.

L'arrivée de Majimé avait tout changé.

Araki ne cachait pas qu'il attendait beaucoup du nouveau. Le professeur Matsumoto était plus discret, mais il paraissait aussi avoir une bonne opinion de son travail. Même la franchise de Mme Sasaki avait une autre résonance quand elle était tournée vers Majimé : elle devenait sinon maternelle, du moins fraternelle.

Majimé n'était pas traité comme lui, et Nishioka savait pourquoi. Au bout d'un mois, il avait compris que son nouveau collègue était fait pour les dictionnaires, au point que cela paraissait inné chez lui.

Majimé n'était pas doué pour la conversation mais il avait un sens aigu des mots. Un jour où Nishioka avait dit, à propos de son neveu qu'il avait rencontré la veille : "Les gosses d'aujourd'hui sont en avance sur leur âge", Majimé s'était exclamé : "Attends !" et il s'était emparé d'un dictionnaire qui se trouvait sur son bureau.

— L'expression *maseteru* que tu as employée pour parler de cette précocité s'utilise à la fois pour les garçons et les filles, mais *oshama*, qui a la même signification, ne s'applique qu'aux filles. Comment arriver à exprimer cette nuance… avait-il continué.

Il interrompait ainsi souvent le flot d'une conversation. Ce jour-là, Nishioka avait passé des heures à l'aider à rédiger la fiche de ces deux mots en consultant toutes sortes de dictionnaires.

Celles que préparait Majimé paraissaient émettre de la lumière sur les nombreuses étagères de leur service. Elles comblaient les espaces qui restaient dans l'immense quantité de fiches rassemblées par le professeur Matsumoto et ses prédécesseurs.

Majimé avait une faculté de concentration et une persévérance extraordinaires. Lorsque Nishioka lui adressait la parole pendant qu'il écrivait des articles ou rangeait les fiches, il semblait ne pas l'entendre. Il pouvait rester des heures à sa table de travail en oubliant de déjeuner. Nishioka n'aurait pas été étonné de voir les manchettes noires dont son collègue recouvrait les poignets de ses chemises s'enflammer à force de frotter le papier. Et ses cheveux ébouriffés semblaient capables de résister à la force de gravité.

— Ces derniers temps, j'ai du mal à saisir les objets avec mes doigts, lâcha-t-il en riant.

À force de tourner les pages des documents qu'il consultait, leur bout s'était amenuisé. Cela n'était jamais arrivé à Nishioka pendant les cinq ans qu'il avait passés dans le service des dictionnaires.

Majimé était détaché des choses. Ce que pensaient les autres de son apparence semblait n'avoir aucune importance pour lui, mais son intérêt pour les mots et les dictionnaires était passionné. Persévérant au point d'être opiniâtre, il réfléchissait jusqu'à ce qu'il arrive à une solution convaincante, et n'hésitait pas à exprimer le fond de sa pensée lors des réunions de leur service.

Tout cela paraissait dangereux à Nishioka, pour qui un dictionnaire était d'abord un produit. Il était naturellement nécessaire de s'impliquer dans leur rédaction, mais il fallait aussi parvenir aux indispensables compromis, tenir compte des orientations de la direction, penser à la date de lancement, au nombre de pages, au prix de vente ou encore au nombre de contributeurs. Un dictionnaire pouvait être parfait mais, les mots ayant leur vie intrinsèque, il ne serait jamais achevé au sens propre du terme. Si l'on recherchait la perfection à tout prix, un dictionnaire ne serait jamais publié.

Nishioka ressentait de l'envie et de la jalousie vis-à-vis de Majimé, mais ne parvenait pas à le détester. Il avait le sentiment de devoir garder un œil sur ce collègue habité par cette extraordinaire passion et se sentait investi d'une mission qu'il pensait être le seul à pouvoir accomplir : le surveiller pour le pousser à rédiger un dictionnaire viable sur le plan commercial.

Comment le service des dictionnaires et Majimé s'en sortiraient-ils une fois qu'il serait transféré à la communication ?

Si grande était son inquiétude que Nishioka fonçait tête baissée dans son travail, ce qui était rare chez lui. Il prenait contact avec les contributeurs, recouvrait les contributions terminées, et rappelait aux auteurs de celles à venir l'importance de la date de remise, parce qu'il savait que ce genre de tâche était le point faible de Majimé. Peut-être se faisait-il trop de souci. Il pensait parfois que le service des dictionnaires continuerait à fonctionner sans difficulté après son départ, et que Majimé achèverait sans peine *La Grande Traversée*, armé de sa sensibilité aiguë aux mots et de sa passion brûlante pour les dictionnaires.

Une idée qui n'était pas sans l'irriter.

Lors du dîner bimensuel au restaurant Ume no mi, le comportement des amoureux lui donna des démangeaisons.

Majimé évitait encore plus que d'ordinaire de croiser le regard de Kaguya. Mais il suffisait que ses doigts frôlent ceux de cette dernière quand il prenait une assiette qu'elle venait leur apporter pour que son visage s'empourpre jusqu'aux oreilles. Kaguya, elle, l'appelait "Mitsu" plus fréquemment qu'avant. Peut-être pour éviter les soupçons de favoritisme, les portions qu'elle lui servait étaient nettement plus petites que celles des autres. Aux yeux de Nishioka, Majimé et elle se conduisaient comme des collégiens, et il avait du mal à dissimuler son exaspération.

Araki, le professeur Matsumoto et Mme Sasaki semblaient avoir compris que la relation entre Kaguya et Majimé avait évolué.

— J'attends de toi la même énergie pour conquérir le dictionnaire, conseilla Araki.

— Je regrette quand même que la version moderne du *Pauvre Cœur des hommes* n'ait pas vu le jour, renchérit le professeur Matsumoto.

— Et cela fait combien de temps ? demanda Mme Sasaki.

Face à ces aimables plaisanteries, Majimé courba le dos et répondit par quelques interjections.

— Pourtant vous nous aviez dit avoir l'avantage, non, Nishioka ?

Mme Sasaki lui posa la question en lui décochant un regard glacial.

— Majimé habite sous le même toit qu'elle, je n'ai pas réussi à surmonter ce handicap, répondit-il en se composant un sourire.

— Tu parles toujours plus que tu n'agis, lança Araki.

— Et c'est précisément ce que j'apprécie.

Ce soutien inattendu lui vint du professeur Matsumoto, dont il était en train de remplir le verre.

— Toujours aussi perspicace, professeur !

— Et en quoi vaut-il mieux parler qu'agir ?

La question venait de Mme Sasaki, qui secouait la tête en grimaçant.

— Apportez-nous deux flacons de saké supplémentaires, dit-elle ensuite en se tournant vers le comptoir.

Le regard de Kaguya était fixé sur les mains du patron, qui faisait griller au sel du mulet cabot, et le second vint leur apporter les deux flacons. Il n'était pas plus aimable que d'ordinaire, mais toujours aussi viril.

— Vous qui travaillez avec Kaguya, ça ne vous dérange pas ? demanda Nishioka en prenant le saké réchauffé à la bonne température.

— Comment ça, me déranger ?

— Elle est mignonne, et passionnée par son travail. Et pourtant elle se contente de ça... lâcha-t-il en pointant Majimé du menton. Vous ne trouvez pas dommage qu'elle soit avec un homme qui ne sait que végéter ?

— Nishioka, tu as trop bu !

Majimé était blessé. Il agita les mains au-dessus de la table, comme pour dissiper les mots de son collègue. Quant au second, il releva un sourcil, avec une expression amusée.

— Je suis marié.

Même marié, il devrait tenter sa chance, pensa Nishioka qui claqua de la langue.

— Mais si je vois quelqu'un mettre des bâtons dans les roues à ma collègue, ça bardera, jeta-t-il avec un demi-sourire. Je la considère comme ma petite sœur, ajouta-t-il avant de repartir vers la cuisine.

— Quel homme ! fit Mme Sasaki.

Nishioka ne l'avait encore jamais vue rougir.

— C'est à propos de gens comme lui qu'on dit : "Un homme, un vrai…", murmura Araki avec conviction.

Majimé se mit bien sûr à discuter du mot "barder" avec le professeur Matsumoto.

— "Barder" avec une idée d'appréhension ou de menace. Je me demande si ce sens vient de "barder" dans son usage culinaire, comme dans "barder de lard".

— Non, je ne crois pas. C'est un autre sens, "barder", devenir pénible.

Les deux hommes parlaient comme si de rien n'était, ce qui déplut à Nishioka.

— Bon, il se fait tard. Qui veut des nouilles Inaniwa pour finir, et qui préfère du riz assaisonné de thé ? demanda-t-il d'une voix tendue.

Majimé opta pour les nouilles.

Quand Nishioka rentra dans son appartement d'Asagaya, Miyoshi Rémi lui lança, depuis le canapé d'où elle regardait la télévision :

— Bonsoir Masa !

— Toujours aussi moche, hein ? répondit-il depuis l'entrée, tout en enlevant son manteau.

— Si tu imagines que tu peux dire ce genre de chose sans me blesser, tu es décidément un imbécile, mon pauvre Masa, répliqua-t-elle.

Elle se leva du canapé pour inspecter le résultat du vernis à ongles qu'elle venait d'appliquer sur ceux de ses mains et de ses pieds, un beige nacré auquel elle avait ajouté de petits éclats brillants.

— Pardon, murmura Nishioka en pensant que la dextérité dont elle faisait preuve ne servait à rien.

Dire que Rémi et lui n'arrivaient pas à se quitter était sans doute la meilleure façon de décrire leur relation. Ils avaient fait connaissance au club de tennis de leur université. Elle n'était pas jolie, mais s'habillait bien, et son bon caractère faisait que tout le monde, filles comme garçons, l'appréciait. Il la trouvait mignonne à l'époque. Plus jeune que lui d'un an, elle savait tout de son passé, et lui du sien.

Leur relation avait changé de nature le soir d'une fête. Comme il l'aimait bien et qu'il avait bu, ils avaient fini dans le même lit.

Lorsqu'il avait vu son visage démaquillé le lendemain matin, il avait réussi de justesse à cacher sa surprise. Ses grands yeux avaient rapetissé, ses cils avaient perdu les deux tiers de leur longueur, et ses sourcils avaient disparu. En un mot comme en cent, elle était moche.

Son étonnement, qui était réel, n'avait cependant rien changé à l'affection qu'il ressentait pour elle. L'art du maquillage qu'elle possédait lui avait fait forte impression, et il avait aussi été ému par les efforts qu'elle était prête à faire pour paraître jolie. Ils avaient commencé à se fréquenter. Devant lui, Rémi se montrait sans maquillage. Avec elle, il pouvait parler franchement.

Il n'empêche que si quelqu'un lui avait demandé si elle était sa petite amie, il aurait répondu qu'il n'en était pas certain.

Nishioka continuait à aller dans des fêtes et, si l'occasion se présentait, à coucher avec d'autres femmes. Il lui était aussi arrivé d'avoir de brèves relations avec certaines de ses conquêtes. Rémi ne lui faisait pas de reproches. Quand elle se rendait compte qu'il y avait quelqu'un d'autre dans sa vie, elle cessait de venir le voir pour réapparaître une fois l'aventure terminée.

Elle en avait d'ailleurs elle-même. Nishioka ne se risquait pas à lui en parler. Autrefois, quand ils étaient étudiants, il osait tout lui dire, mais depuis qu'ils étaient devenus amants, ils avaient perdu cette proximité, ce qui était étrange.

De toute façon, je suis sûr que ses conquêtes ne la connaissent pas sans maquillage, pensait-il, une idée qui suffisait à chasser son vague à l'âme. Quant à savoir si ce vague à l'âme était dû à l'affection qu'il avait pour elle, à sa jalousie, ou à un désir plus enfantin d'être le seul dans sa vie, il aurait eu du mal à le dire.

Ils n'arrivaient pas à se quitter.

— C'est parce que je viens de voir la belle Kaguya que la différence m'a frappé.

— Kaguya ?

— C'est une fille qui travaille dans un restaurant où on va quelquefois.

— Elle est belle ?

— C'est rien de le dire.

— Tu es lourd, tu sais.

Elle fit la moue en gonflant les joues et se laissa tomber sur lui qui était assis sur le canapé. Elle devrait éviter de faire cette tête-là, ça lui donne une face de lune, se dit-il, tout en étant heureux de sentir la chaleur de son corps sur lui. Ses cheveux sentaient bon. Comme d'habitude, elle avait pris un bain chez lui et s'était servie de son shampoing. L'odeur était plus plaisante sur elle. Même si elle s'était jetée sur lui pour le punir, ses yeux riaient à présent. Voilà pourquoi il pouvait tout lui dire.

— Tu ne peux pas trop m'en vouloir, parce qu'elle est vraiment plus que belle.

— Il faut que tu comprennes que ça ne se fait pas de comparer !

Ils continuèrent à se débattre sur le canapé.

Comment Majimé se comportait-il avec Kaguya ? Nishioka, qui n'avait pas une imagination fertile, n'arrivait pas à se le représenter. La seule chose qu'il pouvait se représenter était le regard ébloui de son collègue sur Kaguya souriante.

On dit que la beauté n'est pas tout, pensa Nishioka. Majimé se marierait peut-être avec Kaguya, et lui avec Rémi… Ce qui lui semblait injuste. Il revint à la réalité, car Rémi venait de le mordre légèrement à la lèvre, et il vit ses yeux étroits. Il ne savait pas comment elle faisait chaque matin pour les transformer en grands yeux rayonnants, à l'aide de sa petite trousse de maquillage. La métamorphose lui paraissait chaque fois magique.

— Elle est bien plus qu'une serveuse pour toi, n'est-ce pas ? murmura Rémi, l'air triste.

Kaguya n'était pas serveuse, mais cuisinière, mais ce n'était pas ce à quoi elle faisait allusion.

— Que veux-tu dire ?

— Ces derniers temps, tu n'es pas dans ton assiette. Tu ne la trouves pas seulement belle, il y a plus, non ? demanda Rémi en le regardant droit dans les yeux, les bras croisés autour de ses genoux. Tu es amoureux d'elle, non ?

Du Rémi tout craché. La finesse de sa perception était une des raisons pour lesquelles il n'arrivait pas à la quitter. Il la prit dans ses bras.

— Ça va pas la tête ? fit-il d'un ton dégagé. Tu sais mieux que personne le genre de femme que j'aime.

Désarçonnée, elle le regarda par en dessous, ce qui l'amusa. Il faillit lui dire qu'avec ses petits yeux, elle avait l'air de le détester.

— Bon, je vais prendre un bain, dit-il en se levant du canapé. Tu travailles demain ?

— Quelle question ! Pourquoi aurais-je un congé ?

— Alors il faut que tu dormes maintenant.

Il prit une douche car il se sentait encore un peu ivre, et réfléchit sous l'eau chaude.

Rémi n'avait pas tout compris. Elle ne se trompait pas en disant que Kaguya était plus pour lui qu'une belle serveuse, mais cela ne signifiait pas qu'il en était amoureux, ni qu'il souhaitait à tout prix la séduire.

Non, ce qu'il voulait, c'était battre Majimé. Il se disait, en se trouvant stupide pour cela, que si Kaguya l'avait choisi lui, et non son collègue, son sentiment d'infériorité aurait été un peu moins fort. Il en était persuadé, mais n'avait jamais envisagé de faire un véritable effort pour la séduire.

Nishioka avait sa fierté. Incapable de s'investir en quoi que ce soit, et de se faire complimenter pour son travail qu'il faisait superficiellement, il ne pouvait s'empêcher de se comparer aux autres, et de se trouver inférieur, chose qu'il tenait à garder secrète.

Même aux yeux de Rémi, qui en avait pourtant conscience.

Sa fierté inutile occupait une telle place qu'il accorderait probablement toujours une importance excessive aux apparences. Il se frictionna vigoureusement avec sa serviette et se massa ensuite les cheveux avec une lotion capillaire anti-chute – mieux valait prévenir que guérir – et passa dans sa chambre où Rémi dormait déjà dans le lit double.

Il se glissa à côté d'elle et poussa un soupir.

Dormir à ses côtés n'était peut-être pas l'idéal, mais c'était déjà ça. Il éteignit la lampe de chevet. Ses yeux s'habituèrent à l'obscurité, et il se mit à observer le plafond qu'il voyait grâce à la lumière bleutée du réverbère qui filtrait par les rideaux.

— Tu peux me parler de tes soucis si tu en as, fit-elle, alors qu'il la croyait endormie.

Il tourna la tête vers elle et vit qu'elle avait les yeux fermés.

— Je te connais, tu es trop fier pour me dire ce qui te préoccupe.

Non mais elle se prend pour qui ? Pour ma copine ? Pour ma mère ? Pour ma grande sœur ? Ça serait bien qu'elle comprenne qu'entre nous, c'est purement sexuel, se dit-il.

Une bouffée d'irritation l'envahit, et il faillit lui dire ce qu'il pensait. Mais en la regardant à moitié endormie, les paupières hermétiquement closes, il ne put se retenir de lui caresser les cheveux.

— Je te fais l'effet d'être déprimé à ce point ?
— Oui.
— Tu veux que je te prouve que tu te trompes ?
— Idiot...

Elle tendit le bras pour le repousser, en riant comme s'il la chatouillait. Il ne tarda pas à l'imiter et prit sa tête dans ses bras. Le nez enfoncé dans ses cheveux doux, il soupira à nouveau. Cette fois-ci, son soupir ressemblait à une longue expiration.

Ils plongèrent chacun dans le sommeil en entendant battre le cœur de l'autre.

Le service des dictionnaires travaillait à la révision du *Genbu des collégiens*.

Même lorsqu'il menait un projet de publication à son terme, le professeur Matsumoto ne considérait pas sa tâche comme terminée. Il allait même jusqu'à dire que ce n'était qu'à ce moment que tout commençait. Chaque fois qu'il tombait sur une expression qui lui paraissait nouvelle ou un mot d'argot employé par les jeunes, il rédigeait une fiche à leur sujet.

Le travail de révision débuta par l'étude de ces fiches. Quels étaient les mots à retenir pour la nouvelle édition du *Genbu des collégiens* ? Mais l'inverse était aussi important. Quelles étaient les entrées dont le service estimait qu'elles n'avaient plus leur place dans ce dictionnaire ? Une fois identifiées, elles devaient être éliminées.

Supprimer une entrée exigeait encore plus de doigté qu'en ajouter une. Personne ne pouvait en effet affirmer que quelqu'un n'ouvrirait pas un dictionnaire à la recherche d'un mot peu usité, en voie de disparition.

Les discussions se multiplièrent au sein du service, mais la plupart du temps, la décision d'ajouter un mot ou d'en éliminer un revenait au professeur Matsumoto et à Majimé. Il fallait aussi étudier les suggestions et les opinions exprimées par les utilisateurs, dont beaucoup étaient judicieuses.

Un dictionnaire n'est pas seulement élaboré par ses rédacteurs, ses contributeurs et ses éditeurs. Il unit une grande somme de savoir et d'énergie, y compris ceux de ses utilisateurs, et résulte d'un long processus.

Lorsque l'on ajoute de nouvelles entrées ou que l'on en supprime, il faut parfois modifier le nombre de caractères des autres de la même page. Celles-ci doivent avoir un aspect uniforme et ne pas présenter de blanc. Afin d'assurer une belle présentation à une page modifiée, des ajustements mineurs mais minutieux sont nécessaires.

Il fallait aussi éviter qu'un article ne renvoie à une entrée disparue, ce qui constituerait un grave problème, susceptible de nuire à la fiabilité du dictionnaire. Cela nécessitait des vérifications méticuleuses dont le but était de s'assurer de l'absence de contradictions et de divergences. Elles n'étaient pas effectuées seulement par le professeur Matsumoto et Majimé, mais aussi par des correcteurs internes et externes, qui passaient leur temps à manier le stylo rouge, noyés dans les épreuves.

Une autre tâche était de déterminer si les exemples fournis pour les nouvelles entrées étaient appropriés. Une vingtaine d'étudiants en master de lettres, en langue ou en littérature japonaises, avaient été recrutés à cette fin. Ils vérifiaient l'exactitude des citations utilisées et si les exemples d'emploi étaient corrects.

Ces étudiants, qui n'avaient pas d'horaires fixes, enregistraient leurs heures de présence sur les pointeuses et venaient travailler pendant leur temps libre. Assis aux grandes tables installées dans le service, ils effectuaient leurs vérifications en prenant les documents sur les étagères. Mme Sasaki était responsable de leur encadrement et de leur répartition, tandis qu'Araki surveillait leur travail.

Le service était plus animé que d'ordinaire, mais Nishioka n'avait rien à faire. Il serait muté au printemps. Sachant qu'il ne pourrait rester jusqu'à la fin du processus de révision, il préférait ne pas s'en mêler. Il s'était occupé des aménagements pratiques. C'était lui qui avait transporté les tables des étudiants depuis la réserve qui se trouvait au rez-de-chaussée de l'annexe. Pour dire les choses plus exactement, il ne l'avait pas fait seul, mais avec l'aide du gardien. Il avait aussi mis de l'ordre dans la pièce des fichiers, et transféré les étagères vides de celle-ci dans la salle de rédaction, où elles jouaient un rôle important puisque les épreuves y étaient déposées.

La porte de la salle de rédaction avait été un obstacle à ces réaménagements. Nishioka n'avait pas hésité à la décrocher bien qu'elle soit ancienne, avec des poignées en laiton. Il avait dû pour cela emprunter un tournevis au gardien. Une fois les charnières enlevées, du bois qui avait gardé sa couleur originale était apparu.

— Vous savez en quelle année l'annexe a été construite ?

— Je crois que c'était juste après la guerre, il y a plus de soixante ans, avait répondu Araki à la question de Nishioka.

Moi qui ai passé à peine six ans ici, je me permets de t'enlever sans plus de façon, se dit-il, et il adressa des excuses silencieuses à cette porte qu'il n'avait pas ménagée. Il l'emballa ensuite pour la protéger et la transporta dans la remise.

Depuis qu'elle avait été enlevée, on voyait l'ensemble de la salle de rédaction depuis le couloir, mais cela ne gênait personne. À part Nishioka, tout le monde travaillait dans la concentration, et seuls les gens du service allaient et venaient dans ce couloir.

Pendant quelques jours, Nishioka souffrit du dos, au point qu'un simple éternuement était douloureux. Il devait s'appuyer sur ses deux mains pour se relever comme pour s'asseoir, et se motiver intérieurement en prenant de profondes inspirations.

Majimé s'en était rendu compte. Un jour, en arrivant au bureau, Nishioka découvrit le coussin de son collègue sur sa propre chaise. Un petit tube de pommade se trouvait également sur son bureau. “Remets-toi vite”, lut-il sur le bout de papier qui y était fixé.

— Ce ne sont pas des hémorroïdes, cracha rageusement Nishioka, qui se ravisa ensuite et le mit dans sa poche en pensant que le remède pourrait lui être utile tôt ou tard.

Majimé arriva sur ces entrefaites, serrant dans ses bras un nouveau coussin couvert de toile fleurie.

— Ma propriétaire l'a cousu pour moi, expliqua-t-il.

Nishioka se dit qu'il aurait pu lui donner le nouveau mais se contenta de le remercier pour l'autre, voyant l'expression satisfaite que Majimé avait en le regardant assis sur l'ancien.

La rédaction de *La Grande Traversée*, elle, avait tendance à stagner en raison de la révision du *Genbu des collégiens*. Mais un spécimen avait été créé, au sujet duquel le professeur Matsumoto, Majimé et Araki discutèrent longuement.

Ce spécimen rassemblait plusieurs pages de texte terminé. Il n'était pas épais, mais permettait de se faire une idée plus concrète de ce que serait le dictionnaire.

La taille des caractères, la police, l'espacement entre les lignes convenaient-ils ? L'emplacement choisi pour les illustrations était-il élégant ? Les chiffres, les signes et abréviations, faciles à comprendre ?

Le spécimen servait à améliorer la fonctionnalité et la lisibilité du dictionnaire. Le professeur Matsumoto, Majimé et Araki qui l'entouraient, l'air grave, paraissaient en même temps excités. Ils étaient sans doute heureux de voir pour la première fois une partie, si petite fût-elle, de *La Grande Traversée*.

— Vous ne trouvez pas que les chiffres blancs sur fond noir sont difficiles à lire ? demanda le professeur.

— Je croyais que ce serait le contraire, mais je me suis trompé, répondit Majimé. Nous devons en choisir d'autres au plus vite.

— Et peux-tu me dire pourquoi l'illustration de l'article "champignon" est si laide ? On dirait un dessin d'enfant représentant une amanite tue-mouche.

— J'en suis l'auteur. La planche n'était pas encore prête, et je me suis dit que cela nous permettrait au moins de vérifier si l'emplacement convenait.

— Ce n'est pas une raison pour faire imprimer une image pareille.

— C'est un champignon ? Je l'avais pris pour une fraise.

— Mais l'image se trouve dans l'entrée "champignon". Vous êtes dur avec moi, professeur, se défendit Majimé.

Nishioka se sentait à nouveau exclu. Combien d'années faudrait-il pour que *La Grande Traversée* soit terminée ? La direction risquait de mettre de nouveaux bâtons dans les roues de ses collègues.

De toute façon, que le projet soit mené à bien ou disparaisse, il n'en ferait plus partie. Il ne pourrait en partager ni les souffrances ni les joies. Alors que, contrairement à Majimé, il était déjà dans le service quand cette grande entreprise avait été conçue. Il réfléchit à l'origine de la vague amertume qu'il ressentait et parvint à la conclusion déplaisante qu'il s'agissait de jalousie. Il avait conscience de ne pas avoir autant de passion que Majimé pour les dictionnaires, sans réussir à se débarrasser de ce sentiment d'envie. Comme s'il avait pris du retard sur lui dans le travail, et cherchait désespérément à le rattraper.

Il essaya de se convaincre qu'il n'aurait qu'à se donner à fond dans ses nouvelles fonctions à la communication, un service auquel Majimé ne pourrait jamais s'acclimater. Nishioka n'était pas comme lui. Quel que soit l'endroit où on l'enverrait, il savait qu'il s'adapterait et ferait du bon travail. Une fois qu'il aurait pris son nouveau poste, il saurait se faire remarquer.

La communication ne l'intéressait pourtant pas plus que les dictionnaires. Il se demanda comment faire pour se passionner pour quelque chose. Cela se décidait-il ? Il n'en avait pas la moindre idée.

Il était incapable de comprendre des gens comme Majimé, Araki ou le professeur Matsumoto. Ses amis à l'université avaient plutôt tendance à garder leurs distances avec leurs passions. Lui-même ne voyait pas d'un bon œil les gens qui manifestaient leur enthousiasme. Il aurait été incapable de dire si son père, un employé d'une grande société, aimait ou non ce qu'il faisait. Il allait au travail parce qu'il n'avait pas le choix, pour sa famille, pour son employeur, et pour gagner le salaire dont il avait besoin pour vivre. Quoi de plus normal ?

Que l'on puisse se passionner pour les dictionnaires dépassait son entendement. Il n'était même pas sûr que ses collègues conçoivent leur activité comme un travail. Ils étaient capables de dépenser des sommes considérables de leur poche pour acheter de la documentation, et de rester au bureau parce qu'ils cherchaient quelque chose, sans se rendre compte que l'heure du dernier train était passée.

Ils lui paraissaient atteints d'une espèce de folie. Mais Nishioka n'était pas non plus entièrement convaincu de leur amour pour les dictionnaires. Pouvait-on analyser et rechercher ce qu'on aimait avec un tel sang-froid et une telle obstination ? Cette persévérance lui faisait plutôt penser à celle que montraient ceux qui autrefois collectaient des informations pour se venger de ceux qui les avaient insultés.

La raison qui les poussait à aller aussi loin demeurait un mystère pour lui. Leur enthousiasme lui semblait parfois choquant, même s'il lui arrivait d'aspirer à trouver quelque chose qui fasse naître chez lui autant de passion que les dictionnaires chez Majimé. Le monde lui paraîtrait différent, se dit-il, et prendrait un éclat éblouissant au point d'en être insupportable.

Toutes sortes de dictionnaires étaient ouverts sur la table voisine de la sienne, celle de Majimé. Armé d'une loupe trouvée Dieu seul sait où, il étudiait les chiffres qui y figuraient. En voyant ses cheveux en bataille, Nishioka eut soudain envie de lui donner un coup sur la tête.

— Je vais faire la tournée des universitaires, déclara-t-il.

Il se leva d'un bond et s'en repentit immédiatement, en sentant une décharge électrique lui parcourir le bas du dos. Sans même remarquer la manière dont il serrait les dents pour ne pas gémir, Majimé, le regard fixé sur sa loupe, lui souhaita bon courage d'un ton flegmatique.

Furieux de son indifférence, Nishioka quitta le bureau comme un voleur, sur la pointe des pieds. Il lui fallait éviter à tout prix les mouvements brusques qui lui faisaient trop mal.

Le soleil hivernal de l'après-midi éclairait d'une lumière pâle la mosaïque du palier. Nishioka, qui avait gravi l'escalier jusqu'au troisième étage en s'accrochant à la rampe, ôta son manteau devant la porte du bureau d'un professeur auquel il allait rendre visite, et ne toqua qu'après s'être massé le bas du dos.

Son interlocuteur lui dit d'entrer. Il s'exécuta et le trouva attablé à son bureau devant une boîte-repas.

— Bonjour, monsieur Nishioka, dit ce spécialiste de littérature médiévale, tout en enveloppant la boîte dans un grand mouchoir.

— Je suis désolé de vous déranger en plein repas.

— Non, ne vous en faites pas, j'avais terminé. Asseyez-vous donc.

Nishioka s'exécuta en tirant à lui une chaise couverte de livres.

— Un repas préparé par votre chère épouse ?

— Mais non… Enfin… fit le professeur en passant une main dans ses beaux cheveux gris, avec une expression embarrassée. Si vous être venu pour ma contribution, je suis désolé mais elle n'est pas encore prête.

— J'espère que nous l'aurons dans les délais prévus, répondit Nishioka, qui se redressa. Je suis venu vous dire au revoir. Je vais être muté à compter d'avril, et vous aurez dorénavant affaire à quelqu'un d'autre de chez nous.

Le professeur fronça les sourcils et se pencha vers lui, avec une expression qui aurait pu être de la curiosité ou de l'embarras.

— Mais alors, la rumeur dit peut-être vrai ?

— La rumeur ?

— Je me suis laissé dire que les éditions Genbu n'avaient pas l'intention de mener à bien ce projet de nouveau dictionnaire. Cela expliquerait votre nouvelle affectation.

— Pas du tout ! s'exclama Nishioka avec un sourire. Si c'était le cas, nous ne vous aurions pas demandé de contribution.

— Je préfère ça, dit le professeur qui releva la tête. Cela me gêne un peu de vous le dire, mais une contribution à un dictionnaire n'est pas bien payée pour le travail que cela représente. Bien sûr, je tiens à faire le maximum, car un dictionnaire, c'est important, mais je suis déjà débordé par les symposiums et les colloques, et j'espère que votre service n'essaie pas d'aller plus vite que votre direction. Ce serait très embêtant.

— Vous êtes la seule personne que nous ayons sollicitée pour le Moyen Âge. Sitôt que mon successeur sera nommé, il viendra se présenter à vous, et je vous remercie d'avance de lui accorder le même soutien que celui que vous m'avez donné, répondit Nishioka.

Il s'inclina profondément devant le professeur sans laisser paraître ce qu'il pensait : les universitaires se divisaient en deux sortes, ceux qui ne connaissaient rien du monde en dehors de leur spécialité, et ceux qui étaient trop attentifs à toutes les rumeurs qui y couraient.

En matière de collecte d'informations, Nishioka ne s'en laissait conter par personne. Il savait par exemple que la boîte-repas dont ce professeur s'était délecté n'avait pas été préparée par son épouse, mais par sa maîtresse.

Un élément qui pourra servir à lui extorquer une contribution, si nécessaire, pensa-t-il.

Peut-être parce qu'il avait été exposé au venin de ce professeur vénal sous ses airs de gentleman, Nishioka s'endormit dans son bain ce soir-là. Il se réveilla lorsque l'eau, devenue tout juste tiède, lui entrait dans les narines.

— Tu aurais quand même pu penser que mon bain durait trop longtemps, non ? reprocha-t-il à Rémi lorsqu'il revint dans le living. Encore un peu et je me noyais !

— Oh mon Dieu ! Pardon, répondit-elle sans quitter la télévision des yeux. Je me suis dit que tu prenais ton temps, et je ne suis pas allée voir parce que j'étais occupée.

Sur l'écran, un comédien parlait avec enthousiasme de produits électroménagers qui avaient sa faveur, une émission qui ne captivait pas vraiment Nishioka. Il se mit cependant à la regarder. La passion et l'enthousiasme du comédien avaient quelque chose de ridicule et de pesant, mais ce n'était pas désagréable. Au début, il la suivit en riant, mais se rendit compte au bout de quelques minutes que ce que disait l'acteur l'intéressait, et qu'il ressentait même de l'émotion, un état d'esprit qui lui rappela un peu celui qu'éveillaient en lui Majimé et les autres membres du service des dictionnaires.

Une fois l'émission terminée, Nishioka et Rémi burent du thé vert assis sur le canapé.

— Tu penses quoi des dictionnaires ?

Il lui posa la question dans le simple but de lancer une conversation, de la même manière que l'on met une plante verte dans une pièce vide pour la meubler.

Le sérieux de Rémi, qui lui répondit en faisant une mine perplexe, le prit au dépourvu.

— Comment ça ?

— Ben je veux dire… Il y en a que tu préfères ? Tu te souviens de ceux que tu utilisais quand tu étais étudiante ?

— Hein ? fit son amie en écarquillant les yeux comme si elle venait d'entendre une voix venue d'outre-tombe. Il y a des gens qui ont des préférences en matière de dictionnaires ?

En fait, sa réaction n'était pas si étonnante que ça, et probablement normale. Nishioka avait été plus marqué qu'il ne le pensait par son passage dans le service des dictionnaires. L'idée l'effraya un peu, mais elle le rassura aussi. Majimé et ses collègues, qui pouvaient discuter de dictionnaires pendant des heures, n'étaient pas normaux.

— Oui, quelques-uns.

— Vraiment ? Je ne connais même pas le nom du dictionnaire dont je me sers.

Rémi posa son gobelet à thé sur la table et serra ses genoux entre ses bras.

— Mais maintenant que tu m'en parles, quand j'étais au collège…

— Oui ?

— J'ai lu les mots *fish & chips* dans mon manuel d'anglais, et je n'ai pas compris ce que c'était.

— C'est vrai que tu es née et que tu as grandi dans la campagne profonde. Il n'y avait même pas de pub là où tu habitais.

— Quel rapport ? De toute façon, quand on est au collège, des pubs, on n'en a rien à faire, répliqua-t-elle ne lui donnant un petit coup de pied aux genoux. Ce que je voulais te dire, c'est que j'ai cherché *fish & chips* dans mon dictionnaire, et tout ce que j'ai trouvé, c'étaient les mêmes mots, mais dans leur graphie japonaise.

Nishioka soupira.

— Ça n'a aucun sens !

— N'est-ce pas ? Il était nul, ce dictionnaire, acquiesça-t-elle en se tordant de rire. Masa, je compte sur toi pour nous faire un bon dico !

Soudain, il sentit une boule chaude monter dans sa gorge. S'il n'avait pas réussi à quitter Rémi jusqu'à présent, c'était parce qu'il l'aimait. Elle l'énervait parfois plus que n'importe qui au monde, mais il n'avait jamais pu la quitter. Il ne voulait pas la quitter. Il l'aimait. Elle n'était peut-être pas belle, mais il la trouvait adorable.

Il ouvrit la bouche pour le lui dire, mais les mots qui sortirent d'une voix cassée ne furent pas ceux-là. Il baissa la tête, sentant que ses yeux lui brûlaient.

— Je ne vais pas pouvoir. Je suis muté au service de la communication. On ne veut pas me laisser dans celui des dictionnaires.

Il avait honte de faire cette confidence. Mais il avait enfin trouvé la personne à qui la faire, à qui avouer que cela lui était aussi douloureux qu'un petit caillou qui se serait fiché dans son talon.

Rémi resta d'abord immobile, sans rien dire. Puis elle mit ses bras autour de la tête de Nishioka, en gardant le silence, avec un mouvement aussi doux que si elle plongeait une main dans l'eau pour repêcher une fleur qui venait d'y tomber.

La contribution du professeur spécialiste du Moyen Âge arriva fin février. Une fois qu'il eut ouvert et lu le fichier attaché au mail, Nishioka poussa un soupir déçu.

L'universitaire avait été chargé de rédiger les notices de plusieurs termes relatifs à la littérature japonaise médiévale, ainsi que la présentation des œuvres et les biographies des auteurs représentatifs de la période. Bien qu'il ait reçu l'angle d'approche et des modèles types, toutes les contributions qu'il avait rédigées dépassaient le nombre maximum de caractères et mettaient trop l'accent sur son opinion personnelle.

Voici par exemple celle qu'il avait écrite pour Saigyō.

Saigyō (1118-1190) : moine et poète actif de l'époque de Heian à celle de Kamakura. Satō Norikiyo était son nom avant son entrée dans les ordres. Il fait partie de la garde de l'empereur retiré Toba, lorsqu'il décide à l'âge de 23 ans de prendre l'habit, pour des raisons qui lui sont propres, et malgré les pleurs de son fils. Il voyage ensuite beaucoup et écrit de nombreux poèmes. Aujourd'hui encore, tout le monde connaît ces vers de lui : "Puisse le ciel / Me faire mourir au printemps / Sous les fleurs de cerisiers / Au deuxième mois / Quand la lune est pleine*." Sa description du monde qui l'entoure ne peut qu'émouvoir profondément un Japonais, et susciter chez lui les mêmes émotions que celles ressenties par le poète. Saigyō parle merveilleusement de la nature et des sentiments, et il a créé un univers unique, où l'impermanence du monde est toujours présente. Il mourut au temple Hirokawa dans la province de Kawachi.

Nishioka imprima le texte non sans irritation. Il était japonais, mais ce célèbre poème ne l'émouvait pas plus que ça. Un dictionnaire se doit de rechercher l'objectivité et ne peut contenir un article affirmant une telle chose, se dit-il. De plus, l'auteur de l'article ne viendrait certainement pas à l'aide de Genbu Shobō si des lecteurs se plaignaient de ne pas ressentir cette émotion.

L'universitaire avait dû se dire : "Février est presque fini. Février, du temps de Saigyō, ça se disait *kisaragi*. Tiens, c'est vrai que Genbu m'a demandé

* *Poèmes de ma hutte de montagne*, traduit par Wing Fun Chen, éditions Moundarren, 1992.

des contributions pour leur prochain dictionnaire. Je vais commencer par celle sur Saigyō", ou quelque chose du même ordre, et il l'avait écrite à la va-vite, cela se voyait, pensa Nishioka avec une irritation grandissante.

— Dis, Majimé. Tu penses quoi de ce texte ? demanda-t-il en passant la feuille à son collègue qui était en train de tailler son crayon rouge avec un canif.

Majimé la saisit précautionneusement et la tint devant son visage avec la même expression qu'un nouvel élève à qui le professeur de japonais a demandé de lire tout haut. Le crayon qu'il était en train de tailler était tombé sur son bureau. Bien qu'il ait eu l'air concentré en se servant du canif, la mine n'était pas aiguisée. La surface du bois était irrégulière, ce qui montrait qu'il ne l'avait pas fait avec méthode. Nishioka décida de finir le travail à sa place.

Pendant que Majimé se concentrait sur le texte, il mania habilement le couteau. À cette heure matinale, ils étaient seuls dans le bureau. Les étudiants arriveraient plus tard et, pour le moment, le calme régnait.

Nishioka s'appliqua à sa tâche parce qu'il aimait tailler les crayons à l'aide d'un couteau ou d'un cutter. Le canif fit apparaître la pointe de la mine rouge, semblable à la moelle qui apporte la vie aux os. Cachée à l'intérieur du crayon, elle évoquait quelque chose de secret, une force vitale cachée, infinie. Quand il était écolier, il se servait des crayons qu'il venait de tailler et qui sentaient le bois pour dessiner des robots et des monstres dans son cahier de brouillon. Il croyait qu'un crayon affûté au canif était meilleur pour ce travail, et ne se servait pas d'un taille-crayon.

"Cahier de brouillon..." Une expression qu'il n'avait pas utilisée depuis plus de vingt ans. Il inspecta le crayon rouge des yeux. La pointe était si fine qu'elle en était presque invisible. Il fut content de voir qu'il n'avait pas perdu sa dextérité et se dit que Majimé ferait mieux de s'acheter un taille-crayon. Une fois que Nishioka ne serait plus là, il risquait de se blesser s'il n'en avait pas.

Majimé posa la feuille devant lui avec une expression dubitative. Tout en se grattant le crâne de la main gauche, il chercha de la droite quelque chose sur son bureau. Lorsque Nishioka poussa le crayon rouge dans sa direction, il releva la tête.

— Merci. Il va falloir sérieusement reprendre cette contribution.

— C'est ce que je me disais.

— Le professeur a donné son accord pour que nous éditions ses textes ?

— Je lui ai bien sûr dit que cela pouvait se produire lorsque je suis allé solliciter sa collaboration. Mais il a plutôt mauvais caractère.

Nishioka s'interrompit pour regarder la feuille.

— Peut-être vaudrait-il mieux l'informer de nos modifications.

Son collègue acquiesça du chef et se mit à corriger le texte.

— Pour commencer, cette contribution contient des éléments superflus. Un dictionnaire doit s'en tenir aux faits. Le point de vue des contributeurs est inutile. De plus, comme ce professeur n'utilise pas de caractères anciens, il ne cite pas le poème dans sa version originale.

— Je me demande d'ailleurs s'il est indispensable de le reproduire.

— Nous en déciderons plus tard. Commençons par abréger.

> Saigyō (1118-1190) : poète et moine de la fin de l'époque de Heian et du début de celle de Kamakura. Son nom en religion est En'i, et son nom dans le siècle, Satō Norikiyo.

— Saigyō, ce n'est pas son nom religieux ?

— Non, c'est son nom de plume.

— Ça alors ! En tout cas, présenté comme ça, c'est beaucoup plus clair. Ensuite, on fait comment ? "Il fait partie de la garde de l'empereur retiré Toba, lorsqu'il décide à l'âge de vingt-trois ans de prendre l'habit, pour des raisons qui lui sont propres." C'est trop long et trop peu précis, non ?

— En effet. Personne ne sait exactement pourquoi il a décidé de se retirer du monde. D'aucuns disent que la mort d'un ami lui avait fait prendre conscience de l'impermanence, d'autres, qu'il avait eu une déception amoureuse.

— Si ça se trouve, il n'aurait pas su l'expliquer lui-même.

Majimé esquissa un sourire.

— C'est vrai qu'on a parfois du mal à comprendre soi-même ce qu'on fait.

— Et quand je lis : "et malgré les pleurs de son fils", j'ai envie de demander qui a assisté à la scène.

— Tout ce passage est ambigu, supprimons-le. Cela reste trop long, mais on pourrait modifier comme ça :

Garde de l'empereur retiré Toba, il prend l'habit à 23 ans. Il voyage ensuite dans tout le Japon, et crée un style unique dans ses poèmes sur la nature et les émotions. Le *Shin kokin waka-shū*, huitième anthologie de poésie japonaise, contient 94 de ses œuvres, plus que n'importe quel autre poète. Auteur de plusieurs recueils, dont *Poèmes de ma hutte de montagne.*

Maintenant, ça ressemble à un texte de dictionnaire, se dit Nishioka en regardant la nouvelle version avec admiration. Majimé ne semblait cependant pas satisfait.

— Il n'en demeure pas moins que cet article est incomplet. Il ne parle de Saigyō qu'en tant que personne.

— Comment ça ? Il y a d'autres significations attachées à son nom ?

— Oui, d'abord celui d'immortel.

— Pourquoi ?

— À une certaine époque, on avait coutume de représenter Saigyō en train de contempler le mont Fuji. "Regarder le mont Fuji", *fujimi*, c'est l'homophone d'"immortel". D'où la signification attribuée à *saigyō.*

— Une mauvaise plaisanterie.

— Non, un calembour.

Nishioka était découragé. Il aurait aimé comprendre la raison de la mode qu'avait connue ce thème graphique. Dessiner un moine, quel intérêt !

— Et il n'y a pas que cela…

— Il y a autre chose ?

— Oui. Comme il a beaucoup voyagé, on dit des gens qui se déplacent beaucoup que ce sont des *saigyō.*

Majimé prit un des volumes du *Grand Dictionnaire de la langue japonaise*, et l'ouvrit à la page consacrée à *saigyō*. Nishioka vit qu'il n'avait pas menti : elle contenait bien d'autres significations. Cela prouvait que Saigyō avait été un personnage très populaire, qui était resté longtemps présent dans l'esprit des gens.

— Tu vois quoi d'autre ? demanda-t-il en dissimulant la page aux yeux de Majimé, pour le mettre à l'épreuve.

— Il me semble qu'on appelait autrefois *saigyō* les escargots de rivière. Il existe également une pièce de théâtre nô intitulée *Saigyōzakura (Le Cerisier et Saigyō)*, et on dit d'un chapeau en bambou placé à l'arrière de la tête qu'il est "porté à la Saigyō". Et puis d'un *furoshiki** placé en diagonale sur son dos, que c'est un "*furoshiki* à la Saigyō". Il faudrait peut-être inclure *saigyōki*, le jour anniversaire du poète.

Nishioka vérifia l'exactitude des dires de son collègue non seulement dans le *Grand Dictionnaire de la langue japonaise*, mais aussi dans *Le Grand Jardin des mots*, et dans *La Grande Forêt des mots*. Le sentiment qu'il avait dépassait la stupéfaction. C'était comme s'il était debout au bord de l'abîme.

— Tu ne vas quand même pas me dire que tu connais le contenu de tous ces dictionnaires ?

— J'aimerais bien, mais… répondit Majimé en se recroquevillant sur lui-même. Revenons à nos moutons. Nous n'avons pas la place d'inclure tous les différents sens de *saigyō*. Lesquels penses-tu que nous devrions conserver ?

* Un *furoshiki* est un carré de tissu utilisé traditionnellement au Japon pour transporter des affaires personnelles ou des marchandises.

— Celui qui désigne les gens qui n'arrêtent pas de voyager, et celui d'immortel.

— Pourquoi ?

Nishioka croisa les bras et considéra le plafond en réfléchissant. Il était embarrassé, car il avait répondu instinctivement. La question posée calmement par son collègue le décontenança un instant.

— Pour commencer, il n'y a plus beaucoup de gens aujourd'hui qui portent un chapeau traditionnel en bambou ou qui se servent de *furoshiki*. Mais supposons que j'en aie un et que je l'aie mis en diagonale sur mon dos. Je rencontre un ami, et il me dit : "Ah, c'est ce qu'on appelle « porter à la Saigyō »."

— Cette situation me paraît assez invraisemblable.

— Oui, je sais, c'est de la pure spéculation. N'empêche que s'il me dit ça, je comprendrai que cette façon de porter un *furoshiki* s'appelle comme ça. On peut aussi imaginer une autre situation : la direction d'une entreprise donne l'ordre à tous ses employés de remplacer leur attaché-case par un *furoshiki* porté à la Saigyō.

— Ça n'a aucune chance d'arriver.

— Mon raisonnement est spéculatif, je le répète. Si je reçois cet ordre, je demanderai ce qu'il signifie. Et si on me l'explique, je comprendrai immédiatement. Ce que je veux dire, c'est que quelqu'un saisira tout de suite le sens de "porter à la Saigyō" tant pour un chapeau que pour un sac, si on le lui montre.

— Ce n'est pas faux. Donc tu penses que ce n'est pas la peine de l'expliquer dans l'article ?

— Absolument. Et si quelqu'un lit ou entend le titre *Le Cerisier et Saigyō*, il est très probable qu'il comprendra qu'il s'agit d'une pièce de théâtre nô.

Parce qu'il est assez peu vraisemblable que quelqu'un lance, ou écrive, de but en blanc : "Et *Le Cerisier et Saigyō…*" Par contre, si l'on devine qu'il s'agit de nô, il suffira de consulter un dictionnaire de ce théâtre.

— Le terme *saigyōki*, le jour anniversaire du poète, ne nécessite pas plus d'explication. Mais que faire des escargots de rivière *saigyō* ? Je pense que, dans ce cas, le sens est tout sauf évident.

— À mon avis, très peu de gens aujourd'hui les appellent comme ça. Et si quelqu'un devait le faire, la personne qui l'entendrait n'aurait qu'à lui demander d'expliquer.

— Cela me paraît radical, dit Majimé avec un sourire.

Nishioka ne s'en offusqua pas.

— En revanche, je pense qu'il faut indiquer que le nom du poète peut signifier "immortel", et expliquer pourquoi. Si quelqu'un devait lire : "Moi je suis *saigyō*, dit-il en s'esclaffant", sans connaître ce sens, il ne pourrait pas le comprendre.

— Ce qui veut dire que tu penses qu'il faut inclure le sens de "nomade, voyageur".

— Oui et non… commença Nishioka d'un ton hésitant. Imaginons qu'un voyageur de ce genre consulte un dictionnaire dans une bibliothèque, et qu'il l'ouvre à la page de *saigyō*. S'il lit que ce nom a aussi le sens de "voyageur impénitent", en référence au poète, il sera touché à l'idée que Saigyō était comme lui, qu'il ne pouvait s'empêcher de vagabonder.

Sentant un regard sur sa joue, Nishioka tourna les yeux vers son voisin. Majimé avait fait pivoter sa chaise de bureau et le fixait.

— Je n'avais jamais réfléchi à tout cela, déclara-t-il d'un ton enflammé.

— Enfin, s'empressa d'ajouter Nishioka, intimidé, mes critères de sélection ne sont pas forcément les meilleurs.

— Non, dit Majimé avec conviction. Nishioka, je regrette profondément que tu sois muté dans un autre service. Nous avons absolument besoin de toi pour que *La Grande Traversée* soit un dictionnaire vivant.

— Qu'est-ce que tu racontes ? lâcha son collègue en lui prenant des mains la fiche corrigée.

Il se mit aussitôt à rédiger un mail au professeur pour la lui communiquer, en s'efforçant de ne pas cligner des yeux et de se concentrer sur l'écran. Il lui fallait le faire pour éviter que ses larmes ne coulent.

Il était ravi. Si quelqu'un d'autre que Majimé lui avait fait une telle déclaration, il l'aurait probablement prise pour de la commisération, au mieux comme une tentative de consolation. Mais il savait Majimé incapable de mentir.

Il considérait son collègue à la fois comme un génie en matière de dictionnaire, inadapté pour tout le reste, et comme un excentrique radicalement différent de lui. Son opinion n'avait pas changé. S'ils avaient suivi les mêmes cours à l'université, ils ne seraient jamais devenus amis. Mais ce que Majimé venait de lui dire lui était précieux. Il pouvait le prendre pour argent comptant parce que son collègue était incapable de flatterie, étant donné que la seule chose qu'il savait faire dans la vie était de se consacrer aux dictionnaires.

Majimé avait besoin de lui. Sa présence dans le service des dictionnaires n'avait pas été inutile. Il en était comblé, et fier.

Son collègue n'avait rien remarqué de son enthousiasme et était déjà passé à autre chose. Il corrigeait une autre contribution, en fourrageant de sa main gauche ses cheveux ébouriffés. Majimé, qui ne savait que dire franchement ce qu'il pensait, n'était aucunement embarrassé par la déclaration qu'il venait de faire, alors que Nishioka était tellement content qu'il ressentait des fourmillements de joie. Majimé est décidément sans pareil, se dit-il.

Lorsqu'il arriva dans le bureau du professeur qui l'avait convoqué, il le trouva à nouveau en train de manger une boîte-repas préparée par sa maîtresse.

— Vous pouvez m'expliquer ce que cela signifie ?

— De quoi parlez-vous ? répondit Nishioka depuis la porte, d'un ton courtois, mais prudent.

— Ce mail que vous m'avez envoyé hier. Pourquoi avez-vous modifié mon texte ?

— Lorsque j'ai sollicité votre contribution, je vous avais informé du fait que cela pouvait arriver.

— Vous en êtes sûr ?

Nishioka lui sourit poliment sans rien dire, tout en pensant qu'il le lui avait dit.

— Mais je ne crois pas que vous m'ayez parlé de modifications aussi importantes.

Si tu ne voulais pas que ça se passe comme ça, tu aurais dû écrire quelque chose d'utilisable. Tu sais ce que c'est, un dictionnaire, non ? se dit Nishioka, sans cesser de sourire.

— Vous m'en voyez navré. Mais la cohérence est essentielle pour un dictionnaire… J'espère que vous voudrez bien le comprendre.

— C'est vous qui avez réécrit mon texte ?

— Non, répondit Nishioka après une seconde d'hésitation pendant laquelle il décida d'être honnête. J'en ai discuté avec mon collègue Majimé, l'éditeur du dictionnaire.

— Dans ce cas, il n'a qu'à s'occuper de tout. Je me retire de votre projet. Cet article n'est pas celui que j'ai écrit.

— Professeur ! s'exclama Nishioka en se rapprochant de lui. Ne dites pas ça, je vous en supplie. Vous pouvez faire confiance à Majimé. Une fois que j'aurai changé de service, c'est à lui que vous aurez affaire. Nous vous sommes tous les deux très reconnaissants de votre contribution, à laquelle nous nous sommes contentés d'apporter des modifications minimes, pour respecter la cohérence stylistique de l'ensemble.

En réalité, il avait fallu tout réécrire mais, contrairement à Majimé, Nishioka était capable de mentir sans aucune hésitation.

— Pour être tout à fait franc, professeur, les contributions de certains de vos collègues nécessitent bien plus de corrections, dit-il en baissant intentionnellement la voix.

Cet argument parut toucher l'universitaire.

— Vraiment ? demanda-t-il en remballant sa boîte-repas, sans quitter des yeux Nishioka, qui courbait humblement le dos. Mais je pense que vous pouvez comprendre que je trouve désagréable de voir que mon texte a été à ce point modifié.

Tu te prends pour un géant de la littérature, se dit Nishioka, qui continua à sourire comme s'il était incapable de faire autre chose, car il avait décidé de laisser passer la frustration de l'universitaire. Ce serait très ennuyeux s'il se retirait du projet.

Un dictionnaire n'est pas composé seulement de belles phrases. C'est aussi un produit, qui a besoin de noms connus, qui sont un gage de sa qualité. Le nom du professeur Matsumoto, qui figurerait sur sa couverture avec la mention "sous la direction de", en était un. Il participait de près à l'élaboration de *La Grande Traversée*, mais parmi la liste des noms associés au projet figureraient ceux de personnes qui n'avaient presque rien fait.

Les auteurs des contributions étaient sélectionnés parmi les meilleurs spécialistes de chaque domaine. Leurs noms apparaissaient en fin de volume, et prouvaient la justesse des choix faits par l'éditeur. Leur renommée permettait de mesurer jusqu'à un certain degré la précision et la qualité de l'ouvrage.

Nishioka en vint à penser que solliciter le concours de cet universitaire n'avait pas été judicieux. Mais comme il faisait autorité en matière de littérature médiévale, pouvoir utiliser son nom était une excellente chose, et Majimé s'était chargé d'améliorer sa contribution.

— Bon, si vous exprimez votre contrition de manière convaincante, je pense que je pourrai accepter la révision que vous proposez, fit le professeur en buvant son gobelet de thé. Je n'irai pas jusqu'à exiger que vous vous prosterniez devant moi, mais…

— Me prosterner devant vous ?

— Je n'exige pas que vous le fassiez, répondit l'homme en esquissant un sourire.

Il savait parfaitement que la position de son interlocuteur lui interdisait de se rebeller, et cela semblait lui procurer de la jouissance.

Quel sale type, se dit Nishioka en baissant les yeux vers le plancher poussiéreux. Le complet-veston qu'il portait sortait du pressing. Bon, si cela pouvait satisfaire ce professeur, il était prêt à se prosterner devant lui. Au moment où il allait le faire, ses genoux exprimèrent une légère opposition et un éclair de raison traversa son esprit, lui intimant de cesser. Il se figea.

La Grande Traversée n'était pas un dictionnaire insignifiant ! Quel sens cela avait-il de se prosterner sans aucune conviction ? Cet ouvrage auquel Majimé, Araki et le professeur Matsumoto se consacraient ne méritait pas d'être sali par une telle attitude de sa part. Et il n'était pas non plus destiné à laisser cet universitaire passer ses nerfs sur Nishioka.

Il ne se prosternerait pas. Rien ne l'obligeait à lécher les pieds de cet homme pour lui faire plaisir. Il se redressa et posa une main sur le bureau du professeur, juste à côté de la boîte-repas. Puis il se pencha vers lui, et rapprocha son visage de son oreille.

— Vous avez beaucoup d'humour, professeur.

— Mais… mais qu'est-ce qui vous prend tout à coup ?

Surpris par ce changement d'attitude, il sembla rétrécir sur sa chaise. Nishioka plaça une main sur le dossier de celle-ci, afin de l'empêcher de s'écarter.

— Je vous ai compris, professeur. Vous n'êtes pas homme à tester la sincérité de votre interlocuteur. Vous plaisantiez en m'ordonnant de me prosterner, n'est-ce pas ?

— Euh… enfin… bredouilla l'autre, peut-être parce qu'il sentait Nishioka devenir presque menaçant.

— Moi, je n'apprécie pas ce genre de plaisanterie. Et je ne pense pas non plus que l'on doive jamais tester son interlocuteur.

Il avait certes voulu vérifier les connaissances de Majimé sur Saigyō, mais il choisit de l'oublier.

— Supposons, par exemple, que vous ayez une maîtresse, continua-t-il en baissant sa voix pour la rendre plus lourde de sous-entendus.

— Mais enfin ! lâcha l'universitaire en sursautant.

— Ce n'est qu'une supposition.

Ridiculiser quelqu'un en position de faiblesse procure du plaisir, se dit Nishioka dont le sadisme avait été éveillé. Il adressa au professeur un sourire de crapule.

— Pourquoi êtes-vous si agité ? demanda-t-il en effleurant la boîte-repas. Je sais que vous en avez une. Et je connais son nom, ce qu'elle fait, à quel point elle vous est dévouée, et bien d'autres choses encore.

— Mais… Comment…

— L'élaboration d'un dictionnaire nécessite la collaboration d'un grand nombre de personnes. Et pour que tout marche bien, il est indispensable de rassembler toutes les informations nécessaires.

Nishioka ne s'était pas contenté de rendre visite à des universitaires. Après leur avoir parlé, il était allé dans les salles où leurs assistants prenaient leurs pauses afin de mieux les connaître. Cela lui avait appris beaucoup de choses.

— Ne croyez cependant pas que je compte m'en servir pour vous faire accepter nos propositions de révisions. Parce que, comme vous, je connais le sens du mot "dignité".

Il écarta sa main de la boîte-repas et se redressa.

— Vous comprenez ce que je veux dire ? demanda Nishioka.

Le professeur acquiesça plusieurs fois du chef.

— Je vous remercie. Nous nous servirons donc de votre contribution révisée.

Sa mission était accomplie. Il fit demi-tour et se dirigea vers la porte du bureau en passant entre les tas de livres. Une idée lui traversa l'esprit au moment où il posait la main sur la poignée, et il se retourna.

— Professeur !

L'universitaire tourna vers Nishioka le regard d'un animal effrayé.

— Je suis sûr que mon collègue Majimé va rédiger un dictionnaire fiable, qui sera aimé de ses lecteurs. Votre nom y figurera, même si c'est lui qui aura été le véritable auteur de votre contribution.

C'en était trop pour son interlocuteur.

— Vous exagérez, fit-il d'une voix blanche et tremblante de fureur. Que voulez-vous me dire ?

— Vous venez de prendre une excellente décision en accordant plus d'importance à la forme qu'au fond. Sur ce, au revoir.

Nishioka referma la porte derrière lui avant d'avancer dans le couloir sombre. Je n'aurais pas dû aller aussi loin, se dit-il, mais il se mit bientôt à rire. Que cet homme le poursuive en hurlant ou annonce qu'il ne voulait pas que son nom soit associé à *La Grande Traversée* lui était parfaitement égal. Cela n'aurait aucun impact sur le nouveau dictionnaire. La résolution de Majimé et du reste de l'équipe en charge du projet était plus ferme que le noyau terrestre, et leur enthousiasme, plus brûlant que le magma. Même si cet universitaire leur causait des problèmes, cela n'aurait aucune importance, et le projet irait jusqu'à son terme, pensa Nishioka avec conviction, mais d'une manière plutôt irresponsable. Lui privilégiait le fond.

Araki avait coutume de dire qu'un dictionnaire est la cristallisation du travail d'une équipe, et Nishioka eut l'impression qu'il venait de découvrir ce que cela signifiait.

Il ferait tout ce qu'il pourrait pour *La Grande Traversée*, même après sa mutation dans un autre service. Contrairement à cet universitaire qui voulait que son nom apparaisse bien que son travail ne le justifie pas, Nishioka ne souhaitait pas que le sien y soit mentionné. Et il était même prêt à accepter que Majimé l'ait oublié un jour. "Nishioka, vous dites ? Hum, ce nom me dit bien quelque chose mais..."

Ce qui comptait, c'était que ce soit un bon dictionnaire. Réussirait-il à aider autant qu'il le souhaitait, de toutes ses forces, ses collègues qui y travaillaient en y mettant toute leur âme ?

Nishioka descendit l'escalier et quitta le bâtiment. Le campus baignait dans la pâle lumière de cet après-midi d'hiver. Les branches dénudées des ginkgos traçaient des fissures dans le ciel.

Répondre à la passion par la passion. C'était ce qu'il avait évité avec constance jusqu'à présent, parce qu'il trouvait l'idée embarrassante, mais maintenant qu'il avait décidé de le faire, il était surpris que cela lui paraisse enthousiasmant.

De retour au bureau, il relata à Majimé son entretien avec le professeur. Celui-ci interrompit son travail pour l'écouter et dirigea vers lui un regard rempli d'estime.

— Tu m'impressionnes, Nishioka. C'était presque du chantage, non ?

L'écart entre l'expression de son collègue et le contenu de ses propos le prit au dépourvu.

— C'est ce que tu penses de ce que je viens de te dire ?

— Oui. Moi, je n'aurais rien pu faire d'autre que me prosterner devant lui, et accepter toutes ses exigences.

L'ironie ou la litote ne faisant pas partie de l'arsenal social de Majimé, il parlait sans doute sincèrement, et souhaitait complimenter Nishioka pour son attitude.

— Tu sais, mon petit Majimé…

— Oui ?

Nishioka fit pivoter sa chaise de bureau pour faire face à son collègue, et son coussin glissa. Il prit le temps de le remettre en place, révélant un aspect pointilleux qui paraissait surprenant chez lui. Majimé attendit patiemment la suite.

— Ce que je voulais dire, c'est qu'il n'est pas impossible que cet universitaire vienne se plaindre parce que j'ai mal agi à son égard, reprit-il une fois qu'il avait pu se rasseoir sur son coussin qui était à la bonne place.

— Je ne pense pas que cela arrivera, dit Majimé non sans conviction. Comme tu viens de le dire, il a préféré la forme au fond.

— Et s'il décide de retirer sa contribution ?

— Cela ne me dérangerait aucunement, répondit Majimé d'un ton indifférent.

Nishioka était étonné. Peut-être parce que son collègue avait conscience d'avoir parlé trop vivement, il esquissa un sourire gêné.

— J'ai certainement tort d'attendre des autres le même sérieux que le mien.

Nishioka fit non de la tête pour exprimer son désaccord. Il était naturel d'avoir de si hautes attentes lorsque l'on prenait les choses à cœur. De la même manière que personne n'attendrait rien de celui ou celle qu'il aime.

Il pensait aussi que l'intensité et la densité des sentiments qui animaient son collègue n'avaient rien d'ordinaire. Parvenir à répondre à ses exigences et ses attentes n'était pas chose aisée.

Il a l'air insouciant alors qu'il ne l'est pas du tout, se dit Nishioka en soupirant intérieurement. Kaguya ne devait pas avoir la vie facile. Et si d'aventure un nouvel employé était affecté au service des dictionnaires, il lui faudrait un temps d'adaptation.

Majimé, apprends à te relaxer. Sinon tu finiras par épuiser les gens qui t'entourent. Tes attentes et tes exigences excessives se retourneront contre toi. Et puis tu vas finir par t'épuiser toi-même si tu n'obtiens pas ce que tu souhaites. Tu risques de finir seul, lassé, et abandonné de tous, se dit-il.

Il était encore en train de penser à son collègue lorsque l'heure de la fin du travail arriva. Majimé commença à ranger ses affaires. Partir si tôt ne lui ressemblait pas.

— Tu nous quittes déjà ?

— Oui, Kaguya est pour la première fois chargée de préparer un des plats du restaurant et je dois aller le goûter, répondit-il d'un ton gai en remplissant son porte-documents. Tu veux m'accompagner ?

Hum. Les flammes de la passion de Majimé risquaient de carboniser le plat, se dit Nishioka.

— Non, mais merci quand même, répondit-il en lui faisant signe de partir.

Son collègue fit ensuite le tour des tables des étudiants pour leur dire au revoir, le visage rosi par l'embarras.

Il finit par quitter le bureau. Nishioka se remit au travail. Il avait décidé de rédiger une documentation pour son successeur. Nul ne savait à quel moment une nouvelle personne serait affectée à ce service. Il n'était pas impossible que Majimé reste très longtemps le seul employé à plein temps.

Cela ne constituait pas un obstacle à ce qu'il comptait faire. Tournant le dos aux étudiants, il se concentra. Majimé n'aurait pas su résister au professeur s'il l'avait confronté aujourd'hui. Il lui fallait absolument quelqu'un capable de l'aider dans les relations avec l'extérieur. Nishioka souhaitait laisser à ce successeur qui serait nommé tôt ou tard la somme de ses connaissances.

Au sujet des habitudes, des goûts, des faiblesses, de la position qu'occupaient les contributeurs, et même de leur vie privée. Il enregistra dans son ordinateur toutes les informations qu'il s'était procurées sur eux. En incluant le moyen de résoudre les problèmes qui pourraient se poser, de la manière la plus concrète possible.

Il imprima ensuite ce qu'il avait écrit, et plaça les feuilles dans une chemise bleue. Puis il effaça le dossier de son ordinateur, car le document ne devait pas tomber entre d'autres mains. Il écrivit ensuite au marqueur noir sur la couverture de la chemise : "Confidentiel – à consulter sur place, uniquement par les membres de la rédaction."

Le dossier vaut la peine d'être lu, se dit-il, mais ne suffit pas. Il réfléchit à ce qu'il pourrait ajouter. Une idée lui vint, et il ouvrit son tiroir d'où il sortit la lettre d'amour de Majimé. Il en avait fait une copie lorsque celui-ci lui avait demandé de lui donner son avis. Il baissa les yeux sur les quinze pages qui le faisaient rire chaque fois qu'il les lisait.

Les étudiants lui adressèrent des regards soupçonneux en voyant ses épaules frémir. Nishioka s'efforça de retrouver son sérieux et commença à réfléchir à une cachette pour la lettre. Les étagères étaient l'endroit le plus approprié, mais il ne fallait pas qu'elle soit découverte trop vite. Il fit semblant d'étudier les livres et choisit le rayonnage sur lequel s'alignaient des guides pratiques, avec des titres comme *Comment rédiger une lettre* ou *Tout savoir sur les mariages et les enterrements*. Il décida de la coller sous le serre-livres.

Une fois cela fait, il retourna à son bureau et glissa un papier à l'intérieur de la poche transparente de la chemise bleue, sur lequel il avait écrit ceci :

"Fatigué de travailler sur le dictionnaire ? Envie de rire ? Si vous faites partie de l'équipe de rédaction et que cela vous arrive, envoyez-moi un mail. Nishioka Masashi, masanishi@genbushobo.co.jp"

Parfait, se dit-il, et il mit la chemise à un endroit facile à trouver sur les rayonnages.

Il s'étira et prit sa serviette. L'horloge indiquait qu'il était plus de 21 heures. Presque tous les étudiants étaient partis. Il n'en restait que deux.

— Il est l'heure de rentrer. Je vous invite à dîner.

— Super ! J'ai envie de manger chinois.

— Moi je préférerais coréen.

Les deux étudiants mirent leur carte dans la pointeuse.

— Holà, du calme ! Si je vous écoute, vous allez me ruiner. Vous avez le choix entre des nouilles ou un bol de riz au bœuf.

— Quoi ?

— Zut !

Mais ils riaient tous les deux. Nishioka vérifia toutes les sources potentielles d'incendie, et éteignit la lumière dans la salle de rédaction. Il ne put en fermer la porte à clé car elle n'en avait plus, mais il verrouilla celle de la pièce des fichiers, avec l'impression de sentir peser dans l'air tous les mots qu'elle contenait.

— Ça vous plaît de travailler sur le dictionnaire ? demanda-t-il alors qu'ils sortaient tous les trois de l'annexe.

— Oui, dit le premier étudiant. Même chose pour toi, non ?

— Au début, j'ai trouvé ça un peu rasoir, répondit le second. Mais quand on s'y met on ne voit plus le temps passer.

Ce n'était pas faux, lui aussi l'avait vécu comme ça, pensa-t-il sans le dire tout haut.

Des gens qui ne disposaient que d'un temps limité se lançaient en ramant ensemble sur la vaste mer des mots. La traversée faisait peur, mais elle était passionnante. Il aurait aimé continuer à bord de ce bateau qui naviguait à la recherche de la vérité.

Sitôt arrivés dans la rue, les étudiants se mirent à jouer à pierre-feuille-ciseaux. Celui qui gagnerait choisirait entre les nouilles et le riz. Nishioka, qui les regardait en souriant, se dit soudain qu'il allait demander Rémi en mariage.

Il ne savait absolument pas comment elle réagirait, mais il était déterminé à ne plus ignorer ses propres sentiments. Il ne tricherait plus. Cela faisait d'ailleurs quelque temps que Rémi était la seule femme à l'attirer, et il ne pensait pas que cela allait changer. Il voulait le lui dire.

Celui qui gagna opta pour les nouilles. Nishioka ferait donc sa demande en mariage d'une haleine empestant l'ail. Rémi pouvait le supporter. Il lui envoya un mail depuis son téléphone

"T'es où ? Si c'est chez moi, attends-moi. Sinon, je peux passer ? Je mange et je viens. A +"

Il sentit son téléphone vibrer dans sa poche juste avant de traverser la grande avenue.

"Je suis chez moi. Prends ton temps, je ne bouge pas. A +"

Il sourit et relut deux fois le message. Elle n'avait ajouté aucun émoji, comme toujours. Mais il avait l'impression d'entendre sa voix. Chaleureuse, grâce au pouvoir mystérieux des lettres et des mots.

— Pour vous encourager à vous donner à fond dans le travail, je vous offre un œuf dur en supplément.

— Que cache cet élan de générosité ?

— Je peux prendre une tranche de rôti de porc à la place ?

— OK, répondit Nishioka en les laissant entrer dans le restaurant avant lui.

4

Kishibé Midori travaillait chez Genbu Shobō depuis trois ans, mais c'était la première fois qu'elle pénétrait dans l'annexe à l'arrière du bâtiment principal. Sitôt à l'intérieur, elle éternua trois fois.

Sensible aux changements de température et allergique à la poussière, elle éternuait et avait le nez qui coulait chaque fois qu'elle y était exposée. Derrière la lourde porte en bois, il faisait frais dans le couloir sombre où flottait la même odeur de vieux papier que dans une bibliothèque.

L'ambiance n'aurait pu être plus différente de celle du moderne bâtiment principal. Elle se demanda si elle ne s'était pas trompée. Elle connaissait l'existence de l'annexe, mais s'était dit que la vétuste construction à l'occidentale, en bois, devait servir d'entrepôt.

Une fois à l'intérieur, elle vit que l'annexe était encore utilisée, malgré son âge. Le plancher et la rampe de l'escalier qu'elle voyait au bout du couloir avaient pris la couleur du caramel. Les murs étaient couverts d'un crépi blanc cassé, et le plafond était élégamment voûté. Son nez sensible la piquait, mais elle ne vit pas un mouton de poussière. L'endroit paraissait fréquenté quotidiennement.

— Euh, excusez-moi… lança-t-elle, bien que pensant être seule.

— Oui ?

La réponse la fit sursauter. Dans la pénombre ambiante, elle ne s'était pas rendu compte de la présence d'une petite fenêtre dans le mur juste après l'entrée, derrière laquelle elle aperçut le visage d'un gardien qui regardait la télévision dans une pièce minuscule où tournaient les pales d'un ventilateur. Un papier jauni collé au carreau, écrit à la main, indiquait : "Accueil".

Elle soupira intérieurement en pensant au comptoir rutilant du bâtiment principal, et aux aimables jeunes filles qui accueillaient le public.

— Ah… fit l'homme alors qu'elle s'apprêtait à lui donner son nom. Allez à l'étage, ajouta-t-il en pointant l'escalier de la main droite.

La fenêtre se referma, et le gardien recommença à regarder la télévision. Elle marcha vers l'escalier en entendant ses pas résonner dans le couloir. Dans celui, carrelé, du bâtiment principal, ses talons de huit centimètres produisaient un petit bruit plaisant, mais ici, leur son ressemblait à celui produit par le bec d'un moineau qui attrape sa nourriture.

Le grincement désagréable des marches de l'escalier lui fit se demander si elle avait grossi. Ses vêtements ne la serraient pas plus que d'habitude, mais peut-être avait-elle abusé des chips à cause du stress de ces derniers jours. Elle finit l'ascension prudemment, presque sur la pointe des pieds.

Il faisait plus clair à l'étage, grâce au soleil qui pénétrait par les fenêtres. Elle s'approcha de la seule porte ouverte du palier, se rendit compte qu'en fait il n'y en avait pas, et découvrit une pièce remplie de rayonnages. Toutes les tables qui s'y trouvaient étaient noyées sous des liasses de papiers. Une nouvelle salve d'éternuements la fit hésiter à entrer. Elle percevait l'odeur de la poussière invisible, ainsi qu'un étrange gémissement, presque un rugissement, qui la mettait mal à l'aise.

— Ah… Euh… Ah… Euh…

Le son n'était pas fort, mais continu. Y aurait-il ici une tigresse sur le point d'accoucher ?

— Bonjour ! Nous vous attendions, lança une autre voix, cette fois-ci dans son dos, ce qui lui arracha un cri.

Elle se retourna et vit une femme dans le couloir pourtant désert l'instant précédent. Mince, âgée d'une cinquantaine d'années, elle portait des lunettes et lui fit l'impression d'être de tempérament nerveux.

— Euh, je suis…

— Oui, oui, je sais…

Une fois encore, Kishibé n'eut pas le temps de se présenter. La femme se glissa dans la pièce en passant à côté d'elle, les bras chargés de papiers.

— Chef ! Monsieur Majimé !

Comme en réaction, l'étrange rugissement s'interrompit. Bientôt la montagne de papiers la plus lointaine s'effondra et un visage masculin apparut.

— Je suis ici ! Qu'y a-t-il, madame Sasaki ?

Il avait dû dormir, la tête posée sur les documents amoncelés sur son bureau, car sa joue gardait une trace rouge laissée par l'un d'entre eux. Lui aussi était mince, mais son apparence avait quelque chose de débraillé – sa chemise était froissée, et ses cheveux frisés, en bataille.

Elle lui donna une quarantaine d'années, et remarqua quelques cheveux blancs dans ses boucles. Il pourrait quand même faire un effort pour mériter le "monsieur" dont cette Sasaki l'avait gratifié, se dit-elle en se souvenant que le service des dictionnaires était souvent décrit par les autres employés de Genbu Shobō comme "un puits de papier sans fond qui ne rapporte rien".

Il entreprit de chercher quelque chose sur son bureau, sans la moindre once de dignité attendue de son rang. Il parut ne s'apercevoir de la présence de Kishibé qu'après avoir mis ses lunettes sur son nez, au bout de quelques instants, mais continua à soulever les papiers devant lui.

Elle se tourna vers l'autre femme comme pour lui demander si elle devait se présenter elle-même ou ne pas l'importuner. Mais l'expression imperturbable de Sasaki, qui attendait sans rien dire, ne lui fut d'aucun secours. Elle n'eut d'autre choix que de l'imiter.

— Je l'ai trouvé ! fit l'homme d'un ton joyeux.

Il vint vers elle en tenant un étui à cartes de visite argenté. Le trajet était court, mais il ne put le couvrir rapidement car il dut éviter les tas de papiers qui se dressaient çà et là sur le sol.

— Majimé Mitsuya. Enchanté, dit-il en lui tendant sa carte de visite où elle lut.

Majimé Mitsuya
Chef
Service des dictionnaires
Genbu Shobō

Une fois debout, il était plutôt grand, et il se pencha vers elle pour la voir. Ses yeux noirs brillants paraissaient encore un peu ensommeillés. Elle sortit de sa poche son étui Hermès en cuir box-calf kaki, acheté dans sa joie d'avoir été embauchée dans la maison d'édition, et lui tendit la sienne, qu'elle venait de faire refaire.

— Kishibé Midori. Enchantée. Je me réjouis de commencer ici aujourd'hui, dit-elle en pensant qu'échanger des cartes de visite entre collègues était décidément étrange.

Mme Sasaki se contenta de se présenter de vive voix :

— Mon nom est Sasaki, et je travaille surtout dans la pièce des fichiers, à côté.

Cela confirma l'impression de Kishibé que son nouveau chef était particulier. Rassurée, elle s'inclina devant sa nouvelle collègue et rangea son étui.

Sasaki et Majimé étaient seuls dans le service. Elle pensa d'abord que les autres étaient à l'extérieur mais ce n'était apparemment pas le cas.

— Nous avons aussi un conseiller, le professeur Matsumoto, et M. Araki qui vient nous aider de temps en temps, précisa Majimé en souriant.

Dans un service à l'effectif si réduit, être chef ne signifiait pas grand-chose, pensa-t-elle. Majimé, qui paraissait s'en satisfaire, ne devait pas être ambitieux. Bien qu'on lui ait affirmé que ce projet était important pour Genbu Shobō, sa nouvelle affectation qui ne l'excitait guère lui sembla encore plus désespérante. Elle avait l'impression d'avoir été exilée loin du reste des employés. Depuis qu'elle avait appris sa mutation, elle avait passé beaucoup de temps à se demander si elle avait fait quelque chose de mal pour la mériter.

Elle avait passé ses trois premières années dans la maison d'édition au sein de la rédaction de *Northern*

Black, un magazine de mode destinée aux femmes d'une vingtaine d'années, comme chaque maison d'édition en avait, qui se vendait bien. C'était une des divisions qui rapportaient le plus, et la rédaction de *Northern Black* bénéficiait par conséquent du respect des autres employés.

Kishibé, qui lisait le magazine quand elle était étudiante, avait été ravie d'y être affectée. Elle s'efforçait de suivre la mode de près, dans la mesure de ses moyens, et d'être bien habillée, comme ses collègues plus âgés. À moins d'en faire soi-même l'expérience, il était difficile de savoir si les vêtements en vogue étaient agréables à porter.

Même lorsqu'elle rentrait très tard, elle n'oubliait jamais sa "routine de beauté", et lisait tous les articles sur les célébrités, pour être prête pour le jour où elle les interviewerait. Elle n'avait pas changé d'attitude dans son travail lorsque son petit ami qu'elle avait rencontré à l'université l'avait quittée en lui reprochant de placer sa carrière avant lui.

Pourquoi avait-elle été mutée dans ce service des dictionnaires, aussi loin qu'on puisse l'imaginer des interviews de stars américaines en visite au Japon et des potins sur les disputes entre mannequins dans les coulisses des défilés parisiens ?

Elle se demanda, avec un grand sentiment de solitude, ce qu'elle pourrait faire et en quoi elle pourrait être utile dans ce service qui lui paraissait aussi éloigné du précédent que la Terre de la Lune.

Majimé et Sasaki ne donnaient aucun signe d'avoir remarqué son désarroi et continuaient à bavarder.

— Vous gémissiez fort en dormant, vous savez.

— Ah bon ? Maintenant que vous me le dites, il me semble que je rêvais que je venais de découvrir beaucoup de caractères qui n'étaient pas *seiji* dans les épreuves corrigées que je venais de recevoir.

— Ce devait être épouvantable.

— Oui, c'était un vrai cauchemar.

Seiji ? Elle ne comprenait pas de quoi il était question mais voyait clairement que ce dont ils parlaient, et la manière dont ils le faisaient, étaient singuliers.

— Excusez-moi, mais j'aimerais savoir ce que vous voulez que je fasse.

Dans son poste précédent, on lui avait toujours dit qu'elle devait trouver elle-même des choses à faire, mais la rédaction de dictionnaires n'avait rien à voir avec celle d'un magazine. À moins qu'on ne lui apprenne les ficelles de son nouveau "métier", elle ne voyait pas comment se rendre utile. Ce qui n'empêcha pas Majimé de lui répondre qu'il souhaitait avant tout qu'elle se sente à l'aise. Elle se demanda s'il voulait lui faire comprendre qu'il n'avait pas besoin d'elle, mais il semblait n'avoir aucune mauvaise intention à son égard.

— Nous avons prévu de dîner dehors pour fêter votre arrivée. Donc votre première mission pour aujourd'hui est de veiller à ce que votre estomac et votre foie soient en bon état de marche ce soir, ajouta-t-il.

— J'ai mis vos affaires qui nous ont été livrées là-bas, dit Sasaki en montrant un coin de la pièce où les quelques cartons venus de la rédaction de *Northern Black* formaient une pile ordonnée. Prenez la table qui vous convient. Et si vous avez besoin de quoi que ce soit, faites-moi signe, ajouta-t-elle avant de sortir du bureau.

Elle devait être retournée dans la pièce des fichiers. Peut-être les avait-elle rejoints car elle craignait que Majimé ne sache pas accueillir seul la nouvelle. Elle était bien intentionnée, quoique peu chaleureuse.

“La table qui vous convient…” Comment savoir laquelle choisir parmi toutes celles encombrées de papiers ? Majimé était déjà installé à la sienne, qui était couverte d'une quantité impressionnante de feuilles, probablement des épreuves. Son ordinateur surnageait à peine au milieu de celles-ci. Les piles de livres autour de son bureau étaient si hautes qu'elles le cachaient presque. On aurait dit le terrier d'une bête sauvage en hibernation.

Elle l'étudia du regard derrière les remparts de livres. Un vieux coussin dans une housse en tissu fleuri était posé sur sa chaise. Elle se demanda comment lui adresser la parole mais se dit que l'appeler “chef” alors qu'ils n'étaient que trois dans le département était stupide.

— Monsieur Majimé !

— Oui ? fit-il en relevant la tête.

Elle vit que la page du livre ouvert devant lui était couverte de hiéroglyphes. Savait-il les lire ? Non, il devait simplement les regarder, pensa-t-elle sans en être certaine. Elle en oublia de demander quelle table il souhaitait qu'elle prenne.

Majimé attendait qu'elle parle.

— *Seiji*, c'est quoi ? osa-t-elle demander pour immédiatement le regretter.

Ce mot appartenait sans doute à la terminologie des dictionnaires. Ce Majimé paraissait un peu excentrique. Peut-être était-il aussi colérique. N'allait-il pas se fâcher en lui reprochant de ne pas le savoir, et ajouter qu'il regrettait la présence d'une néophyte en matière de dictionnaire ?

— En règle générale, ce terme s'applique aux caractères du dictionnaire chinois Kangxi, répondit-il d'une voix paisible, contrairement à ses craintes.

Elle ne comprit pas un mot de sa réponse, une référence à un dictionnaire dont elle n'avait jamais entendu parler. Majimé dut le remarquer car il posa son livre sur ses genoux et saisit un papier sur sa table au revers duquel il écrivit quelque chose.

— Si vous tapez le mot *sorou* sur votre ordinateur, ce caractère-ci apparaîtra sur l'écran. Mais lorsque vous le voyez dans des romans ou des livres imprimés, celui utilisé sera légèrement différent. Les logiciels d'édition font le remplacement. Le premier est le caractère non officiel, et le second l'officiel, le *seiji*.

Elle étudia attentivement les deux.

— La différence entre les deux, ce sont les deux traits à l'intérieur de l'élément "lune" du caractère, qui sont obliques dans le caractère officiel…

Cela lui rappela que dans son précédent poste aussi, les articles revenaient parfois de la composition avec des indications de changements. Savoir si la qualité de l'impression reflète bien les couleurs des produits montrés, et si les informations concernant les magasins où se les procurer sont exactes sont les deux choses qui comptent le plus dans un magazine de mode. Kishibé n'avait jamais réfléchi au sens des corrections suggérées par la composition, et ignorait qu'elles renvoyaient aux caractères officiels.

— Mais quand on écrit à la main, le caractère non officiel est correct, conclut Majimé en reposant les yeux sur son livre. Il faut savoir que le terme *seiji* n'est pas l'opposé d'erroné. Il renvoie aux caractères corrects pour les publications, qui sont ceux que l'on utilise pour les dictionnaires. Il n'empêche que les caractères des *Jōyōkanjihyō* et des *Jinmeiyōkanjihyō* n'utilisent pas cette graphie.

Jōyōkanjihyō ? Jinmeiyōkanjihyō ? Deux termes qu'elle n'était pas sûre de comprendre, mais elle savait à présent que les dictionnaires obéissent à des règles très détaillées, qui prescrivent jusqu'à la nature des caractères utilisés.

Réussirait-elle à survivre dans ce nouvel environnement ? Elle n'en était pas certaine. Peut-être parce que Majimé avait tiré une feuille du tas qui recouvrait son bureau, celui-ci s'effondra soudain et recouvrit ses mains.

Elle éternua cinq fois de suite. Elle aurait aimé se moucher, mais elle se dit qu'il lui faudrait du temps pour mettre la main sur une boîte de mouchoirs dans le fouillis de cette pièce. Elle décida de la ranger et de la nettoyer afin de pouvoir s'aménager un espace.

Elle avait craint d'avoir du mal à trouver un masque hygiénique en ce début juillet, mais la supérette du quartier en vendait, en non-tissé, sans doute parce qu'il était beaucoup question ces derniers temps du risque d'épidémie des nouveaux types de grippe. Elle y acheta aussi des gants de coton, et s'attela à la tâche de nettoyer le bureau de son nouveau service. Majimé offrit de l'aider, mais elle refusa. Ce n'était pas très poli de sa part, elle en était consciente, mais elle devinait qu'il ne lui serait pas d'un grand secours.

Il travaillait à sa table. Elle ne comprenait pas ce qu'il faisait. Penché sur les hiéroglyphes, il prenait des notes. Quand elle regarda par-dessus son épaule, elle lut : "L'oiseau du roi vole vers la nuit." Savait-il vraiment lire les hiéroglyphes ?

Le ménage se révéla plus instructif qu'elle ne l'avait envisagé.

Elle fit des piles sur les différentes tables : les livres avec les livres, les épreuves avec les épreuves, les documents avec les documents. Une fois qu'elle eut progressé, elle demanda à Majimé s'il y avait des choses pouvant être éliminées. Puis elle mit les livres sur les étagères, les documents dans les classeurs à tiroirs. Elle ficela les papiers inutiles pour en former des piles qu'elle transporta dans le couloir.

Les épreuves à conserver lui donnèrent le plus de mal. Il y en avait apparemment cinq jeux dans le cas d'un dictionnaire. Les corrections apportées au premier servaient à fabriquer le deuxième, et ainsi de suite.

Pour le magazine, un seul jeu suffisait, sauf exception. Il était arrivé qu'il y en ait un second, et elle fut étonnée de voir la mention "cinquième jeu". Les épreuves étant imprimées, cela avait bien sûr un coût. Un dictionnaire nécessitait beaucoup de temps et d'argent.

La salle était submergée de papiers parce que le service travaillait en ce moment à la révision d'un dictionnaire de caractères intitulé *Jigen*. Il fallait faire très attention car les pages des trois derniers jeux étaient mélangées les unes aux autres. Elle forma des tas distincts qui devinrent vite épais, puis les divisa en plusieurs liasses qu'elle fixa avec des pinces.

Elle y consacra presque toute la journée sans arriver à finir. Il restait des feuilles non triées du *Jigen* sur une table. Mais le changement était visible et mettait au jour le travail du service sur les épreuves.

Satisfaite, elle ouvrit les cartons de ses affaires personnelles et disposa sur le bureau le plus éloigné de

Majimé son ordinateur, ses fournitures et ses dossiers. Ce déballage progressa beaucoup plus vite que le ménage. Kishibé faisait partie des gens qui ne se sentent pas bien dans un environnement en désordre, et elle avait réduit ses affaires personnelles au minimum.

Un peu après 17 h 30, Majimé se leva.

— Il est presque l'heure d'y aller. C'est bien mieux qu'avant, ajouta-t-il en regardant autour de lui, l'air satisfait. Et je vois que vous avez rangé les livres à leur place.

— J'étais bénévole à la bibliothèque, de l'école primaire au lycée, et j'ai compris votre système de classement. Mais j'espère que vous me signalerez mes erreurs si vous en voyez.

Elle avait enlevé son masque pour parler, fière et un peu intimidée. Elle s'était donné beaucoup de mal, ses cheveux qu'elle avait bien coiffés ce matin étaient sales, et son beau tailleur qui avait coûté un peu trop cher, couvert de poussière.

— Je crois que vous êtes douée pour les dictionnaires, déclara Majimé avec conviction.

— Pas du tout, s'exclama-t-elle en faisant un geste de dénégation. Je ne savais même pas ce qu'étaient les *seiji*, et je m'en remettais toujours aux correcteurs pour les épreuves.

— Je suis certain que vous apprendrez très vite, répondit-il en souriant. Il est normal que l'on ne mette pas l'accent sur les mêmes choses dans un dictionnaire et dans un magazine. Et si l'on me demandait de vérifier les couleurs d'un magazine de mode, je ne saurais par où commencer.

— En quoi pensez-vous que je suis douée pour les dictionnaires ?

Elle posa la question pour avoir un peu plus confiance en elle.

— Vous possédez la capacité de faire tenir les objets à leur place.

— Pardon ?

Sa réponse la déçut – il vantait en d'autres termes ses qualités de ménagère. Elle aurait préféré l'entendre souligner des aspects plus glorieux.

Pour commencer, ce bureau aurait dû être un endroit rassemblant des gens doués pour les dictionnaires, mais avant son arrivée, les objets n'y étaient pas du tout rangés à leur place. C'était contradictoire, non ?

Majimé dut percevoir son trouble car il eut un sourire embarrassé.

— D'ordinaire, le bureau est un peu moins en désordre, vous savez. Mais nous avons commencé à travailler sur l'*Encyclopédie Sokebū* au moment où nous finissions la révision du dictionnaire de caractères, d'où le capharnaüm.

Elle n'avait jamais entendu quelqu'un utiliser le mot "capharnaüm". Cela la laissa sans voix, jusqu'à ce qu'elle se rende compte qu'il venait d'employer un mot encore plus inhabituel.

— *Sokebū ?* répéta-t-elle comme un perroquet, car elle n'était pas sûre d'avoir bien compris.

— Oui, *Sokebū*, fit-il. Vous ne connaissez pas ?

S'il s'agissait de l'abréviation de *Socket Booster*, elle savait ce que c'était, un jeu vidéo qui avait eu un grand succès. Socket Booster, le héros du jeu qui avait donné lieu à un dessin animé, était un petit garçon âgé de dix ans qui voyageait dans l'espace, et devenait l'ami des diverses créatures étranges qu'il rencontrait sur les planètes qu'il visitait.

Il y en avait de mignonnes, d'autres grotesques, toutes très colorées. Certaines de ces créatures étaient plus populaires encore que le personnage principal. Kishibé n'était ni adepte des jeux vidéo ni amatrice de dessins animés, mais elle connaissait le nom de deux ou trois d'entre eux.

Quel pouvait être le lien entre le service des dictionnaires et Socket Booster ? Elle aurait aimé le demander à Majimé, mais il avait déjà quitté l'annexe après s'être assuré que tous les feux étaient éteints et annoncé à Sasaki qu'il était temps de partir.

La saison des pluies n'était pas terminée. La lumière des phares des voitures et des réverbères éclairait les nuages gris qui cachaient le ciel. Kishibé suivait Majimé aux côtés de Mme Sasaki. Il descendit à grandes enjambées l'escalier du métro.

Il ne lui avait pas dit dans quel restaurant ils allaient fêter son arrivée. Et il ne le lui donna aucune information sur la station qui était leur destination. Il avançait à son rythme, sans se préoccuper des autres. Le moment était mal choisi pour poser des questions sur Socket Booster. Elle l'aurait perdu de vue si Mme Sasaki n'avait pas été là.

Elle observa Majimé de dos. Il avait gardé les manchettes noires qui protégeaient les poignets de sa chemise. Personne d'autre que lui n'en portait dans la rue. Ne se préoccupait-il vraiment pas de son apparence ? Elle soupira. D'ailleurs, qu'avait-il fait du veston de son costume ? Il avait dû l'oublier au bureau.

— Il est toujours comme ça, dit sa collègue, comme si elle avait lu dans ses pensées.

Ils arrivèrent en une dizaine de minutes à la station de Kagurazaka. Les employés du magazine y seraient allés en taxi, pour s'épargner la peine de prendre une correspondance, et parce qu'ils en avaient les moyens. Majimé et Sasaki se laissèrent bercer par le métro, soit parce qu'ils n'avaient pas pensé à un taxi, soit parce que le service des dictionnaires était trop pauvre. Le sac qu'il portait paraissait lourd. D'ailleurs il l'avait rempli de différents ouvrages avant de quitter le bureau. Il avait passé l'après-midi à lire des hiéroglyphes et comptait probablement continuer chez lui. Il est vraiment incroyable, se dit-elle en poussant un nouveau soupir.

Ils s'enfoncèrent dans les rues étroites du quartier pour arriver à une impasse pavée de pierres au fond de laquelle se dressait une petite maison ancienne au fronton de laquelle pendait une lanterne, sur laquelle elle lut les caractères *Tsuki no ura*, Le Revers de la Lune.

Ils poussèrent la porte, et un jeune homme vint les accueillir en se courbant devant eux. Ils ôtèrent leurs chaussures dans l'entrée, qui menait à une salle d'une cinquantaine de mètres carrés, avec à gauche un comptoir en bois blanc, devant lequel étaient disposées cinq chaises. Il y avait aussi quatre tables pour quatre, occupées aux deux tiers d'employés de grandes sociétés en costume et de jeunes gens habillés d'une manière moins stricte.

— Bienvenue ! dit la chef de cuisine debout derrière le comptoir.

Kishibé lui donna autour de quarante ans. Ses longs cheveux noirs étaient noués en queue de cheval, et elle était très jolie.

Le jeune homme les fit monter à l'étage, par l'escalier à droite de l'entrée, où se trouvaient une pièce à tatamis d'une dizaine de mètres carrés, des toilettes et une pièce réservée au personnel.

Deux hommes étaient déjà assis à une table basse.

— Je vous présente le professeur Matsumoto, notre conseiller, et M. Araki, secrétaire de rédaction en free-lance, fit Majimé.

Elle leur tendit sa carte de visite. Le professeur Matsumoto, un vieil homme maigre, au crâne chauve, se tenait droit comme un *i*, Araki, qui devait avoir quelques années de moins que lui, avait l'air obstiné. Le jeune homme prit leur commande de boissons et revint avec un plateau chargé d'une bouteille de bière et de deux flacons de saké, accompagnés de petites assiettes qui contenaient des bouchées de sole enveloppée dans de la laminaire. Elles étaient délicieuses, et Kishibé sentit son appétit s'éveiller sitôt qu'elle les eut avalées.

Le dîner se passa bien. Ils burent de la bière, remplissant à tour de rôle les verres. Le professeur Matsumoto savourait le saké dont il se servait lui-même. Araki lui expliqua pourquoi le service des dictionnaires avait travaillé sur Socket Booster.

— La règle chez Genbu Shobō est que le service des dictionnaires se charge de tout ce qui ressemble à un dictionnaire ou à un glossaire. Voilà pourquoi Majimé s'en est occupé.

— Et comme il est minutieux, cela n'a pas été simple, ajouta Mme Sasaki. Il ne voulait pas m'écouter quand je lui disais que l'ouvrage était destiné aux enfants, afin de les aider à comprendre les créatures de l'espace qui apparaissent dans la série. Il posait des questions détaillées à la société qui a lancé le dessin animé et le jeu. "Si les créatures de la planète Pékébo venaient sur Terre, quel serait leur poids en kilogrammes ?" "Il est dit que les nobles de la planète Ohm communiquent par télépathie, mais pourriez-vous nous en dire plus sur les classes sociales sur Ohm ? D'autre part, communiquent-ils de cerveau à cerveau, ou bien s'envoient-ils des images et des sons ?" "Avons-nous raison de supposer que les roturiers de cette planète communiquent par la parole ?" À la fin, ils nous ont dit qu'ils faisaient entièrement confiance à Majimé pour en décider.

— C'est la première fois que je vous entends parler si longtemps, s'exclama le professeur Matsumoto avec un étonnement mêlé d'admiration.

— Ça n'a pas dû être facile de brider son enthousiasme, lâcha Araki en lui accordant un regard plein de sympathie.

Kishibé n'en croyait pas ses oreilles. Majimé avait apparemment montré la même passion pour ce dictionnaire de personnages destiné aux enfants.

Pourquoi quelqu'un comme elle, qui n'entendait rien aux dictionnaires, avait-elle été affectée à ce service ? Elle n'arrivait pas à se l'expliquer. Peut-être attendait-on d'elle qu'elle aussi mette un frein à son enthousiasme. Elle pouvait le concevoir. Sans quelqu'un pour le surveiller en permanence, il risquait de fabriquer un dictionnaire qui ne respecterait aucunement les limites fixées pour son coût.

— Je me suis laissé dire que l'*Encyclopédie Sokebū* marche très bien, fit Majimé d'un ton satisfait. Elle a redoré le blason de notre service.

— Qui en avait bien besoin. Nous allons enfin pouvoir nous attaquer à la rédaction de *La Grande Traversée*, dit Araki en serrant les poings. Et nous avons un nouveau membre, Mlle Kishibé.

— *La Grande Traversée ?* répéta-t-elle, perplexe.

— Il s'agit du dictionnaire de japonais auquel nous avions presque renoncé. Un projet que nous avons lancé il y a treize ans.

— Treize ans !

Elle n'en croyait pas ses oreilles.

— Et treize ans plus tard, ce dictionnaire n'est pas encore sorti ? Qu'avez-vous donc fait pendant tout ce temps ?

— Eh bien, révisé d'autres dictionnaires, rédigé l'*Encyclopédie Sokebū*... répondit posément Majimé.

— Et vous vous êtes aussi marié, Majimé, ajouta le professeur Matsumoto.

— C'est vrai. Un miracle, de mon point de vue, dit en souriant Araki.

Majimé esquissa un sourire embarrassé.

Kishibé était tellement surprise que ses pensées se télescopaient. Cet homme qui paraissait promis à végéter avait réussi à se marier ? Mon copain m'a quittée, mais ce mec a trouvé une femme, la vie est décidément injuste, se dit-elle. En réalité, là n'est pas le problème, se ravisa-t-elle. Même pour un dictionnaire, treize ans, c'était trop long, non ?

— Nous n'avons pas eu le choix, dit Mme Sasaki en picorant des morceaux de daurade. La direction a repoussé le projet à plusieurs reprises.

— Un dictionnaire peut rapporter beaucoup s'il est bon, mais n'est malheureusement pas très sexy. La direction recherche naturellement des profits à court terme, bien définis, et elle a du mal à comprendre des projets qui exigent du temps et de l'argent, comme les dictionnaires.

Araki vida son verre de bière après cette déclaration et en commanda une autre au garçon venu leur apporter un nouveau plat, une assiette de blanc de poulet assaisonné de poireaux hachés et de feuilles de moutarde chinoise, saupoudré de poivre : un mélange croquant sous la dent, épicé, qui accompagnait parfaitement la bière. Peut-être était-ce pour leur faire comprendre qu'ils mangeaient et buvaient trop vite.

— Puisque l'*Encyclopédie Sokebū* rapporte, je suis sûr que nous allons pouvoir mener à bien *La Grande Traversée.* Non, nous devons la mener à bien, dit Majimé en remplissant de bière les verres des convives.

— Sinon je mourrai avant, murmura avec un sourire le professeur Matsumoto, sa coupe de saké à la main.

Cela n'avait rien de drôle ! Personne n'osa rien dire, et il y eut un silence. Majimé toussota.

— Eh bien, maintenant que Mlle Kishibé nous a rejoints, je vous propose de boire à notre projet !

Un toast alors que le repas était déjà bien entamé ? Kishibé tiqua, mais ce n'était pas le moment de faire une réflexion malvenue. Elle leva son verre comme les autres et trinqua.

— Je suis désolée de vous déranger…

C'était la jeune femme qui était debout derrière le comptoir à leur arrivée. Elle posa devant chacun d'entre eux un bol contenant un ragoût, puis s'assit sur ses talons et salua Kishibé.

— Je suis Hayashi Kaguya, la patronne de cet établissement. Je suis ravie de vous rencontrer et j'espère que vous reviendrez.

— Pas forcément avec nous ! Ce soir, c'est spécial, nous fêtons son arrivée, mais d'ordinaire, nous ne pouvons nous payer que Le Jardin des Sept Trésors. Pas vrai, Majimé ? lança Araki sans laisser à Kishibé le temps de répondre.

— Eh oui… Les frais généraux, chez nous, c'est difficile.

Il tourna ensuite la main vers leur nouvelle collègue.

— Kaguya, je te présente Kishibé Midori.

— J'espère avoir le plaisir de vous revoir ici avec votre ami, dit Kaguya en la regardant sans sourire.

Malheureusement, je n'en ai pas, pensa Kishibé en lui adressant une courbette.

— Je n'en reviens pas, s'exclama Araki en regardant les deux femmes. Je n'ai pas le souvenir d'avoir jamais vu Kaguya insister à ce point pour qu'on revienne ici !

Kaguya baissa les yeux, légèrement embarrassée, comme si elle voulait s'excuser de sa maladresse. Elle est jolie, quoiqu'un peu bizarre, mais sympathique quand même, pensa Kishibé.

— Je vous présente Hayashi Kaguya, fit Majimé, comme s'il n'avait pas entendu Kaguya se présenter elle-même.

Kishibé, choquée par le manque d'attention de son chef, ne prêta pas attention à ce qu'il ajouta. Peut-être serait-il plus juste de dire que son cerveau n'était pas prêt à le comprendre.

— C'est mon épouse.

— Pardon ? s'exclama Kishibé, après un blanc qui dura au moins cinq secondes.

— C'est mon épouse.

Elle les dévisagea tous les deux. Majimé souriait de toutes ses dents tandis que Kaguya, qui n'avait pas changé d'expression, rougissait légèrement.

La vie est décidément injuste et incompréhensible, se dit Kishibé. Le cœur plein d'amertume, elle demanda silencieusement à Dieu, s'il existait, pourquoi il avait accordé à Kaguya un talent extraordinaire pour la cuisine en lui retirant le discernement en matière d'hommes. Cette femme d'une grande beauté en avait choisi un dont les cheveux étaient toujours en bataille, et qui oubliait d'enlever les manchettes noires protégeant les poignets de ses chemises quand il allait au restaurant.

Le lendemain, elle avait la gueule de bois.

Elle trouva Majimé en train d'affûter des crayons rouges à l'aide du taille-crayon à manivelle du bureau. Elle le salua et s'assit prudemment à sa table de travail, afin de limiter les vibrations de son crâne.

— Vous n'avez pas l'air en forme, dit-il en relevant la tête. C'est vrai qu'hier vous m'avez fait l'impression d'être très *meren*.

— *Meren ?* Qu'est-ce que cela veut dire ?

— Si vous ne connaissez pas ce mot, je vous conseille de consulter le dictionnaire, répondit-il en pointant un des rayonnages.

Elle n'avait pas la force de se lever.

— Et aujourd'hui, que puis-je faire ?

— Nous allons avoir la visite d'une personne de la papeterie. J'aimerais que vous assistiez au rendez-vous.

Bien sûr, il faut que ce soit aujourd'hui qu'on ait des visiteurs, pensa-t-elle en éternuant pour la première fois de la journée. Sa tête était douloureuse. Il fallait absolument qu'elle consomme une boisson énergisante si elle voulait pouvoir participer à la réunion.

Elle alla acheter une boisson conçue pour les lendemains de soirées arrosées dans la supérette la plus proche, et la vida immédiatement sous le regard désapprobateur d'un homme d'âge mûr. Je m'en fiche, pensa-t-elle.

Elle se sentait un peu mieux quand elle revint au bureau. Majimé et un jeune homme en complet-veston étaient debout près de la grande table. Ils avaient poussé les piles d'épreuves de côté, et étalé plusieurs feuilles de papier devant eux.

— Toutes mes excuses pour mon retard, dit-elle en procédant à un échange de cartes de visite avec le jeune homme.

Elle lut sur la sienne : "Miyamoto Shinichirō, Service commercial, Papeterie Akebono." Il devait avoir à peu près le même âge qu'elle, et son regard lui parut refléter sérieux et ambition.

Bien sûr, il faut qu'un garçon séduisant vienne ici un jour où je ne suis pas fraîche, se dit-elle en espérant que son haleine n'empestait pas l'alcool. Elle décida d'éviter de parler près de lui. Ce ne serait pas facile, mais elle ne voulait pas anéantir la possibilité d'un flirt.

Miyamoto avait apporté des échantillons de papier pour *La Grande Traversée*. Majimé les toucha du doigt et les caressa les uns après les autres, sans se préoccuper le moins du monde de la présence du représentant. Elle se sentit le devoir de lui faire la conversation.

— Ils sont tous très fins, n'est-ce pas ?

— Oui. Nous les avons élaborés spécialement pour *La Grande Traversée*. Leur épaisseur est de cinquante microns, et leur poids au mètre carré, de seulement quarante-cinq grammes.

Cela ne lui disait pas grand-chose, mais c'était apparemment très fin et léger.

— Et malgré leur finesse, ils sont très peu translucides, ajouta le jeune homme.

— Translucides ?

— Un papier translucide laisse voir les caractères imprimés de l'autre côté de la feuille, ce qui rend la lecture difficile.

D'après Miyamoto, ce qui comptait pour un papier bible était qu'il soit fin, léger et le moins translucide possible. Comparés aux autres livres, les dictionnaires comptaient un grand nombre de pages, et à moins d'utiliser un papier fin, ils seraient peu pratiques à manier. Personne n'aurait envie d'utiliser un dictionnaire trop lourd.

— Tout à l'heure, vous avez dit que ces papiers ont été mis au point pour *La Grande Traversée*. C'est vrai ?

— Oui. M. Majimé nous a sélectionnés l'an dernier, et notre département de recherche-développement a fait le maximum pour produire ces échantillons. Je me suis occupé de ce projet dès le départ, et je suis ému de les lui présenter aujourd'hui, expliqua-t-il, le visage tendu.

Majimé a dû lui donner du fil à retordre avec ses exigences, pensa-t-elle.

— Vous créez une sorte de papier différente pour chaque nouveau dictionnaire ?

— Cela dépend. Le *Genbu des débutants* utilise un papier qui existait déjà, mais pour votre dictionnaire de caractères, le *Jigen*, nous avons aussi mis au point un papier spécifique. Et pour *La Grande*

Traversée, nous avons redoublé d'efforts, car c'est un projet exceptionnel.

Il saisit un des échantillons en se penchant et leva fièrement les yeux vers elle.

— Qu'en pensez-vous ?

— Que dois-je en penser ?

— Ce papier a un léger ton crème, avec une nuance de rose. Nous avons eu beaucoup de mal à parvenir à cette combinaison.

Un autre tordu, se dit-elle en pensant qu'elle n'avait décidément pas de chance et que ce n'était plus la peine de dissimuler son haleine.

— Mais un papier de ce type n'a pas d'autre application que le dictionnaire, n'est-ce pas ?

— Vous vous trompez, dit-il en rassemblant les échantillons. Cependant, il va sans dire que le papier que nous avons mis au point pour *La Grande Traversée* ne servira que pour cet ouvrage. Mais il est très important pour nous d'améliorer notre technologie de fabrication dans ce domaine. Car ce genre de papier n'est pas seulement utilisé pour les dictionnaires, mais aussi pour les bibles, les contrats d'assurance, les notices de médicaments, ainsi que certains produits industriels.

— Vraiment ? s'étonna-t-elle.

Maintenant qu'elle y pensait, les notices des boîtes de médicaments étaient écrites sur du papier fin. Ainsi, il y avait des gens dont le travail était de chercher à créer des papiers d'un nouveau type. Majimé, qui était en train d'étudier les échantillons, s'exclama soudain :

— Il manque d'apprêt !

Surpris, les deux jeunes gens le regardèrent.

— D'apprêt ?

L'expression de Majimé le fit ressembler à l'écrivain Akutagawa Ryūnosuke souffrant d'une rage de dents.

— Mademoiselle Kishibé, pourriez-vous m'apporter un dictionnaire ? De préférence, *Le Grand Jardin des mots.*

Elle s'exécuta immédiatement et alla le prendre sur des rayonnages. Il s'agissait de l'édition la plus récente.

— Voyez, monsieur Miyamoto !

Majimé tourna l'une après l'autre plusieurs pages de l'ouvrage.

— C'est ce que je veux dire par "apprêt".

Le représentant et la jeune femme observèrent ses mains, fronçant tous les deux les sourcils.

— Je ne suis pas sûr de comprendre, fit Miyamoto d'un ton hésitant.

Majimé lui décocha un regard sombre, comme si le célèbre auteur dont nous venons de parler était sur le point de succomber à ses douleurs dentaires.

— Vous voyez bien que chaque page vient immédiatement ! Mais en même temps, elles ne collent pas les unes aux autres. Quand je dis "apprêt", c'est de ça que je parle ! On ne peut pas tourner plusieurs pages à la fois d'un seul doigt.

Il leur donna *Le Grand Jardin des mots* pour qu'ils puissent le constater eux-mêmes.

— Oui, c'est vrai !

— Je comprends ce que vous voulez dire, fit Miyamoto. Chaque page paraît avoir sa propre masse, et il est facile de la saisir du bout des doigts.

Majimé hocha la tête pour manifester son approbation enthousiaste, peut-être parce qu'il était content d'être enfin compris.

— L'apprêt est indispensable. Un dictionnaire est épais, et il ne faut pas que tourner ses pages constitue un effort supplémentaire.

— Je suis confus, déclara Miyamoto en baissant la tête.

Il alla ensuite prendre un exemplaire du *Jigen* sur l'étagère, l'ouvrit et en tourna les pages comme pour vérifier quelque chose, avec un visage si sérieux qu'il faisait peur.

Kishibé estimait pour sa part que c'était faire beaucoup d'histoires pour du papier. Mais elle était aussi contente que Miyamoto, qui n'était pas son collègue et qui ne travaillait même pas dans cette société, prenne *La Grande Traversée* à cœur à ce point.

Quelques instants plus tard, il reposa le dictionnaire et sortit téléphoner dans le couloir.

— Je reviendrai avec de nouveaux échantillons dès qu'ils seront prêts, dit-il une fois son appel terminé. Vous avez raison, monsieur Majimé, nous n'avons pas réussi à donner à ceux que je vous ai apportés l'apprêt dont vous parlez. Un de nos techniciens vient de m'expliquer pourquoi.

D'après ce qu'il leur dit, ce serait dû à une nouvelle machine à papier.

— Comme vous le savez sans doute, il faut ajuster très précisément les ingrédients de la pâte à papier et des agents de blanchiment.

— Je comprends, fit Majimé en l'écoutant.

Kishibé perçut une certaine condescendance dans son attitude. Majimé savait tout cela, mais il ne voulait pas blesser le jeune représentant. Elle se demanda si elle était la seule à ignorer la nécessité de ce réglage très précis mais décida de faire semblant de le savoir.

— Ce que vous voulez dire, si je vous suis bien, c'est que la nouvelle machine à papier dont vous vous servez n'a pas produit l'apprêt que vous aviez obtenu pour le papier de notre *Jigen*.

— C'est exactement cela, acquiesça Miyamoto. Toutes les machines à papier sont différentes, et les mêmes réglages ne produisent pas les mêmes résultats. Et l'ingénieur qui a travaillé sur le papier du *Jigen* a pris sa retraite. Nous n'avons pas attaché à l'apprêt l'importance nécessaire.

Elle se dit que Majimé, qui semblait touché par les excuses sincères du représentant, devait être le seul à le valoriser à ce point.

— Si vous avez compris de quoi je parle, cela me suffit. J'attends avec impatience vos prochains échantillons.

— Vous pouvez compter sur nous, dit Miyamoto en retrouvant le sourire. Je suis sûr que nous arriverons à fabriquer un papier répondant à vos exigences.

Il rangea les échantillons et repartit comme une flèche.

— Un jeune homme sympathique, déclara Majimé, une fois qu'il se fut rassis à son bureau où il se mit immédiatement à écrire quelque chose.

Elle regarda discrètement par-dessus son épaule et vit qu'il était en train de rédiger une fiche sur les machines à papier.

Décidément, les gens qui s'occupaient de dictionnaires étaient tous bizarres.

Leur enthousiasme lui paraissait inquiétant, et elle n'était pas certaine de pouvoir les suivre.

Dans un premier temps, elle alla ranger la grande table. Quand elle souleva *Le Grand Jardin des mots*, elle eut l'idée de chercher le mot *meren* qu'avait utilisé Majimé tout à l'heure à son sujet.

Meren : boire beaucoup et s'enivrer.

Elle réalisa qu'il lui avait dit qu'elle était complètement soûle la veille. Dans ce cas, il aurait pu me le dire d'une manière que je comprenne, non ? pensa-t-elle avec amertume.

En plus, la citation du *Grand Jardin des mots* utilisée pour illustrer *meren* était extraite d'une vieille pièce de kabuki, *Chūshingura*, c'est-à-dire sans doute *Kanadehon Chūshingura*, la légende des quarante-sept samouraïs. Une vieille histoire que plus personne ne connaissait aujourd'hui. Pas plus que ce mot suranné.

Il utilise exprès des mots difficiles pour voir si je les comprends, alors qu'il sait très bien que ce n'est pas le cas, et que je ne sais presque rien des dictionnaires, se dit-elle. Quelle méchanceté !

Furieuse, humiliée, elle avait presque les larmes aux yeux. Pour ne pas lui montrer et ne pas lui laisser le plaisir de savourer son humiliation, elle se lança à corps perdu dans la suite du nettoyage du bureau.

Plongé dans son travail, Majimé ne lui donna aucune instruction. Peut-être avait-il d'ailleurs oublié jusqu'à son existence. Si elle se mettait à pleurer, il ne remarquerait probablement pas ses sanglots, pas plus qu'il ne relevait la tête quand elle éternuait.

Elle déjeuna seule de chinchard frit dans le réfectoire de la société. Elle aurait aimé avoir de la compagnie, mais Mme Sasaki n'était pas dans la pièce des fichiers quand elle y avait passé la tête. Contrairement à ses attentes, elle ne vit personne qu'elle connaissait dans le réfectoire. Soudain, en mâchant le chinchard qu'elle aimait d'ordinaire, mais qui n'avait aucun goût aujourd'hui, elle réalisa que c'était la première fois qu'elle travaillait avec des gens qui n'avaient pas son âge.

Beaucoup de ses collègues à la rédaction de *Northern Black* étaient de sa génération. Toutes les éditrices, sauf le rédacteur en chef, étaient des femmes. Il existait parfois des rivalités entre elles, mais l'entraide prédominait et chacune travaillait dur. Ce qui ne les empêchait pas de plaisanter au sujet de leurs vêtements ou de leurs amours chaque fois que l'occasion se présentait.

Après deux jours dans le service des dictionnaires, elle se rendait compte à quel point cela lui avait été précieux.

À part elle, Majimé en était presque le seul employé. Elle n'avait aucun point commun avec lui qui utilisait des mots archaïques dont la signification lui échappait. Elle ne voyait pas ce qu'elle pouvait faire.

Elle se souvint des rentrées scolaires, de l'inquiétude avec laquelle elle se demandait si elle allait s'entendre avec ses nouveaux camarades de classe. Du choix délicat du pupitre où s'asseoir la première fois qu'elle entrait avec eux dans la salle de classe. Une place provisoire, puisque le professeur principal déciderait ensuite de celle de chacun.

La différence avec ce premier jour était qu'elle n'avait à présent aucun espoir de changement positif. L'école était obligatoire, le travail ne l'était pas, mais ici, elle ne retrouvait pas l'excitation fébrile qui l'avait accompagnée pendant sa scolarité.

Travailler pour gagner de l'argent n'est peut-être pas adapté aux structures psychologiques des êtres humains, se dit-elle. Elle soupira. Trouver un équilibre entre les objectifs de l'employeur d'une part, ses propres habitudes et sa propre inertie de l'autre, n'était jamais facile, mais le faire dans un environnement où elle était privée du plaisir d'avoir des collègues lui paraissait au-dessus de ses forces. Elle ne voyait pas comment y arriver.

Elle n'était pas non plus assez audacieuse pour avoir le courage de démissionner et chercher autre chose. Elle finit son assiette et rapporta son plateau. Pour l'instant, elle ferait de son mieux dans le service des dictionnaires en attendant sa prime de fin d'année. Elle avait déjà presque entièrement dépensé en chaussures et en vêtements celle du premier semestre, qu'elle avait touchée un mois plus tôt.

Le soupir qu'elle poussa en entrant dans l'annexe se transforma en éternuement. Kishibé se dit qu'elle était vraiment allergique à son nouveau lieu de travail.

Il lui fallut trois jours au total pour mener à bien son ménage approfondi, à l'issue duquel il lui sembla qu'il y avait un peu moins de poussière dans l'air.

Elle enleva son masque hygiénique, s'assit à sa table de travail pour boire le café qu'elle venait de se préparer dans la cuisine, et ouvrit une chemise bleue.

Quand elle avait demandé à Majimé s'il en voulait une tasse, il avait répondu par "pfuh", sans lever les yeux du livre ancien qu'il était en train de consulter. Elle avait donc décidé de ne pas lui en apporter.

Bien qu'elle ait trouvé la chemise bleue qu'elle venait d'ouvrir sur une étagère, à portée de main, la mention figurant sur sa couverture indiquait : “Confidentiel – à consulter sur place, uniquement par les membres de la rédaction.”

C’était ce qui l’avait attirée.

Le dossier que la chemise renfermait fournissait des informations relatives aux contributeurs de *La Grande Traversée*, dont la plupart étaient universitaires ou chercheurs. Il ne s’agissait pas seulement de descriptions de leurs spécialités et de résumés de leurs publications, mais aussi de renseignements sur la composition de leur famille, leurs goûts alimentaires, et la manière de résoudre d’éventuels conflits avec eux. Un ancien collaborateur du service l’avait apparemment écrit à l’intention de ses successeurs.

Le document est ancien, se dit Kishibé en reconnaissant le nom d’un psychologue célèbre, mort quelques années auparavant. Elle croisa les bras en se demandant qui l’avait rédigé, et en quelle année. Le papier était légèrement jauni. L’auteur avait ajouté ce commentaire en guise de conclusion :

“Majimé n’est pas doué pour les contacts avec l’extérieur. Que la personne nouvellement nommée dans le service des dictionnaires veille sur lui en s’aidant des renseignements fournis, afin de mener à bien *La Grande Traversée*. Bon courage !”

Cela faisait plus de dix ans que le service des dictionnaires de Genbu avait conçu le projet de *La Grande Traversée*, sans jamais y renoncer. Kishibé avait entendu dire que, pendant toute cette période, Majimé en avait été le seul employé à temps plein.

Ce document lui était, en d’autres termes, destiné.

Son auteur était quelqu'un qui travaillait dans ce service à l'époque où Majimé y était arrivé. Lorsqu'il avait été muté, il avait décidé de laisser les informations nécessaires au bon déroulé des négociations avec les collaborateurs extérieurs, pour aider Majimé. Il l'avait fait pour son successeur, dont il ne savait pas quand il serait nommé, et elle était ce successeur.

Sa responsabilité lui parut soudain pesante. Elle se sentit intimidée. Fallait-il aimer les dictionnaires pour travailler ici ? Avoir pour eux de l'affection, et même de la passion, pour participer à leur rédaction ? Il était évident que ce serait une bonne chose, mais elle n'était pas sûre d'en être capable. Pas plus qu'elle ne l'était de parvenir à bien communiquer avec Majimé, ni de pouvoir pleinement accepter la mission que lui transmettait l'auteur de ce dossier, celle de veiller à mener à bien le projet.

Que faire ? Elle tourna la dernière page et fut surprise de découvrir le nom de l'auteur, dans la formulation suivante :

“Fatigué de travailler sur le dictionnaire ? Envie de rire ? Si vous faites partie de l'équipe de rédaction et que cela vous arrive, envoyez-moi un mail. Nishioka Masashi, masanishi@genbushobo.co.jp”

Nishioka ? Elle savait qui c'était. Un homme qui avait à peu près l'âge de Majimé, et travaillait au service commercial, à moins que ce ne soit à la communication. Elle le connaissait de vue, même si elle ne lui avait jamais parlé, pour l'avoir souvent croisé dans le bâtiment principal. Il ne donnait pas l'impression d'être sérieux, mais elle avait aussi entendu dire que ce n'était qu'une apparence, puisqu'il aurait quatre enfants, pour qui il était un père dévoué, ce qu'elle n'avait bien sûr aucun moyen de vérifier.

Trois jours après son arrivée dans ses nouvelles fonctions, elle ne pouvait se prétendre "fatiguée". Mais elle avait assurément "envie de rire", et de parler de ses doutes à quelqu'un qui pourrait les comprendre. Nishioka, qui avait passé du temps dans ce service, serait probablement de bon conseil.

Elle décida de lui écrire un mail, poussée par l'espoir et l'attente.

"Monsieur Nishioka,

Permettez-moi d'abord de me présenter. Mon nom est Kishibé Midori et je viens d'être mutée dans le service des dictionnaires auxquels je ne connais rien, mais que je suis déterminée à découvrir. J'ai lu votre dossier confidentiel et vous remercie de toutes les informations que j'y ai trouvées. Si cela vous était possible, j'aimerais beaucoup vous rencontrer afin de parler de tout cela. Je vous serais reconnaissante de tout conseil que vous pourriez me donner.

Kishibé Midori."

Il devait être dans les murs, car lorsqu'elle revint de la cuisine où elle était retournée remplir sa tasse, elle trouva sa réponse.

"Salut ! Merci pour le mail."

Il s'exprimait comme quelqu'un de peu sérieux.

"Mais on ne pourra pas se voir. Parce que je suis sûr que vous tomberiez amoureuse. Je rigole, mais en fait, je ne suis pas qualifié pour causer dico. Mieux vaut consulter Majimé, c'est un vrai expert. Ciao !"

Qu'un homme d'une quarantaine d'années envoie un mail aussi ridicule l'irrita tellement qu'elle frémit de tout son corps.

"PS : Un petit conseil. Sous l'un des serre-livres des étagères se trouve quelque chose qui vous remontera le moral. Et qui vous aidera à trouver une solution à vos soucis. Bon, cette fois-ci, *adios*, pour de bon."

Le ton frivole du message ne l'empêcha pas d'agir sur-le-champ.

La pièce était remplie d'innombrables étagères, avec tout autant de serre-livres. Quel était celui auquel Nishioka faisait allusion ? Elle les souleva les uns après les autres, pendant que Majimé continuait à lire son livre antique, sans du tout s'intéresser à elle, aussi paisible qu'un écureuil en état d'hibernation.

Elle trouva ce qu'elle cherchait sous le serre-livres d'un rayon rempli d'ouvrages divers. Métallique, de couleur grise, il avait la même forme que les autres, mais une enveloppe blanche était collée sous son pied. La bande adhésive qui la fermait avait bruni et ne collait presque plus. L'enveloppe devait se trouver là depuis des années.

Nishioka était sans aucun doute celui qui l'avait cachée, mais que pouvait-elle contenir ? Elle l'ouvrit sans prendre la peine de retourner à sa place et trouva une lettre longue de plusieurs feuillets, ou plus exactement la copie d'une longue lettre.

À vous,

Le vent froid qui souffle aujourd'hui annonce l'arrivée proche du général Hiver, mais j'espère que vous allez bien.

Qui pouvait être "vous" ? Elle se demanda si elle faisait bien de lire une lettre qui ne lui était pas destinée, et décida de regarder la dernière page, grâce à quoi elle put constater que la missive comptait quinze pages. Un courrier qui était aussi un grand projet.

Voici ce qui figurait sur le dernier feuillet :

Novembre 20XX
À Mlle Hayashi Kaguya
Majimé Mitsuya

Ça alors ! Surmontant son excitation, Kishibé revint à sa table de travail en cachant la lettre. Hayashi Kaguya, c'était l'épouse de son supérieur. Serait-ce une lettre d'amour qu'il lui aurait écrite ? L'introduction en faisait douter.

Elle jeta un coup d'œil discret vers Majimé, qui conservait l'apparence d'un écureuil hibernant. Ses cheveux étaient comme toujours ébouriffés, et son regard, tourné vers le livre ouvert sur sa table. Elle s'assit sur sa chaise et commença à lire la lettre.

C'était bien une lettre d'amour, sérieuse mais aussi ridicule, avec de nombreux caractères bizarres. Son style gauche donnait à penser que Majimé était très tendu quand il l'avait écrite. Tout à sa préoccupation de communiquer ses sentiments à la destinataire, il s'emmêlait les pédales et devenait incompréhensible.

“On a vu des cas de princesses baignées de lumières, qui étaient descendues de la Lune sur la Terre, mais depuis le jour où je vous ai rencontrée, je souffre comme si vous habitiez la Lune, et j'ai de la peine à respirer.”

Elle relut cette phrase plusieurs fois, et parvint à la conclusion que ce qu'il cherchait à dire était probablement quelque chose comme : “Depuis que je vous ai rencontrée, je suis amoureux, et rempli d’émoi.” Elle pensa immédiatement qu’il aurait pu faire beaucoup plus court en lui disant simplement qu’il l’aimait.

Comme si la lettre reflétait l’état émotionnel de Majimé, elle passait de la peine à la tristesse qui atteignait son paroxysme avec cette phrase :

“Si je dois vous dire simplement mes sentiments, le mieux serait : « Kaguya, Kaguya, que deviendras-tu ? »” *(Kaguya Kaguya nanji wo ikansen ?)*

Hum, c’était… peut-être une référence à ce célèbre poème chinois, *Shimen soka**, sur la bataille de Gaixia, qui avait scellé la défaite des Chu en 206 avant J.-C. ?

Kishibé réussit à aller jusque-là. Elle se souvenait vaguement de l’avoir appris pendant un cours de sino-japonais au lycée. Lorsque Xiang Yu était encerclé par ses ennemis, et qu’il regrettait la séparation d’avec sa bien-aimée Yu Miaoyi, il avait écrit ces vers : “Ah Yu, ah Yu, que deviendras-tu ?” *(Yu ya Yu ya nanji wo ikansen ?)*

Déchiré par son amour pour elle alors qu’il se trouvait dans une situation extrême, Xiang Yu ne savait pas s’il devait la garder près de lui, au risque de lui infliger un sort cruel, ou la laisser partir en espérant qu’elle connaîtrait une meilleure fortune. Un poème d’une grande force, inoubliable.

Mais quel lien avec la confession amoureuse de Majimé ? Peut-être avait-il été content de sa trouvaille – substituer “Kaguya” au “Yu ya” du poème, mais elle était nulle, pensa Kishibé, partagée entre la colère et l’envie d’éclater de rire.

* “Encerclé par les chants de Chu.”

D'abord, l'intensité de la crise n'était pas du tout la même chez Xiang Yu, encerclé par ses ennemis, que chez Majimé, qui se grattait la tête dans le service des dictionnaires. Dans son cas, il s'agissait de savoir comment se faire aimer de Kaguya. Elle aurait voulu pouvoir remonter le temps et étrangler le Majimé qui avait écrit cette lettre.

Il se prenait pour le héros chinois, alors que son seul tourment était son amour pour Kaguya, et concluait sa lettre ainsi.

"C'est tout ce que je souhaitais vous dire. Enfin non, il y a beaucoup plus, mais comme je n'arriverais pas à le faire même si je vivais jusqu'à l'âge de cent cinquante ans, et que l'on abatte tous les arbres des forêts tropicales pour me fournir le papier nécessaire, je m'arrête ici.

Une fois que vous aurez lu cette missive, j'aimerais que vous disiez ce que vous en pensez. Je suis prêt à tout entendre. Et déterminé à tout accepter solennellement.

Prenez bien soin de vous."

Après un déferlement d'affirmations outrancières, de supplications désespérées pour une réponse, de déclarations de convictions, il terminait ainsi sa missive ? Comment Kaguya aurait-elle pu y comprendre quelque chose ?

Elle vit Majimé se lever de son siège et cacha la lettre sous la table.

— Mademoiselle Kishibé, j'ai oublié de vous dire quelque chose.

— Oui ?

Il s'approcha et elle leva les yeux vers lui. Elle pensa à la lettre qu'il avait écrite et eut du mal à se retenir de rire.

Il avait l'air détaché du monde, comme s'il avait vécu des siècles dans le service des dictionnaires, aussi indifférent à l'amour et au désir charnel qu'un arbre dégarni ou qu'une feuille de papier. Mais il avait été tourmenté par ses sentiments, et était allé jusqu'à rédiger une lettre dans laquelle il tentait de tout exprimer, comme s'il l'avait écrite au plus profond de la nuit.

Aujourd'hui cependant, son visage était celui d'un lexicographe dont la seule passion était les dictionnaires. Incapable de réprimer plus longtemps son envie de rire, elle simula un accès d'éternuements. Majimé ne maîtrisait absolument pas les mots. Il les utilisait avec maladresse, sa passion tournait à vide.

Arrivée là dans son raisonnement, elle comprit soudain quelque chose qu'elle n'avait pas réalisé plus tôt. Majimé, qui paraissait inabordable, ressemblait peut-être à ce qu'elle était autrefois, voire à ce qu'elle était encore. Se donnant à fond dans ce qu'il faisait parce qu'il n'était pas certain de son aptitude à s'entendre avec son entourage, ni de sa capacité à rédiger un dictionnaire, souffrant de ne pas parvenir à s'exprimer, à communiquer avec les autres, mais finalement conscient aussi qu'il ne pouvait qu'utiliser avec courage ces mots malhabiles pour faire part de ses sentiments, avec l'espoir d'être compris par celle à qui il s'adressait.

La passion qu'il mettait dans le dictionnaire, un ouvrage renfermant une grande quantité de mots, ne venait-elle pas de sa perception aiguë de l'angoisse et de l'espoir qui les entouraient ?

Si c'est le cas, moi aussi, je peux travailler dans ce service, se dit-elle. Comme lui, elle espérait trouver un moyen de se libérer de son angoisse, d'avoir une vie professionnelle satisfaisante en partageant les mots avec lui.

Rassembler une grande quantité de mots de la manière la plus exacte possible, c'était comme disposer d'un miroir qui déforme le moins possible. Moins le miroir des mots déformait, plus il reflétait les sentiments et les pensées de celui qui l'utilisait. On pouvait le regarder à plusieurs et partager rires, pleurs et colères, avec les autres. Rédiger un dictionnaire pouvait sans doute être un travail plaisant.

La lecture de cette lettre lui avait permis de se sentir plus proche de Majimé. Pour la première fois depuis qu'elle était arrivée dans ce service, elle voyait les choses positivement.

Majimé ne devina pas les vicissitudes intérieures de Kishibé et se laissa tromper par son éternuement.

— Vous êtes enrhumée ?

— Oui, je crois. Mais qu'avez-vous oublié de me dire ?

— La phase finale de la rédaction de *La Grande Traversée* débutera demain. Tout l'espace du rez-de-chaussée et du premier étage de l'annexe y sera consacré. Nous allons entamer la vérification des exemples en utilisant tous les moyens humains disponibles, puis nous enverrons à la fabrication ce que nous avons terminé au fur et à mesure.

— Quoi ?

Il n'aurait pas dû attendre la veille pour lui annoncer une nouvelle de cette importance.

— Nous devons déplacer les tables pour préparer cette étape.

Ignorant la stupéfaction de Kishibé, il retroussa les manches de sa chemise sans même enlever ses manchettes.

Ils passèrent le reste de la journée à transporter des tables et à déplacer des documents, avec l'aide du gardien. Mme Sasaki s'occupa pour sa part de copier les instructions et de rassembler le matériel de bureau nécessaire à tous ceux qui viendraient les aider dès le lendemain. Une fois que tout fut quasiment prêt, Kishibé avait mal partout.

— C'est beau, la jeunesse, commenta Majimé. Moi, je n'ai mal qu'au dos.

Il quitta le bureau en marchant à pas glissés, le dos bien droit, comme un acteur de théâtre nô, sous le regard de Kishibé qui pensait que cette démarche ne pouvait que lui faire encore plus mal.

Elle rédigea ensuite un mail rapide à l'intention de Nishioka.

"J'ai trouvé le document, qui m'a un peu réconfortée, comme vous l'aviez promis. Demain, nous entamons l'étape finale de *La Grande Traversée.* Mais j'ai tellement mal partout que je ne suis pas sûre de pouvoir venir au bureau."

La Grande Traversée avait continué son bonhomme de chemin pendant treize ans, avant tout grâce à la passion de Majimé.

Les neuf dixièmes des articles sur les noms communs répartis entre les éditeurs, Majimé, Araki et le professeur Matsumoto, étaient déjà rédigés. Aucune décision n'avait encore été prise pour le dixième restant, composé de néologismes apparus au cours des treize dernières années, ou de mots figurant dans les recueils de fiches d'usage. Majimé rédigerait les articles pour ceux que le professeur et lui sélectionneraient.

Certains des mots retenus pour lesquels un article avait été écrit étant tombés en désuétude pendant ces treize ans, Kishibé et Araki étaient chargés de les débusquer et de déterminer qu'en faire.

— Les dictionnaires ont tendance à ne pas éliminer les mots qu'ils avaient inclus par le passé. Parce qu'il est préférable d'en avoir le plus grand nombre possible, même s'ils sont obsolètes, expliqua Araki à Kishibé. Si nous ne faisons pas bien ce tri, *La Grande Traversée* deviendra dès sa parution un dictionnaire rempli de mots désuets.

— Mais on peut en garder certains, c'est ça ? demanda Kishibé en considérant un faisceau d'articles rédigés suivant les directives. Je me demandais pourquoi vous avez conservé *getabako**.

— Pour vous, *getabako* n'est plus utilisé ?

— Dans mon école élémentaire, on disait *kutsubako***. Mais je vois que l'article pour *getabako* ne mentionne pas qu'il s'agit de *kutsubako.* Il faudrait une entrée pour ce mot, expliquant qu'il s'agit d'étagères ou de casiers où ranger les chaussures.

— Les temps changent… Hé, Majimé, nous avons un problème ! Un mot de plus à envisager !

La répétition de petits incidents de ce genre permit à Kishibé de s'habituer peu à peu à la lecture des notices.

Celles des mots spécialisés, à commencer par ceux ayant un caractère encyclopédique, qui avaient été confiées à des universitaires et autres, étaient toutes prêtes. Majimé les avait recueillies en se rendant

* Littéralement, “boîte à *geta*” – socques de bois.

** Littéralement, “boîte à chaussures”. Les écoliers japonais enlèvent leurs chaussures à l'école et mettent des chaussons.

régulièrement chez les contributeurs, sans jamais se décourager.

— Vous avez lu le dossier marqué “Confidentiel” ?

— Grâce à Nishioka, mes échanges avec toutes ces éminences se sont bien passés, répondit d’un ton enjoué Majimé à la question de Kishibé.

Devait-elle en conclure qu’il était aussi au courant de la présence de sa missive amoureuse cachée dans les rayonnages ? Elle tenta d’en avoir le cœur net.

— Et vous l’avez lu jusqu’à la dernière page ?

— J’ai honte, fit-il en en se grattant la joue. Il m’est arrivé de douter de la réussite de *La Grande Traversée*. Dans ces moments-là, j’envoyais un mail à Nishioka. Et il m’invitait toujours à prendre un verre.

— Ah bon…

Le lien entre ces deux quadragénaires lui paraissait stupéfiant. Elle lui adressa un sourire crispé et s’esquiva. Pour Majimé, l’adresse mail de Nishioka menait invariablement à une invitation à boire un verre ensemble, et pour tous les autres lecteurs du dossier, à la révélation de la confession amoureuse.

Même si la rédaction disposait de tous les textes des entrées et des contributions, cela ne signifiait pas qu’ils étaient prêts à être publiés. Il fallait les polir et les réduire à l’essentiel. Le dictionnaire compterait plus de deux cent mille mots et l’espace serait toujours trop limité.

Pour les entrées comportant un exemple, il fallait aussi vérifier celui-ci, une citation utilisant le mot en question, et incluant sa source. Les mots actuels étaient souvent illustrés par des exemples forgés par les lexicographes et non par des citations.

La vérification des exemples consistait à contrôler que ceux-ci étaient rattachés aux articles afférents, et que la citation correspondait précisément au texte original, une tâche confiée à la vingtaine d'étudiants recrutés à cette fin. Assis autour des tables transportées par Majimé et Kishibé, ils passaient leurs journées plongés dans la documentation. Une fois que les vacances d'été commenceraient, ils seraient deux fois plus nombreux.

Les membres de la rédaction ajoutaient aux manuscrits vérifiés des indications sur la taille des caractères et leur prononciation, conformément aux directives typographiques, afin de garantir l'uniformité de la présentation. En effet, les utilisateurs du dictionnaire seraient déroutés si les caractères changeaient sans raison apparente ou si les signes n'étaient pas les mêmes partout.

Une fois tout cela terminé, les pages étaient envoyées à la fabrication, en principe dans l'ordre des *kana** du syllabaire.

Elles revenaient de la fabrication sous forme d'épreuves. Les rédacteurs et les correcteurs les passaient ensuite au peigne fin, à la recherche de coquilles, de phrases au sens peu clair, et de définitions erronées. Genbu Shobō avait fait appel pour cela non seulement à ses correcteurs maison, mais aussi à des correcteurs externes chevronnés. Une fois le feu vert donné, les épreuves corrigées en rouge repartaient à la fabrication, en vue du jeu d'épreuves suivant.

* Les *kana* sont les quarante-huit caractères du syllabaire japonais. Pour le dictionnaire, ils sont rangés dans un ordre qui a le même rôle que l'alphabet latin.

Il fallait compter au moins cinq jeux d'épreuves pour un dictionnaire de l'ampleur de *La Grande Traversée*. Pour des ouvrages plus longs, ce nombre pouvait atteindre dix.

Au stade du premier et du deuxième jeu, les vérifications portaient sur le contenu et le format. On ne pouvait en effet faire plus : étant donné que certains textes manquaient, ces jeux ne respectaient pas parfaitement l'ordre du syllabaire. Cela ne se ferait qu'à partir du troisième jeu, lorsque tout serait arrivé. On pourrait à ce moment-là avoir une vue d'ensemble, s'assurer qu'il n'y avait pas de doublon, et déterminer où insérer les illustrations.

Avec le quatrième, on passerait à la mise en page, et on définirait la position des illustrations. Il fallait éviter de modifier le nombre de pages, car ajouter ou soustraire du texte ou des entrées de manière significative aurait des répercussions sur le prix du dictionnaire.

Le cinquième jeu était celui des dernières vérifications. Il arrivait que l'on ajoute à ce stade de nouvelles entrées, par exemple à la suite de l'élection d'un nouveau président aux États-Unis, ou de la fusion de communes au Japon. Il fallait par conséquent garder jusqu'à la fin une certaine marge pour que cela soit possible.

Le travail sur les épreuves commençait avec le début du syllabaire, à partir du *a*.

— Voilà pourquoi la plupart des dictionnaires sont généralement moins consistants pour la fin du syllabaire, déclara Majimé avec un sourire teinté d'amertume. Pour les *kana* de la fin du syllabaire, de *ra* à *wa*, la publication approche et c'est une lutte contre la montre. On en arrive à éliminer des mots qui auraient dû être inclus, parce qu'on n'a plus le temps de procéder aux vérifications, ni assez de place sur les pages, et qu'il est trop tard pour tout modifier.

— Vous pensez que ce sera aussi le cas pour *La Grande Traversée* ? demanda Kishibé, inquiète.

Ce serait trop triste pour un dictionnaire qui avait mis si longtemps à voir le jour.

— Après treize ans de minutieux préparatifs...

Le professeur Matsumoto, qui avait gardé le silence jusque-là, vint se mêler à la conversation.

— Nous avons attendu si longtemps que nous prendrons le temps de faire les choses bien jusqu'au bout.

— Il y a un critère pour déterminer si la fin est moins consistante, fit Majimé.

Il alla prendre plusieurs dictionnaires de taille moyenne sur les étagères et les posa devant Kishibé sans les ouvrir.

— Vous voyez les marques noires sur la tranche pour faciliter la consultation, n'est-ce pas ? Elles correspondent à chaque catégorie du syllabaire. En japonais, les mots qui commencent par les trois premières, *a*, *ka*, *sa*, sont très nombreux.

— C'est vrai, dit Kishibé en regardant les tranches des dictionnaires.

Celles des catégories suivantes, *ta*, *na*, *ha*, *ma*, *ya*, *ra*, et *wa*, représentaient moins de la moitié des pages.

— Et à l'inverse, celles de *ya* à *wa*, sont plus fines. Parce que peu de *wago* commencent par ces syllabes.

— De *wago* ?

— C'est-à-dire les mots qui existaient dans la langue japonaise avant l'introduction de mots chinois et étrangers. Lorsqu'on considère l'ordre du syllabaire, les mots se concentrent dans les catégories de *a* à *sa*. Par conséquent, on trouvera des mots commençant par *su* ou *se* sur la page centrale d'un dictionnaire équilibré. Dans ce cas, on pourra affirmer que la fin d'un dictionnaire n'a pas été bâclée.

— Le milieu d'un dictionnaire se trouve plus près du début du syllabaire que je ne le pensais, fit Kishibé, qui observait les marques noires, les bras croisés.

— Les mots ne sont pas répartis également, dit en souriant le professeur Matsumoto, qui caressa les pages d'un doigt affectueux. Et si voulez gagner au jeu du *shiritori**, évitez les mots qui finissent par des syllabes des trois premières catégories, et choisissez au contraire des mots qui finissent par les trois dernières. Mais cela n'est pas facile de ne pas lancer les mots les plus courants et de trouver instantanément des mots qui finissent par la catégorie des *ra*.

— Même pour vous ? demanda Kishibé, étonnée.

— L'océan des mots est vaste, et profond, répondit-il en riant. Je ne suis pas encore assez avancé pour y plonger et y trouver des perles, à la manière des *ama*, nos pêcheuses de perles.

Le travail sur *La Grande Traversée* continuait, et la fin n'était pas encore en vue.

Les étudiants chargés de la vérification des exemples continuèrent à venir une fois les vacances d'été terminées. Kishibé et ses collègues travaillaient

* Jeu de mots japonais dans lequel les participants doivent dire un mot qui commence avec le dernier *kana* du mot précédent.

presque tous les jours jusqu'à l'heure du dernier train, vérifiant les entrées, finalisant le contrôle des citations, ajoutant des prononciations et corrigeant les épreuves au crayon rouge. Il y avait tant à faire que Kishibé poussait parfois de petits cris de détresse. Dans ces cas-là, Mme Sasaki la rassérénait en lui montrant que le calendrier était tenu.

— Je ne perds pas de vue le planning, et si nous ne le respectons pas, je ne manquerai pas de le faire savoir. Ne vous inquiétez pas, tout ira bien si vous vous concentrez sur ce que vous avez à faire au jour le jour, lui disait-elle.

Le problème était qu'il y avait toujours tant à faire, tant à mener de front, que parfois tout s'emmêlait dans son esprit. Quand elle ne savait plus où donner de la tête, Araki lui prodiguait des encouragements.

— Vous vous débrouillez très bien pour une débutante. Voyez notre Majimé ! Lui qui se plaignait tellement quand nous travaillions sur l'*Encyclopédie Sokebū*, il en est là !

Assis devant les épreuves, Majimé se tenait la tête des deux mains. Il la releva soudain, et tourna les yeux vers le plafond comme s'il voyait une boîte flotter dans l'air.

Elle le regarda, en se demandant si le surmenage lui faisait voir des choses qui n'existaient pas.

Araki le remarqua et lui expliqua ce qu'il en était.

— Il visualise la mise en page. Comment faire tout tenir sur une page, quelle définition raccourcir, comment limiter le nombre de lignes. C'est comme un puzzle complexe, et j'ai l'impression que même Majimé a du mal.

Il y avait beaucoup à faire dans le service, et de plus en plus de négociations à mener à l'extérieur.

En tant que chef du service, Majimé tenait de fréquentes réunions avec le service commercial et celui de la communication. Il avait aussi des rendez-vous avec les graphistes, car il fallait décider de la couverture de *La Grande Traversée*.

Kishibé craignait qu'il ne cède à la pression de l'extérieur et ne revienne la queue entre les jambes, mais il était apparemment plus fort qu'elle ne le pensait dans ces négociations. Lorsqu'il s'agissait de cet ouvrage qui comptait tant pour lui, il se montrait impérieux, réussissant à repousser la décision sur la date de lancement, déterminé à ne rien lâcher pour garantir la qualité du contenu. Il avait exigé des graphistes qu'ils revoient leurs propositions pour la couverture.

Elle aurait aimé assister aux réunions avec le service de la communication, mais l'absence des deux membres de l'équipe de rédaction était impossible à un moment où le personnel manquait déjà. *La Grande Traversée* était bien sûr un projet de la première importance pour ce service. Elle avait entendu dire que la maison d'édition ferait appel à un acteur connu pour la campagne de lancement et qu'il y aurait des affiches dans toutes les gares. Cela l'inquiétait. Majimé savait-il seulement qui étaient les acteurs en vogue aujourd'hui ?

En dépit de ses craintes, Majimé revenait toujours enjoué de ces réunions.

— A-t-il été question d'une personnalité que vous aimez ? l'interrogea Kishibé au retour de l'une d'elles.

— Non, je ne connaissais aucun des noms dont ils ont parlé, admit-il en riant d'un air gêné. Mais ce n'est pas grave. Nishioka est sur le coup, et je lui fais confiance.

Elle soupira, en se souvenant des mails pathétiques qu'il lui avait adressés. Savoir qu'un ancien du service des dictionnaires officiait à la communication était malgré tout rassurant.

Le service des dictionnaires et *La Grande Traversée*, perçus tous les deux par le reste de Genbu comme des puits sans fond, feraient sans doute une entrée remarquée dans le monde grâce à l'obstination de Nishioka.

— Nous avons enfin le papier parfait !

Le jour où Miyamoto de la papeterie Akebono les appela pour les informer de la bonne nouvelle, les cerisiers commençaient à fleurir. Autrement dit, c'était au printemps, le deuxième que Kishibé passait dans le service des dictionnaires, où elle avait été mutée presque deux ans auparavant en juillet, plus précisément vingt-deux mois, consacrés à la correction des épreuves de *La Grande Traversée*.

Il s'agissait du quatrième jeu pour le commencement du syllabaire, et du troisième pour la fin. Le bout du tunnel n'était pas encore visible.

La date de lancement avait cependant été fixée au début du mois de mars de l'année suivante. Les vacances de printemps étaient en effet le meilleur moment pour lancer un dictionnaire. L'année scolaire commençant en avril, nombreux étaient les achats de dictionnaires, tant pour préparer la rentrée que pour célébrer un passage au lycée ou à l'université.

Mais *La Grande Traversée* serait-elle achevée à temps ? Kishibé en doutait ce jour-là, car la rédaction du dictionnaire lui semblait progresser à la vitesse d'un escargot. Assis à son bureau, Majimé contemplait quelque chose, avec l'insouciance qui le caractérisait. Elle relisait pour sa part les mots commençant par les *a*, et venait de trouver un point douteux. Elle décida d'aller lui en parler.

— Je peux vous déranger une minute ?

Debout à côté de lui, elle posa les yeux sur ce qu'il regardait : une image de *kappa** destinée à illustrer l'article du même nom, commandée à un illustrateur. On y voyait ce génie des eaux des légendes japonaises, dessiné de manière réaliste (bien que Kishibé n'en ait jamais vu de ses propres yeux) avec une carapace de tortue, et un flacon de saké à la main. Comme sur la plupart des images qui le représentent, il avait une tonsure.

— Vous arrivez juste au bon moment ! lança-t-il.

Il leva les yeux vers elle et lui fit signe de s'asseoir sur la chaise voisine de la sienne.

— Que pensez-vous de ce *kappa* ?

— Il est très bien, non ? répondit-elle après avoir scruté l'image, tout en pensant qu'elle n'était pas sûre d'être un bon juge en ce domaine.

— Le flacon de saké est-il vraiment un attribut des *kappa*… fit-il, perplexe. Je trouve que ça le fait ressembler à un *tanuki* en céramique Shigaraki.

— Maintenant que vous le dites… Il n'est pas impossible que cette association soit due à cette publicité télévisée pour le saké, qui fait que quand on dit *kappa*, on pense automatiquement flacon et coupe de saké.

* Créature imaginaire du folklore japonais, sorte de génie des eaux, de la taille d'un petit garçon, dont le dos est recouvert d'une carapace de tortue.

Depuis quelque temps, elle réagissait comme ses collègues du service des dictionnaires et cherchait toujours à vérifier ce qui lui paraissait peu clair. Elle mit de côté la question qu'elle voulait lui poser et se leva pour consulter les dictionnaires d'autres éditeurs.

— Le *kappa* de l'illustration du *Grand Dictionnaire de la langue* japonaise ne porte rien.

— Je m'en doutais, grogna Majimé en croisant les bras. Le flacon de saké, c'est l'attribut des *tanuki* de Shigaraki.

— À mon avis, une illustration représentant un *kappa* avec un flacon de saké est possible, non ?

Elle se rassit.

— De toute façon, un vrai *tanuki*, un chien viverrin, ne portera pas de flacon de saké. Nous n'avons aucun moyen de savoir ce que portent les *kappa*, reprit-elle.

— Je ne suis pas d'accord. C'est bien pour cette raison que nous devons être exacts, dit-il comme s'il se parlait à lui-même. Illustrer l'article sur la céramique Shigaraki avec l'image d'un *tanuki* portant un flacon de saké, c'est bien, mais s'en servir pour l'article sur les chiens viverrins à l'origine des *tanuki* légendaires poserait un vrai problème. De la même manière, utiliser une image de *kappa* avec un flacon de saké pour l'entrée sur ces créatures, alors que nous n'avons pas de certitude à ce sujet, est inadmissible. Il y a des gens qui croient à l'existence des *kappa*, on ne peut donc pas se contenter d'approximations.

Livré à lui-même, Majimé se serait sans doute précipité jusqu'à la ville de Tōno dans le Nord du Japon, connue pour être le berceau mythique de ces génies de l'eau, dans l'espoir d'en trouver un. Elle l'imagina en train d'interroger une créature qu'il aurait réussi à capturer. "Ça vous arrive de boire du saké ?"

— Moi, je pense que cette illustration peut convenir, car il y a toutes sortes de théories sur leur aspect, se hâta-t-elle de lui dire. Mais si le flacon vous dérange, pourquoi ne pas demander au dessinateur de le faire disparaître ?

— Vous avez raison. Si j'avais su que ce serait si compliqué, nous aurions utilisé une image de Toriyama Sekien, cet artiste du XVIIIe qui a dessiné tant de *yōkai*.

Il se tourna vers son ordinateur et commença à rédiger un mail pour l'illustrateur, et s'interrompit aussitôt.

— Mais de quoi vouliez-vous me parler ?

— De l'article sur le mot *ai*, "amour".

Elle lui montra la page des épreuves.

— Je peux comprendre le 1. de l'article : "Sentiment de tendresse pour une personne ou une chose considérée comme irremplaçable." Mais je suis moins sûre des exemples qui suivent : *aisai*, "épouse bien-aimée", *aijin*, "amante, maîtresse", ou *aibyō*, "chat chéri". Qu'en pensez-vous ?

— Où est le problème ?

— Où est le problème ? répéta-t-elle d'un ton irrité. Eh bien, mettre sur le même plan "épouse bien-aimée" et "amante, maîtresse", pour expliquer un sentiment pour une personne ou une chose considérée comme irremplaçable, c'est contradictoire, non ? Ça donne envie de dire : "Entre les deux, il faut choisir !" Et puis, je ne suis pas non plus d'accord pour dire qu'aimer un chat, c'est la même chose qu'aimer un être cher.

— L'amour ne connaît pas de hiérarchie. J'aime mon chat autant que ma femme.

— Peut-être, mais vous n'avez pas de rapports sexuels avec votre chat !

Elle avait parlé plus fort, sans même s'en rendre compte. Les étudiants la regardèrent, et elle se recroquevilla sur son siège. Majimé semblait, quant à lui, réfléchir aux différents sens possibles du mot *seikō* qu'elle avait utilisé pour "relations sexuelles". Quand il comprit enfin, son visage s'empourpra.

— Eh bien, certes… grommela-t-il.

— Vous voyez ! lança-t-elle, confortée par sa victoire. Et je trouve aussi bizarre le 2. du même article. "2. Éprouver des sentiments forts pour une personne de l'autre sexe, parfois accompagnés de désir physique. Sentiment amoureux."

— Et qu'est-ce qui ne va pas ? demanda-t-il en levant un regard craintif vers elle, comme s'il avait perdu toute confiance en lui.

— Pourquoi est-ce limité à l'autre sexe ? Voulez-vous dire que les sentiments forts parfois accompagnés de désir physique pour des personnes du même sexe ne sont pas de l'amour ?

— Non, là n'est pas mon intention. Mais est-il vraiment nécessaire d'être aussi précis ?

— Oui, déclara-t-elle avec conviction. *La Grande Traversée* se veut un dictionnaire pour la nouvelle époque. Si nous flattons la majorité, si nous sommes esclaves d'une pensée et d'une perception conservatrices, pourrons-nous vraiment définir la signification des mots qui évolue en permanence, ne cesse de se décomposer et se recomposer ?

— Vous avez tout à fait raison, répondit-il, la tête basse. Quand j'étais jeune, j'ai éprouvé les mêmes doutes que vous en lisant la définition du mot *ren'ai*, "passion amoureuse". Mais aujourd'hui, je suis tellement pris dans mon quotidien que je l'avais oublié. Je suis confus.

Kishibé avait le sentiment de comprendre enfin ce qu'était la rédaction d'un dictionnaire. Majimé tenait souvent compte de son opinion, et elle sentait qu'elle jouait un rôle dans l'équipe.

Elle reprit la page de *ai* des mains de Majimé, rassurée, et fière d'avoir exprimé ses doutes.

— Et je viens de me rappeler aussi quelque chose que m'avait dit Nishioka, ajouta-t-il. "Pense toujours à ce que ressentira celui qui lira la définition. En sera-t-il rassuré ?" Un jeune qui se dit qu'il est peut-être homosexuel consulte le mot *ai* dans le dictionnaire. Que ressentira-t-il s'il lit : "Éprouver des sentiments forts pour une personne de l'autre sexe" ? Moi, je n'avais pas du tout envisagé ce cas, n'est-ce pas ?

— Exactement.

Elle hocha la tête et vit qu'il avait l'air contrit.

— Mais vous n'y êtes pour rien, s'empressa-t-elle d'ajouter. Parce que vous faites partie de l'élite, qui n'a jamais connu l'échec, dit-elle, visiblement sincère.

— De l'élite ?

— Eh bien oui. Vous avez fait de longues études, vous êtes marié à une femme très belle, et vous êtes un expert des dictionnaires. Je ne pense pas que vous ayez jamais souffert d'appartenir à une minorité.

— C'est comme ça que vous me voyez ?

Il sourit, embarrassé.

— Je crois que vous avez raison pour l'article *ai*. Comment le corriger ?

— Gardons la femme et le chat, parce que vous aimez le vôtre, mais supprimons “amante, maîtresse”. Et ensuite à la place de “pour une personne de l'autre sexe”, on pourrait avoir “pour une autre personne”.

— Cela me semble bien. Le professeur Matsumoto doit passer tout à l'heure, il suffira de lui soumettre la correction.

C'était à ce moment-là que Miyamoto avait appelé pour annoncer que les nouveaux échantillons étaient prêts.

— Formidable, se réjouit Majimé, qui jeta un regard circulaire sur le bureau. Mais nous n'avons pas la place d'étaler du papier ici.

Étudiants et correcteurs passaient sans cesse de l'une à l'autre des tables qui étaient toutes recouvertes d'épreuves.

— Mademoiselle Kishibé, je vous charge d'aller à la papeterie Akebono et de vous assurer que le papier est comme nous le souhaitons. Si c'est le cas, vous n'aurez qu'à le leur dire, afin qu'ils puissent commencer à le produire.

Il fallait pour le dictionnaire une grande quantité de ce papier particulier, et à moins de commencer sa production au plus tard six mois avant la date de parution, il ne serait pas disponible à temps. Mais Kishibé ne pouvait pas prendre seule cette décision majeure.

— Vous n'y allez pas vous-même ?

— Il faut absolument que je voie le professeur Matsumoto.

Il la regarda et hocha la tête avec conviction.

— Vous en êtes parfaitement capable, parce que vous êtes aujourd'hui un membre qualifié de la rédaction. Vous faites des commentaires pertinents sur le contenu, et vous étiez là chaque fois que Miyamoto nous a apporté les échantillons. Je vous fais entièrement confiance.

Investie de cette importante mission, Kishibé était tendue quand elle partit pour les locaux d'Akebono.

Les fleurs de cerisiers n'étaient pas encore toutes écloses, et il tombait une fine pluie froide, au point que son haleine se transformait en une légère buée blanche. Elle ouvrit son parapluie et se dirigea vers le métro en regardant du coin de l'œil les boutons de fleurs mouillés.

Majimé lui avait fait part de son opinion quant à ses compétences en matière de dictionnaire avec une assurance qu'elle ne partageait pas entièrement. Le hasard avait fait qu'elle avait trouvé étrange que la définition du mot "amour" soit limitée à l'amour hétérosexuel. Quand elle était étudiante, un de ses camarades de séminaire avait confié à ses camarades et elle, pendant une fête juste avant la fin de leurs études, qu'il était gay.

Tous les gens qui le connaissaient n'avaient pas été surpris, car ils s'en doutaient, mais ils avaient réussi de justesse à ne pas lui dire. Mesurant le courage qu'il lui avait fallu pour leur faire cette confidence, ils s'étaient contentés de feindre la surprise ou de lui proposer de boire un verre. Cette révélation n'avait en rien affecté leur amitié.

Elle avait tiqué en lisant l'article "amour" uniquement parce que cette expérience l'avait sensibilisée. Elle s'en voulait aussi d'avoir déclaré à Majimé qu'il faisait partie de l'élite, et en rougissait encore en marchant.

Ce n'est pas parce que je commence un peu à comprendre le travail que cela me donne le droit de lui dire des choses pareilles. Surtout que je sais très bien à quel point il se tourmente pour que *La Grande Traversée* soit un succès. C'est plutôt moi, même si je ne fais pas du tout partie de l'élite, qui n'ai jamais souffert de rien, s'admonesta-t-elle.

Elle s'était laissé porter, dans la vie comme dans le travail, en choisissant toujours la voie de la facilité.

Mais j'ai l'impression d'avoir un peu changé depuis que j'ai commencé, grâce à mon travail, à réfléchir aux mots et à leur force, se dit-elle également. Depuis qu'elle avait pris conscience du fait qu'ils pouvaient servir non seulement à blesser les autres, mais aussi à les protéger, à leur parler, à créer des liens avec eux, elle avait appris à sonder ses propres sentiments, à analyser ses relations avec les autres, leur manière de penser.

Grâce à sa participation à *La Grande Traversée*, elle recherchait le vrai pouvoir que transfèrent les mots, et elle était en train de l'acquérir.

La papeterie Akebono avait son siège sur la principale avenue de Ginza, au centre de Tokyo. C'était là qu'elle avait rendez-vous.

Les précédentes réunions avaient eu lieu dans leur usine de banlieue mais la présentation du papier définitif se ferait dans une salle de conférences du septième étage, où l'attendaient Miyamoto et plusieurs autres personnes : le chef du service commercial, des responsables de cette division, de celle de la recherche-développement, ainsi que deux ingénieurs qui avaient travaillé à l'élaboration du papier.

La présence de tous ces employés indiquait clairement que la fabrication du papier du dictionnaire était un projet de la plus haute importance pour Akebono.

Kishibé les salua en tremblant intérieurement. Ne s'étonneraient-ils pas de voir que Genbu Shobō n'avait envoyé qu'une seule personne – qui plus est, une "gamine" – pour les représenter ? Oubliant les reproches qu'elle venait de se faire au sujet de Majimé, elle lui en voulut intensément.

Contrairement à ses craintes, tous les employés d'Akebono lui répondirent avec le sourire, même si leur tension était palpable. Une liasse de papier était posée sur la grande table au centre de la pièce.

— C'est le papier de *La Grande Traversée* ?

Les employés d'Akebono formèrent deux rangées pour la laisser s'approcher. Elle avait l'impression d'être Moïse faisant reculer les eaux.

— Notre division de recherche-développement y a mis tous ses efforts, expliqua Miyamoto. Nous avons été particulièrement attentifs à l'apprêt.

Les deux ingénieurs qui l'écoutaient hochèrent la tête. Leur attitude montrait qu'ils avaient travaillé nuit et jour pour satisfaire les exigences de Majimé.

Elle effleura ce que Miyamoto avait appelé "le papier parfait". Il était fin, lisse et plaisant au toucher. Frais aussi, blanc, avec un soupçon de crème. Elle le regarda dans la lumière et détecta une trace de rose dans ce mélange que, selon Miyamoto, Akebono était le seul capable de réaliser.

— Nous avons mené des essais d'impression. Il prend très bien l'encre et ne laisse pas voir ce qui est imprimé au verso, ajouta-t-il timidement.

Tous ses collègues d'Akebono hochèrent vigoureusement la tête, comme pour le soutenir.

Depuis que Majimé avait pointé le manque d'apprêt du papier, Miyamoto était venu à quatre reprises apporter de nouveaux échantillons chez Genbu. Il avait posé beaucoup de questions pour mieux comprendre les exigences du client. Dans la plupart des cas, Kishibé l'avait reçu. Ils avaient discuté de la qualité du papier ensemble.

Elle travaillait pour Genbu Shobō, lui pour Akebono, mais un sentiment de camaraderie était né entre eux. Ce n'était pas une raison pour être indulgente avec lui, mais elle espérait de tout cœur que le papier était parfait, comme il le disait.

Au cours des vingt derniers mois, elle s'était efforcée de toucher le papier du plus grand nombre possible de dictionnaires, en espérant pouvoir aider Miyamoto, et aussi permettre au nouveau dictionnaire d'avoir le meilleur papier possible. Quand elle n'était qu'une simple utilisatrice de dictionnaires, elle n'avait pas remarqué à quel point la qualité du papier, son toucher et sa couleur variaient selon les ouvrages et les maisons d'édition. Ses doigts étaient aujourd'hui tellement expérimentés qu'elle pouvait reconnaître tous les dictionnaires présents dans son bureau les yeux fermés, en posant simplement un doigt sur une page. D'après Mme Sasaki, s'il existait une certification pour cela, elle obtiendrait certainement la plus haute.

Le papier qu'elle avait sous les yeux était plus que satisfaisant sur le plan de la couleur, de la finesse et du toucher. Qu'en était-il de l'apprêt, si important aux yeux de Majimé ?

Elle avala sa salive et tourna les pages de l'échantillon comme s'il s'était agi d'un dictionnaire.

Le silence dans la pièce était si profond qu'il en faisait presque mal aux oreilles. Peut-être parce qu'il le trouvait insupportable, un des ingénieurs, un homme mince d'une trentaine d'années, qui portait des lunettes, le rompit.

— Qu'en pensez-vous ? fit-il en tournant vers elle un regard où l'assurance se mêlait à l'angoisse.

Elle ouvrit la bouche pour dire : "Il est merveilleux", mais elle était tellement émue qu'aucun son n'en sortit. Elle se racla la gorge et reprit :

— Il est merveilleux.

Les gens d'Akebono manifestèrent leur satisfaction : l'ingénieur leva les deux bras, les responsables des divisions développement et ventes échangèrent une poignée de main, Miyamoto et son chef de service s'étreignirent. Kishibé n'avait jamais vu de telles démonstrations de joie de la part d'hommes de leur âge.

— Quel soulagement ! lâcha Miyamoto, en essuyant de la manche de sa chemise la sueur, et peut-être les larmes, qui coulait sur son visage. Je m'étais dit qu'il vous conviendrait, mais je suis vraiment heureux que vous l'ayez approuvé.

Miyamoto me fait confiance, à moi qui ne connais rien au papier, pensa-t-elle avec joie. Elle se souvint de leurs rendez-vous, de leurs discussions qui avaient abouti à ce papier parfait, émue presque jusqu'aux larmes par la joie des employés d'Akebono. Elle se hâta de reposer les yeux vers le papier.

"Merveilleux" était le seul qualificatif pour le décrire. Il ne résistait pas au doigt quand on en tournait les pages. Mais elles n'adhéraient pas non plus les unes aux autres, et ne procuraient pas le sentiment qu'il y avait de l'électricité statique. Elles donnaient l'impression de glisser entre les doigts comme du sable.

L'apprêt était idéal. Elle était sûre qu'il satisferait Majimé.

— Me voilà enfin rassuré ! s'écria le responsable commercial de la papeterie. Le papier, c'est une affaire de sensibilité. Le chef de service a vraiment tout fait pour que notre division de recherche-développement comprenne vraiment vos exigences. N'est-ce pas, Urabe ?

— Euh… oui, fit ce dernier en souriant faiblement.

Il était plus petit que le responsable commercial, un homme à la carrure imposante.

— Et vous savez ce que je lui ai dit ? reprit le responsable commercial. Faites-moi un papier qui soit comme une belle femme que vous aimez, mais que vous devez quitter ! Que pensez-vous de ma comparaison ? Elle exprime bien l'idée de l'apprêt que vous recherchiez, non ?

Absolument pas, pensa-t-elle, mais elle dissimula son désaccord sous un aimable sourire. Avec une image pareille, les ingénieurs ont eu du mérite de comprendre, se dit-elle aussi.

— Sitôt que vous saurez à peu près le nombre de pages de chaque exemplaire et que vous connaîtrez le premier tirage, faites-nous-le savoir, ajouta-t-il.

Miyamoto vint se glisser entre eux deux. Peut-être craignait-il que les propos de son supérieur puissent être interprétés comme une forme de harcèlement sexuel, car il la regarda comme pour s'excuser de sa grossièreté.

— Nous devrions nous atteler au quatrième jeu d'épreuves avant la saison des pluies, et nous vous recontacterons à ce moment-là, répondit Kishibé, tournant à son tour les yeux vers Miyamoto pour lui signifier qu'elle n'avait pas pris ombrage de la remarque de son collègue.

Une fois décidé le nombre de pages et d'exemplaires, on pourrait calculer la quantité de papier nécessaire, et en commencer la fabrication.

— Nous sommes prêts, fit le responsable du développement avec assurance.

Un des deux ingénieurs lui donna une liasse de "papier parfait" à rapporter à Majimé, l'équivalent de cinq cents feuilles, la taille d'un dictionnaire.

Elle l'accepta avec plaisir, tout en pensant que ce serait terrible si elle s'était trompée. Il revenait à Majimé de confirmer que tout était comme il fallait.

Les employés d'Akebono la raccompagnèrent tous jusqu'à l'ascenseur.

— Ce n'est pas trop lourd ? lui demanda Miyamoto d'un ton soucieux.

— Pas du tout. Vous avez créé pour nous un papier d'excellente qualité, et léger.

Il se gratta le nez comme pour dissimuler son embarras.

— Je vous accompagne jusqu'au rez-de-chaussée, dit-il en montant dans l'ascenseur.

— Excellente initiative ! Nous restons à votre entière disposition, fit le responsable du service commercial.

— Je vous remercie, répondit-elle.

La porte de l'ascenseur se referma avant qu'elle n'ait fini sa courbette. Elle se rendit compte qu'elle était seule avec Miyamoto.

— Je suis tellement content que j'en ai oublié de vous remercier, lui dit-il.

— Non, c'est moi qui vous remercie. Grâce à vous, le papier est parfait.

— Mademoiselle Kishibé, commença-t-il une fois qu'ils étaient sortis de l'ascenseur. Vous ne voudriez pas dîner avec moi ce soir ? Pour célébrer notre réussite.

Elle vit que la nuit commençait à tomber dehors.

— Vous et moi ?

— Oui, nous deux. Vous ne voulez pas ?

— Si, mais c'est moi qui vous invite.

Après quelques instants de résistance, Miyamoto finit par accepter.

— Je vais chercher mon veston et mes affaires. Je reviens tout de suite.

Elle le regarda se diriger vers l'escalier pour ne pas avoir à attendre l'ascenseur, et sortit son téléphone pour appeler le bureau. Majimé répondit.

— Le papier est parfait.

— Je suis heureux de l'apprendre. Un souci de moins…

— J'ai un échantillon. Mais je voulais vous demander si je peux rentrer directement chez moi.

— Bien sûr. Si vous pensez avoir pris la bonne décision, je n'ai pas besoin de le voir.

— Je vous l'apporterai demain, bien sûr. Et je voulais aussi vous demander si…

Elle marqua un temps d'hésitation.

— Puis-je inviter Miyamoto à dîner ce soir sur le compte de la société ?

— Oui, naturellement. Le professeur Matsumoto et moi-même nous apprêtons à partir pour Le Jardin des Sept Trésors. On se retrouve là-bas ?

Espérer de Majimé qu'il devine ce qu'elle souhaitait n'était pas raisonnable.

Elle refusa poliment, car elle voulait être seule avec Miyamoto, et fit une réservation dans le restaurant auquel elle pensait.

Dans la nuit, le quartier de Kagurazaka brillait d'un éclat presque humide.

Kishibé guida Miyamoto dans ses ruelles jusqu'au restaurant Le Revers de la Lune, au fond d'une cour pavée. Elle poussa la porte coulissante, et Kaguya leur souhaita la bienvenue, avec toute la chaleur dont elle était capable, même si son visage changea à peine d'expression. En cuisine, elle maniait le couteau avec une adresse sans égale, mais en manquait toujours autant dans la vie.

Miyamoto étudia avec intérêt l'intérieur du restaurant, logé dans une ancienne maison particulière. Kaguya les fit s'asseoir au comptoir et leur apporta une serviette chaude. Le serveur n'était pas là ce soir. Peut-être avait-il attrapé la grippe.

Il n'y avait pas d'autres clients, sans doute parce qu'il était encore tôt. Ils trinquèrent en buvant un verre de bière, accompagné d'un foie de lotte onctueux, servi avec une sauce de soja aux agrumes et accompagné de daikon râpé.

Kaguya s'activait derrière le comptoir, le visage impénétrable. Elle leur apporta ensuite un assortiment de tranches de poissons crus, d'épaisseurs diverses, puis des bouchées de tofu frit farci de haricots fermentés, qu'elle avait fait légèrement griller.

— C'est délicieux, commenta Miyamoto, qui semblait ravi de ce qu'il mangeait. Une bonne adresse !

— Du tofu frit et des haricots fermentés, on en a chez soi, mais personne n'aurait l'idée de les préparer ainsi, acquiesça Kishibé, qui buvait à présent de l'eau-de-vie de patate douce.

Kaguya hocha timidement la tête, comme si elle était gênée. Son visage avait l'impassibilité de celui de Takakura Ken.

— La première fois que je suis venue ici, c'était pour fêter mon arrivée dans le service des dictionnaires.

Kishibé s'arrêta pour jeter un coup d'œil à Kaguya, afin de s'assurer que cette confidence ne l'embarrassait pas.

— Et je ne vous ai pas dit que la patronne est la femme de M. Majimé.

— Quoi ? s'étrangla Miyamoto, qui était en train de boire une gorgée d'alcool.

Il s'essuya la bouche, regarda alternativement les deux femmes, et comprit que Kishibé ne le menait pas en bateau. M. Majimé est marié ?

Il avait apparemment encore plus de mal à le croire que d'apprendre que Kaguya était son épouse.

— Comment est-ce possible…

Il s'interrompit, peut-être parce qu'il réalisait que son commentaire était impoli. Mais l'épouse en question ne parut pas s'en formaliser.

— Nous habitions la même pension.

Grisée par le nouveau papier et ce dîner avec Miyamoto, Kishibé sentit que ses joues étaient empourprées. Cela lui donna le courage de questionner Kaguya.

— Qu'est-ce qui vous a plu chez lui ?

Elle se rendit compte que sa question pouvait sembler déplacée, et s'empressa d'ajouter :

— Je suis sûre qu'il y a beaucoup de choses, mais…

— Son dévouement aux dictionnaires, répondit Kaguya en faisant griller du poulet.

Elle plaça le morceau sur une assiette et le saupoudra de *yuzukoshō*, un mélange de piment, de yuzu et de sel. La peau croquait sous la dent, et la chair juteuse fondait dans la bouche comme celle d'un fruit bien mûr.

— C'est délicieux ! s'exclamèrent de concert les deux convives, qui vidèrent ensuite leurs verres.

— On n'a pas besoin de beaucoup de mots pour dire que quelque chose est bon. Le mot "délicieux" est celui qui nous remplit le plus d'aise, nous autres cuisiniers. Mais les mots sont indispensables pour apprendre à faire de bonnes choses.

Kishibé n'avait jamais vu Kaguya si loquace. Elle posa ses baguettes, pour mieux l'écouter.

— J'ai commencé mon apprentissage avant d'avoir vingt ans. Mais ce n'est qu'après avoir rencontré Majimé que j'ai compris l'importance des mots. Selon lui, notre mémoire est faite de mots. Nos souvenirs peuvent être ravivés par des parfums, des goûts, des bruits, mais en réalité ce qui se passe est que quelque chose qui sommeillait en nous se transforme en mots.

Elle continua, tout en lavant des assiettes.

— Lorsque nous mangeons quelque chose qui nous paraît délicieux, jusqu'à quel degré sommes-nous capables de nous en souvenir en mettant des mots sur cette sensation ? Majimé, qui consacre sa vie aux dictionnaires, m'a fait prendre conscience du fait que c'est une faculté primordiale pour un cuisinier.

Lui qui avait écrit une lettre d'amour aussi incompréhensible serait capable de donner à sa femme des conseils sur son travail, de lui exprimer son amour avec des mots justes ? Kishibé, qui ne s'attendait pas du tout à entendre cela, lui posa une question.

— M. Majimé vous parle beaucoup à la maison ?

— Non, il passe son temps dans les livres.

Cela paraissait plus vraisemblable à Kishibé, comme à Miyamoto qui hocha la tête avec conviction.

— J'ai l'impression de comprendre ce que vous voulez dire. Je travaille dans une papeterie, et je trouve qu'il est très difficile d'expliquer aux ingénieurs la couleur ou la sensation que nous souhaitons pour un papier précis. Cela ne se produit qu'au terme de longues conversations, qui nous permettent de nous comprendre mutuellement. Mais le plaisir d'avoir en main ce qui était recherché est quasiment sans égal.

Les mots sont indispensables à la création, pensa Kishibé, qui s'imagina soudain la mer qui recouvrait la Terre avant que la vie ne s'y installe, un liquide trouble, épais, visqueux. Cette mer, chaque individu la portait en lui. Et la vie ne naissait qu'après que la foudre des mots avait frappé la Terre. Tout comme l'amour et les sentiments, grâce aux mots qui lui donnaient une forme et la faisaient émerger.

— Et que pensez-vous de votre travail au service des dictionnaires ?

Kishibé sourit en entendant cette question de Kaguya, qui en posait rarement.

— Au début, j'ai eu du mal, maintenant j'y suis très bien, et j'y trouve du sens.

Lorsqu'elle y était entrée, elle n'aurait jamais cru qu'un jour viendrait où elle ressentirait une telle satisfaction.

De nouveaux clients arrivèrent, et Kaguya dut s'arrêter de discuter avec eux. Kishibé et Miyamoto continuèrent à bavarder avec plaisir, tout en savourant le riz arrosé de thé, la douceur japonaise et pour finir la glace vanille maison qu'elle leur apporta.

— Et c'est comment d'avoir Majimé pour chef ? demanda Miyamoto à voix basse pour ne pas gêner Kaguya. Il n'est pas toujours d'un abord facile, et il est un peu excentrique, n'est-ce pas ?

Kishibé n'eut pas le sentiment qu'il en disait du mal, mais plutôt que son supérieur l'intriguait.

— Eh bien… fit-elle en cherchant une formulation plaisante. En ce moment, nous ne sommes pas d'accord sur les hommes et les femmes.

— Pardon ?

— Non, ce n'est pas ce que vous pensez. "Homme" et "femme" en tant qu'articles du dictionnaire, se hâta-t-elle d'ajouter.

— Ah… fit Miyamoto, l'air convaincu. Je me souviens d'avoir cherché le mot "femme" quand j'étais au collège.

— Et alors ?

— J'étais à l'âge où l'on se pose beaucoup de questions, poursuivit-il avec une expression presque embarrassée. Et ce qui était écrit, c'était : "Sexe qui n'est pas celui de l'homme." Je me souviens encore de ma déception.

— Je comprends tout à fait ! s'écria-t-elle en haussant le ton sans même s'en apercevoir. Pour "homme", *Le Grand Jardin des mots* dit : "Personne qui n'est pas de sexe féminin", et pour "femme" :

“Personne du sexe muni d’organes permettant de donner naissance.” *La Grande Forêt des mots* fournit les définitions suivantes : “Personne du sexe dont la physiologie et les organes permettent de causer la grossesse d’une femme”, et “Personne du sexe dont la physiologie et les organes permettent de donner naissance à un enfant”, poursuivit-elle d’un ton où perçait son mécontentement.

Il réfléchit quelques instants.

— Vous voulez dire qu’il faudrait par exemple inclure les transgenres ?

— Ou peut-être qu’aujourd’hui, c’est un peu dépassé d’expliquer les sexes uniquement en disant qu’il y a d’un côté les hommes et de l’autre, les femmes, même du seul point de vue physiologique. Les dictionnaires ont tendance à expliquer un mot en donnant son contraire. Mais dans le cas de “droite” et “gauche”, ils font preuve de beaucoup d’inventivité.

— De quelle manière ?

— Vérifiez-le donc dans votre propre dictionnaire.

Elle finit sa glace et but une gorgée de thé chaud.

— Il se peut qu’ils ne puissent faire autrement que de renvoyer à la grossesse pour définir les sexes, mais je doute que cela satisfasse tout le monde. Il y a des gens affectés par une dysphorie de genre, et mieux vaudrait, à mon avis, élargir un peu la définition, par exemple en disant quelque chose comme : “Sexe qui n’est pas masculin, et sexe de ceux qui ne se reconnaissent pas comme appartenant au sexe masculin.” Mais Majimé hésite, il trouve que ce serait prématuré.

— Prématuré, c’est bien le genre de mots qu’il emploie…

Miyamoto prête attention à des choses surprenantes, se dit-elle.

— Mais je pense que vous avez raison. Une définition plus libre serait appréciable, ne serait-ce que pour les collégiens qui cherchent ces mots, le cœur tremblant.

— La prudence guide le dictionnaire et le rend un peu conservateur.

Elle soupira.

— Parfois il me fait l'effet d'un vieux bonhomme obstiné.

— Majimé ?

— Non, le dictionnaire ! s'exclama-t-elle avant de se mettre à rire.

— Oui, obstiné, mais aussi fiable, et pourvu d'un certain charme, dit-il. Je l'ai découvert en collaborant à ce projet.

Ils avaient fini leur repas, mais comme ils n'avaient ni l'un ni l'autre envie de se quitter, ils allèrent dans un bar, où ils prirent chacun deux consommations. Elle accepta que Miyamoto l'invite.

— Je peux vous demander votre numéro de portable et votre adresse mail ? demanda-t-il alors qu'ils attendaient un taxi sur l'avenue.

Elle accepta, sortit son téléphone de son sac et ils s'envoyèrent immédiatement un message, comme deux adultes en train de jouer avec des talkies-walkies. Ils ne s'étaient jamais serré la main, mais cet échange les rapprochait d'un baiser. Elle éclata de rire, sans savoir exactement pourquoi, et Miyamoto en fit autant.

Lorsqu'un taxi s'arrêta, elle y monta et lui fit au revoir de la main. Il y répondit, et la voiture partit.

Son téléphone, qu'elle avait encore en main, vibra. Elle venait de recevoir un message.

“Sujet : Merci pour ce dîner

Message : J’ai passé un très bon moment. Je ferai tout pour la réussite de *La Grande Traversée*. Vous seriez d’accord pour qu’on dîne ensemble un autre jour ?”

Elle répondit immédiatement en regardant défiler les lumières de la ville. Ce soir aussi, de nombreux mots se croisaient dans le ciel.

Elle sourit, puis se recomposa un visage sérieux, de peur que le chauffeur du taxi ne la prenne pour une ivrogne, en mordant l’intérieur de ses joues pour ne pas succomber à son envie de rire.

5

Mlle Kishibé est pleine de zèle en ce moment, pensa Majimé Mitsuya en la regardant parler au téléphone.

Bien qu'elle soit affectée par les pollens d'automne, elle s'exprimait avec entrain et politesse. Même avec le masque qu'elle porte afin d'atténuer son allergie et qui cache le bas de son visage, l'éclat de sa peau et de ses cheveux est remarquable, se dit-il avant de se reprendre aussitôt intérieurement. Une telle pensée correspondrait-elle à du harcèlement sexuel ? Il reposa les yeux sur le quatrième jeu d'épreuves ouvert devant lui, tout en tendant l'oreille. Non parce qu'il était amoureux d'elle, mais parce que son interlocuteur était difficile à convaincre.

Les utilisateurs de dictionnaires appelaient souvent Genbu Shobō, pour signaler une coquille dans un ouvrage, ou bien pour demander pourquoi un mot donné n'y figurait pas. Afin de produire de meilleurs dictionnaires, le service prenait leurs appels et notait dans un dossier la ou les corrections à effectuer.

Ce n'était pas toujours facile. La personne à qui Kishibé parlait était une de celles qui leur donnaient le plus de fil à retordre, au point qu'ils la désignaient entre eux par le surnom "M. É".

Il appelait presque tous les jours à chaque changement de saison, au printemps comme en automne. La particule *é* le préoccupait particulièrement, quand il parlait à quelqu'un, lisait un journal ou un dictionnaire.

Cette particule si fréquente qu'on ne la remarque pas d'ordinaire s'entend partout une fois que l'on commence à y réfléchir, comme le faisait M. É. Chaque fois qu'il découvrait un usage auquel il n'avait pas pensé, il appelait pour savoir à quelle section de l'article du *Genbu des débutants* ce *é* correspondait.

Mlle Kishibé aurait sans doute aimé lui répondre qu'elle ne pouvait pas le savoir, mais elle ne le faisait pas. Depuis qu'elle avait une relation avec le jeune Miyamoto, son ardeur au travail avait redoublé.

— Le *é* de la phrase *Tsuki é mukau roketto*, "La fusée qui se dirige vers la lune" ? Il montre la direction, c'est donc le 1. de l'article, n'est-ce pas ? Et le *é* de *Jikka é tsuitara haha ni okorareta*, "Ma mère m'a grondée dès mon retour à la maison" ? Eh bien… Je pense que c'est le 4. Oui, le *é* qui "exprime l'imminence".

Majimé qui l'écoutait n'était pas tout à fait d'accord. Si la phrase avait été : *Jikka ni tsuitatokoro é, takkyūbin ga kita*, "Je venais d'arriver à la maison quand le livreur est passé", *é* aurait exprimé l'imminence du 4. Il se mit à réfléchir.

Le *é* de *Jikka é tsuitara haha ni okorareta*, "Ma mère m'a grondée dès mon retour à la maison", correspondait au 2. de l'article : "Qui indique la résolution d'une action ou d'un effet."

Oui, c'était bien ça, pensa-t-il en se levant au moment précis où le professeur Matsumoto revenait des toilettes. Il dut deviner ce que Majimé s'apprêtait à faire, car il lui fit signe de se rasseoir.

— Laissez Mlle Kishibé s'en occuper.

— Mais j'ai l'impression qu'elle lui donne une explication erronée.

— M. É est content si quelqu'un de notre service lui répond. Si vous prenez le téléphone pour lui dire ce que vous pensez être juste, il n'y comprendra plus rien.

Majimé se rassit en donnant raison au professeur. Ils se remirent tous les deux à relire le quatrième jeu d'épreuves. Majimé lui jeta un coup d'œil. Il avait mauvaise mine et paraissait un peu amaigri. Mais le changement était minime, car il avait depuis toujours la silhouette d'un échassier.

— Vous n'êtes pas fatigué, professeur ?

Majimé venait de découvrir qu'il était déjà plus de 18 heures. Le vieil homme, qui travaillait depuis le matin, n'avait pas dû s'arrêter pour déjeuner.

— Cela suffit pour aujourd'hui, non ? Que diriez-vous d'aller dîner ensemble ?

Le professeur posa son crayon rouge et leva le visage vers Majimé.

— Ce serait avec plaisir, mais vous comptez rester plus tard, non ?

— Ne vous en faites pas pour cela.

Il avait effectivement l'intention de passer encore quelques heures au bureau, mais il devait aussi se nourrir. Il se leva, prit sa veste posée sur le dossier de sa chaise, en vérifiant au passage que son portefeuille était dans la poche intérieure.

— Qu'est-ce qui vous ferait envie ? demanda-t-il au professeur en l'aidant à ranger ses crayons sur son bureau.

Le vieil homme les mit ensuite dans une trousse en cuir usée.

— J'ai passé la journée assis, et je n'ai pas très faim. Des pâtes de sarrasin, cela vous irait ?

— Parfait ! Eh bien, allons-y, dit Majimé en portant la serviette du professeur.

Il annonça aux étudiants qu'il allait dîner et les deux hommes quittèrent le bureau. Kishibé, qui était encore au téléphone, salua le professeur en inclinant la tête, et Majimé en agitant la main. Elle continuait à discuter avec M. É sans montrer aucune impatience.

Le vieil homme descendit lentement l'escalier sombre de l'annexe.

Majimé le regarda en pensant qu'il avait vieilli. Cela n'avait rien d'étonnant, il était déjà âgé la première fois qu'ils s'étaient rencontrés, quinze ans auparavant. Quel âge pouvait-il avoir à présent ?

Il fallait terminer *La Grande Traversée* au plus vite. Maintenant que la fin était plus proche que jamais, Majimé brûlait d'impatience. Il devait se hâter, sinon ce serait trop tard. Il se rendit compte de ce qu'il venait de penser, et chassa immédiatement cette idée, la trouvant de mauvais augure.

La serviette du professeur Matsumoto, comme toujours remplie de documents, était lourde. S'il arrivait à la porter jusqu'ici, il devait être en forme. Mais s'il l'était vraiment, il aurait voulu aller dîner au Jardin des Sept Trésors. Peut-être ne l'avait-il pas fait par égard pour Majimé, qui devait revenir au bureau. Qu'il soit en mauvaise santé n'était cependant pas impossible.

Le vieil homme dut sentir son regard inquisiteur, car il esquissa un sourire embarrassé. Il s'arrêta sur le palier pour reprendre son souffle.

— On ne peut pas être plus fort que les années. Je m'essouffle facilement ces derniers temps.

— Si vous voulez, je peux commander quelque chose que nous mangerons ici.

— Non, non. De toute façon, je vais rentrer chez moi. Et je ne voudrais pas déranger ceux qui travaillent. Cela me fera du bien de prendre l'air.

Il recommença à descendre l'escalier.

— La chaleur de l'été m'a épuisé. Mais maintenant qu'il fait plus frais, je suis sûr que je vais reprendre du poil de la bête.

Les deux hommes sortirent du bâtiment principal et marchèrent vers le grand carrefour du quartier. Le professeur avait raison : aucune trace de l'été ne subsistait dans l'air frais de ce début de soirée. La nuit tombait plus tôt et une grosse étoile brillait déjà haut dans le ciel argenté.

Quelques clients étaient déjà attablés dans le restaurant de pâtes au sarrasin où Majimé et le professeur avaient leurs habitudes. La patronne les fit s'asseoir à un endroit d'où l'on voyait la télévision, pour permettre au vieil homme de noter toute expression qui lui paraîtrait intéressante, et elle augmenta un peu le volume. Ils n'eurent pas besoin de consulter le menu pour commander, car ils le connaissaient par cœur.

— Vous voulez boire quelque chose, professeur ?

— Non, pas ce soir, merci.

Il devait décidément être malade, parce qu'il commandait d'ordinaire un carafon de saké chaud.

— J'ai déjà pris ma dose hebdomadaire d'alcool chez moi cette semaine, expliqua-t-il.

Cela ne convainquit pas Majimé, dont l'inquiétude redoubla. Il commanda des pâtes de sarrasin à l'igname pour le professeur, et des pâtes de blé au riz gluant pour lui.

— Majimé, je vous voulais vous dire que vous êtes devenu un vrai adulte, lui dit ensuite le vieil homme. Rien ne vous échappe, et je ne peux que vous féliciter.

J'étais déjà adulte quand nous nous sommes rencontrés… pensa d'abord Majimé, qui se souvint ensuite qu'il n'avait pas su remplir un verre de bière sans faire déborder la mousse la première fois qu'ils avaient dîné ensemble.

Quand il était entré dans le service des dictionnaires, il ne comprenait pas comment progresser dans son travail. Ses contacts avec les autres étaient difficiles et il avait en permanence le sentiment d'évoluer dans un labyrinthe, les yeux bandés.

Aujourd'hui, il dirigeait la rédaction de *La Grande Traversée*, donnait des instructions à la cinquantaine d'étudiants qui y collaboraient, rencontrait presque tous les jours ses collègues du service de la communication ou des ventes, tout en continuant à corriger les épreuves. Il avait aussi formé Mlle Kishibé, sa subordonnée. Et faisait semblant d'avoir été dès le départ un expert en dictionnaires.

— Il y a encore trop de choses qui m'échappent, répondit-il d'un ton humble, avant de boire une gorgée du thé brûlant qui venait de leur être servi.

Le professeur Matsumoto était en train de noter sur le coin d'une fiche : *bamyūda*, suivi d'un point d'interrogation. La télévision diffusait une émission intitulée : “Suées soudaines… l'énigme du système nerveux autonome.” Des journalistes interrogeaient des passants, dont deux lycéennes, et la première venait de répondre : “Oui, moi aussi, parfois je me mets à transpirer sans que je comprenne pourquoi !", et la seconde, d'ajouter : "Oui, *bamyūru* !" La première concluait : *"Bamyūda !"*, ce qui expliquait la note que le vieil homme venait de prendre.

Mais il fait fausse route, se dit Majimé. Ce *bamyū* n'avait rien à voir avec les problèmes du système nerveux autonome. Ce devait être un mot que ces jeunes filles et leurs amies avaient inventé cette année dans la touffeur de l'été, inspiré du mot "bermuda". Nul besoin d'y consacrer une fiche. Il aurait aimé le lui dire, mais il y renonça, car le professeur paraissait plongé dans ses réflexions.

Il ne reposa son crayon qu'une fois que la patronne leur apporta leurs plats.

— Vous respectez le planning pour l'instant ?

— Oui, nous devrions tenir la date de parution.

Les deux hommes se dirent cela tout en mangeant leurs nouilles.

— J'ai hâte que ce jour arrive, sourit le professeur. Mais tout se jouera ensuite. Il faudra continuer à rédiger des fiches pour préparer les révisions et les nouvelles éditions indispensables pour garantir sa justesse.

Le plus grand dictionnaire japonais de tous les temps est le bien nommé *Grand Dictionnaire du japonais*. Sa deuxième édition, sortie vingt-quatre ans après sa parution, avait fait passer le nombre d'entrées de quatre cent cinquante mille à cinq cent mille. Ses éditeurs et ses contributeurs avaient réagi aux changements des êtres vivants que sont les mots, et en avaient sans relâche suivi l'évolution.

— J'y veillerai, acquiesça gravement Majimé, tout en mâchant un morceau de pâte de riz gluant, qui profita de l'occasion pour sortir de sa bouche et couler sur son menton, telle une seconde langue blanche.

Il avait chaud. Même en mangeant, le professeur pensait au dictionnaire.

— Majimé, reprit ce dernier, en plissant les yeux comme s'il regardait au loin. À l'étranger, des dictionnaires comme l'*Oxford English Dictionary* ou le dictionnaire Kangxi résultent souvent de l'initiative d'une université fondée par un roi, ou des souverains eux-mêmes. Ce qui veut dire qu'ils sont financés par l'argent public.

— Nous qui devons nous battre pour obtenir nos financements ne pouvons qu'en être jaloux.

— C'est bien vrai. Et pourquoi pensez-vous que l'argent public finance des dictionnaires ?

Majimé se détourna de ses pâtes pour répondre à cette question.

— Parce que la rédaction d'un dictionnaire est considérée comme une manière de renforcer le prestige d'un pays, non ? La langue fait partie de l'identité d'un peuple, et il faut probablement l'appréhender dans sa globalité.

— Vous avez raison. Mais au Japon, aucun dictionnaire n'a été écrit à l'initiative d'un organisme public.

Le professeur Matsumoto, qui avait mangé moins de la moitié de son plat, posa ses baguettes.

— *La Mer des mots*, le premier dictionnaire de l'époque moderne au Japon, est l'œuvre d'Ōtsuki Fumihiko qui y a consacré sa vie et l'a réalisé sur ses fonds propres, sans aucune subvention de l'État. Aujourd'hui encore, les dictionnaires de langue japonaise sont tous rédigés par des maisons d'édition.

Majimé se demanda si le professeur l'incitait à demander un financement public, même s'il avait peu de chance de l'obtenir.

— Le gouvernement et ses agences ne sont pas toujours clairs dans leurs rapports avec la culture, n'est-ce pas ?

— Moi aussi, quand j'étais jeune, je pensais que pouvoir disposer d'un peu plus d'argent serait une bonne chose.

Le professeur s'interrompit et posa ses coudes sur la table en joignant les mains.

— Mais aujourd'hui, je trouve que c'est mieux comme ça.

— Que voulez-vous dire ?

— Une subvention expose au risque de devoir rendre des comptes à celui qui l'a accordée. Et si le dictionnaire devient une question de prestige pour l'État, il est à craindre que les mots deviennent un outil de domination pour le pouvoir.

— Autrement dit, les mots, et le dictionnaire qui les contient, existent toujours à un endroit dangereux, coincé entre les individus et le pouvoir, la liberté individuelle et la domination publique ?

Trop absorbé par son travail, Majimé n'avait absolument pas réfléchi à la possible influence politique d'un dictionnaire.

— Soyons donc fiers de notre situation actuelle, qui nous voit œuvrer sur un dictionnaire publié non par l'État mais par une maison d'édition, même si nous ne sommes pas nombreux et que nous manquons d'argent, déclara sereinement le professeur. C'est ce que je pense aujourd'hui, après avoir consacré plus de la moitié de ma vie aux dictionnaires.

— Professeur…

— Les mots, et l'esprit qui les fait naître, sont libres, et n'ont rien à voir avec le pouvoir. Et il faut qu'il en soit ainsi. Un navire qui permettra à chacun de naviguer sur l'océan des mots à sa guise, voilà ce que nous essayons de faire avec *La Grande Traversée*. N'y renonçons jamais.

Le vieil homme avait parlé d'un ton calme, mais Majimé perçut sa passion, qui le submergea comme une vague.

Le repas terminé, Majimé arrêta un taxi et dut presque forcer le professeur à y monter, avec son lourd cartable. Il n'avait pas assez mangé pour affronter la fatigue d'un retour en train et Majimé insista pour qu'il accepte un bon pour le taxi.

— Au revoir professeur ! À la prochaine !

Celui-ci lui adressa une courbette depuis l'habitacle du taxi. Majimé regarda le véhicule s'éloigner et revint au bureau, rempli d'une nouvelle énergie pour la tâche qui l'attendait.

Trois jours après ce dîner, par une belle matinée, il régnait une ambiance détendue dans le bureau où les rayonnages chargés de livres empêchaient presque de voir le ciel bleu de l'autre côté des fenêtres.

Araki entra en courant dans la salle où Majimé était déjà à sa table de travail.

— Majimé, nous avons un problème !

Il tenait une liasse de papier, à première vue le quatrième jeu d'épreuves sur lequel les éditeurs travaillaient. Inquiet, Majimé se leva pour aller à sa rencontre mais Araki le devança et posa ses feuilles sur la table.

— Regardez ici !

Il lui montrait la page commençant par les syllabes *chishi*.

— Il manque le mot *chishio*, "sang" !

— Quoi ?

Le doigt sur ses lunettes qui glissaient sur son nez, Majimé étudia la page. Le mot *chishiidenshi*, "gène létal", était suivi de *chishio*, "bains de teintures répétées", puis de *chishiki*, "connaissance". Mais comme l'avait pointé Araki, *chishio*, "sang", n'y figurait pas.

— Une situation qui glace le sang.

— Majimé, le moment est mal choisi pour plaisanter.

Cela n'avait absolument pas été son intention, mais Araki le rabroua, parce qu'il ne l'avait pas compris. Le sang avait reflué du visage de Majimé, qui était déjà en train de réfléchir à la manière de remédier à cette erreur.

— Nous en sommes au quatrième jeu d'épreuves, mais il va falloir tout reprendre pour insérer *chishio*.

— Oui, c'est probablement la seule solution. Mais le véritable problème, c'est de savoir pourquoi personne ne s'est rendu compte de l'absence de ce mot jusqu'à présent, fit Araki, la mine sombre.

— Nous devons entreprendre une vérification intégrale du quatrième jeu. Tous les étudiants vont y participer.

Cela ferait perdre un temps vertigineux, mais c'était la seule façon de procéder. Majimé fit encore une proposition.

— Nous devons aussi mener une enquête rigoureuse pour trouver l'origine du problème.

Peut-être parce qu'ils avaient perçu la tension soudaine, Kishibé, Sasaki et les étudiants déjà présents s'étaient rassemblés autour du bureau de Majimé.

— Madame Sasaki, vérifiez si nous avons une fiche lexicographique.

Elle alla dans la pièce des fichiers et en revint presque immédiatement.

— Monsieur Majimé, voici la fiche pour *chishio*.

Elle la lui tendit.

— Elle porte le signe indiquant que le mot doit être inclus, et vous avez rédigé l'entrée.

Bien que tout ait été prêt, le mot était absent, et cela dès le premier jeu d'épreuves, comme Mme Sasaki venait de le prouver.

Majimé se leva.

— Écoutez-moi tous ! Nous faisons face à une urgence. Je veux que vous arrêtiez ce que vous étiez en train de faire, et que vous vérifiez à fond le quatrième jeu d'épreuves.

La tension monta d'un cran. Chacun attendait les instructions que Majimé commença à donner.

— La seule façon de procéder est de s'assurer que les mots dont la fiche porte la mention "à inclure" figurent dans les épreuves. Nous allons nous répartir les pages et nous y mettre tous avec la plus grande attention. Peu importe le nombre de jours que cela prendra, nous y arriverons, même si nous devons dormir sur place.

Il dévisagea tous les présents.

— Il le faut, pour que le bateau qu'est *La Grande Traversée* ne prenne pas l'eau !

Malgré l'apparition d'un problème majeur à la toute fin du processus, personne ne paraissait désespéré. Araki, Mme Sasaki, Kishibé et les étudiants affichaient la même expression déterminée.

— Je vous demande, si vous le voulez bien, de retourner chez vous afin d'aller chercher de quoi vous changer et les affaires dont vous aurez besoin pour quelques jours. À partir de ce soir, tout le monde dort sur place.

Il n'y eut aucune protestation. Kishibé commença à taper quelque chose sur le clavier de son ordinateur, sans doute un message à Miyamoto pour lui dire qu'ils ne pourraient pas se voir pendant quelques jours. Les étudiants manifestèrent leur accord d'un "oui" enthousiaste, puis certains d'entre eux dirent qu'ils allaient prévenir ceux qui n'étaient pas sur place. Personne ne réagit négativement. Les situations dramatiques créent parfois une sorte d'euphorie, et peut-être était-ce ce qui était en train de se passer.

Majimé le remarqua et baissa humblement la tête.

Après le départ de Nishioka qui avait fait de lui l'unique employé du service des dictionnaires, il avait continué à faire progresser pas à pas la rédaction de *La Grande Traversée*, jusqu'à l'arrivée de Kishibé. Même s'il avait parfois douté d'arriver à mener le projet à bon port, il n'avait jamais trouvé son quotidien dénué de sens. Son travail n'avait pas été vain, puisque tant de gens étaient prêts à se dévouer pour *La Grande Traversée.*

Le téléphone sonna dans la pièce où chacun s'affairait. Pensant que ce devait être à nouveau M. É, Majimé n'y prêta pas attention. Kishibé y répondit. La conversation fut brève, mais son visage se troubla. Elle vint le trouver sitôt qu'elle eut raccroché.

— C'était Mme Matsumoto. Le professeur vient d'être hospitalisé.

Elle avait écrit sur la feuille qu'elle tenait à la main le nom d'un grand hôpital de Tokyo. Mme Matsumoto n'avait pas précisé pour quelle raison il y avait été admis, mais Majimé, saisi d'un mauvais pressentiment, fut incapable de faire le moindre geste pendant quelques instants.

Le travail de vérification entraîné par la découverte de cette omission devint légendaire dans le milieu des éditeurs japonais de dictionnaires. Longtemps après, on parlait encore du "stage infernal de Genbu Shobō".

Bien sûr, Majimé ne pouvait pas le deviner au moment où cela se produisit. Il avait d'ailleurs trop à faire pour imaginer quoi que ce soit.

Il prit cependant le temps d'aller voir le professeur Matsumoto, en compagnie d'Araki. Ils trouvèrent le malade, qui venait de finir les examens qui lui avaient été prescrits, assis dans son lit, son bloc-notes à la main, en train de regarder la télévision.

Même à l'hôpital, sa priorité demeure le dictionnaire, pensa Majimé, rempli d'admiration. La bonne mine du malade le rassura.

— Je vous remercie d'être venus me voir, mais je me sens coupable de vous arracher à votre travail. Ma femme a certainement exagéré la gravité de mon état, je ne suis là que pour une semaine, afin de subir des examens. Les assauts répétés des années ont apparemment laissé des traces.

L'air gêné, son épouse les salua d'une profonde courbette. Majimé, qui craignait que la passion dévorante du professeur pour le dictionnaire n'ait nui à sa vie familiale, fut étonné de voir que le couple paraissait très bien s'entendre. Elle couvrit les épaules de son mari d'un gilet.

— Vous devez vous reposer, professeur, recommanda Araki d'un ton préoccupé. C'est l'occasion ou jamais !

— Je suis navré de ne pas me montrer à la hauteur à un moment pareil, répondit-il, comme s'il était mécontent de son vieux corps défaillant. Tout va bien pour *La Grande Traversée* ?

— Oui, tout va bien, répondirent à l'unisson les deux hommes après avoir échangé un regard.

Inutile d'inquiéter le vieil homme en lui parlant de l'omission qu'ils avaient découverte.

La visite terminée, Majimé passa chez lui pour prendre des vêtements de rechange.

Kaguya et lui habitaient la maison qui avait autrefois été une pension pour étudiants, comme en témoignait le panneau à l'entrée, sur lequel était écrit : *Sōunsō*.

Il en avait été le dernier locataire. Une dizaine d'années plus tôt, lorsque la vieille Také était morte, il était déjà marié à Kaguya, sa petite-fille, qui avait hérité du bâtiment. Ils y vivaient encore et réparaient la vieille bâtisse quand il le fallait.

De son vivant, Také n'avait pas traité Majimé comme un locataire, mais presque comme un membre de sa famille. Elle ne lui avait fait aucun reproche lorsque ses livres avaient peu à peu envahi le rez-de-chaussée, veillant sur lui qui était aussi maladroit en amour que dans sa vie professionnelle.

Qu'il épouse sa petite-fille l'avait réjouie au plus haut point. Majimé gardait un merveilleux souvenir de ses premières années de mariage, passées sous son regard bienveillant.

Un matin d'hiver, elle ne s'était pas réveillée, probablement terrassée dans son sommeil par une crise cardiaque. Sans doute aurait-il été plus juste de dire qu'elle était morte de vieillesse. Elle n'avait plus guère d'appétit pendant les dernières années de sa vie, et passait le plus clair de son temps à l'étage, car descendre au rez-de-chaussée lui demandait un trop grand effort. La veille de sa mort, elle leur avait dit qu'elle pensait avoir attrapé un rhume. Ils ne l'avaient pas trouvée particulièrement affaiblie, et sa mort les avait stupéfiés. Leur seule consolation était qu'elle ne semblait pas avoir souffert.

Une fois terminée la cérémonie qu'ils avaient vécue dans un état d'hébétude, ils s'étaient rendu compte de l'absence de Tora, le chat. Ils l'avaient cherché dans le quartier, et mis des affichettes, mais on ne l'avait jamais retrouvé. Peut-être avait-il décidé de partir en voyage quand il avait compris que sa maîtresse n'était plus de ce monde.

Lorsque Majimé et Kaguya avaient réalisé qu'il ne reviendrait pas, le chagrin de la double perte les avait frappés de plein fouet, et ils avaient sangloté tous les deux, comme pour chasser la tristesse qui pesait sur leur poitrine.

Majimé poussa la porte d'entrée de la maison et annonça qu'il était de retour. Torao, le chat qui s'était installé chez eux quelques années plus tôt, fut le premier à l'accueillir. Il ressemblait beaucoup à son prédécesseur, au point que Majimé le prenait pour son fils, ou son petit-fils.

Ils gravirent l'escalier de concert. Toutes les pièces du rez-de-chaussée, à l'exception de la cuisine, de la salle de bains et des toilettes, étant remplies de livres, Majimé et Kaguya vivaient à l'étage.

— Tu es revenu ?

Kaguya passa la tête par la porte de leur chambre. Son visage ensommeillé montrait qu'elle venait de se réveiller.

— Comment se fait-il que tu sois là aussi tôt ? Tu ne te sens pas bien ?

— Non, ce n'est pas ça, répondit-il en prenant dans son armoire des vêtements de rechange. Nous avons un petit problème au bureau, et je ne vais pas pouvoir revenir à la maison pendant quelques jours.

Le visage de Kaguya exprima son inquiétude, mais elle ne lui posa pas de questions. Elle connaissait la passion de son mari pour les dictionnaires, et ne s'en mêlait pas. De son côté, il s'efforçait de ne pas mettre d'entrave à celle de sa femme pour la cuisine.

— Tu n'as pas besoin de te lever, lui dit-il, retourne te coucher.

Il savait qu'elle faisait une sieste au milieu de la journée, une fois ses préparatifs au restaurant terminés.

— Tu as déjeuné ?

En entendant la question de sa femme, il se rendit compte qu'il ne l'avait pas fait. Manquant comme à son habitude de présence d'esprit, il tenta de grommeler quelque chose, mais Kaguya avait déjà enfilé un gilet sur son pyjama.

— Je vais te préparer quelque chose.

— Non, ce n'est pas la peine…

— Tu as le temps de manger, non ? D'ailleurs, moi aussi, j'ai faim.

Torao la suivit avec entrain dans l'escalier qu'elle descendit pour aller dans la cuisine.

Le couple utilisait la pièce la plus proche de l'escalier comme pièce à vivre. Le décor était le même que du temps de Také, avec une table basse au centre, et une commode ancienne contre le mur. Le ciel de l'automne et le balcon se voyaient par la fenêtre.

La seule différence était la photo de la vieille dame sur le petit autel bouddhique, à côté de celle de son mari. Kaguya n'avait pas connu son grand-père, qui était mort avant sa naissance. À en juger par la photo, il avait été bel homme, et Majimé lui trouvait une ressemblance avec sa petite-fille, quelque chose dans le regard.

Après avoir rempli un sac de voyage de vêtements et d'affaires de toilette, Majimé alluma un bâton d'encens et joignit les mains devant l'autel. Kaguya le rejoignit en apportant un plateau sur lequel elle avait disposé des assiettes. Torao la suivait.

— C'est prêt !

— Merci.

— Mangeons !

Ils s'assirent de part et d'autre de la table basse et prirent leurs baguettes pour déguster le saumon grillé et l'omelette accompagnés d'épinards, de soupe au miso au poireau et au tofu frit.

— Désolée de t'avoir préparé un menu de petit-déjeuner !

— Ce que tu fais est toujours délicieux, fit-il d'un ton sincère.

Elle baissa la tête, presque en rougissant, et continua à manger. Torao, les yeux fixés sur le poisson, miaula.

— Tu as aussi à manger, enfin Torao !

Le chat se dirigea vers son écuelle remplie de croquettes.

— Je suis allé voir le professeur Matsumoto à l'hôpital.

— Comment ça ? s'écria-t-elle. Il est malade ?

— Il m'a dit que c'était pour subir des examens.

— Ah bon... mais c'est quand même préoccupant.

Elle non plus n'avait pas oublié la mort de sa grand-mère.

— S'il a envie de quelque chose de spécial à manger, j'irai le lui apporter. Renseigne-toi sur ce qu'il voudrait.

— D'accord.

— Étant donné son âge, bien se nourrir est important.

— C'est ce qui m'inquiète.

— Quoi donc ?

Majimé posa ses baguettes et se redressa.

— Je me demande quel âge il a. Tu en as une idée ?

— Non.

Ils se dévisagèrent et Majimé reprit la parole.

— Cela fait quinze ans que je le connais, mais il n'a quasiment pas changé. Je ne serais pas surpris d'apprendre qu'il a plus de quatre-vingt-dix ans, ni étonné qu'il n'en ait que soixante-huit.

— Les gens qui rédigent des dictionnaires sont un peu en dehors du monde.

Il acquiesça du menton, comme si cela ne le concernait pas.

— Et cela vaut aussi pour toi, ajouta-t-elle. Peut-être est-il plus jeune que tu ne le penses. En tout cas, je suis sûre qu'il va vite se remettre.

— Je l'espère.

Majimé quitta la maison une fois le repas terminé. Kaguya le regarda s'éloigner depuis le perron. Il s'arrêta au bout de quelques pas, et se retourna vers elle. Torao, qu'elle tenait dans ses bras, bâilla à s'en décrocher la mâchoire.

— J'ai oublié de te dire que Mlle Kishibé sort avec le jeune Miyamoto de chez Akebono.

— Ça ne m'étonne pas. Je t'avais dit qu'ils avaient l'air de bien s'entendre quand ils sont venus au restaurant.

— Oui, je m'en souviens. Tu as l'œil !

Ils se sourirent en se faisant signe de la main.

Le "stage infernal de Genbu Shobō" dura un mois.

Majimé et Kishibé le passèrent presque entièrement dans leur bureau qu'ils ne quittèrent que rarement afin d'aller chercher des vêtements propres chez eux. Pendant tout ce temps, ils ne virent quasiment pas son épouse pour l'un, et son petit ami pour l'autre.

Le responsable du service des dictionnaires exhortait souvent Mme Sasaki et les étudiants à rentrer chez eux pour ne pas s'épuiser, sans grand succès la plupart du temps. Chacun s'acquittait de sa tâche sans rechigner, en restant sur place plusieurs jours, et parfois jusqu'à une semaine.

Veuf depuis plusieurs années, Araki les encourageait lui aussi à rentrer chez eux, en leur disant qu'il s'occuperait de tout. Il ne le fit pas une seule fois pour sa part, et mena à bien son programme très chargé.

L'air vicié et malodorant du bureau demeura un problème sans solution. Il y avait en permanence du monde à l'intérieur des locaux, et les trop nombreux rayonnages empêchaient l'ouverture des fenêtres. Une odeur de poussière, de papier et d'encre prédominait, à laquelle venaient se mêler les relents de l'haleine des présents. Personne ne la remarquait quand il se trouvait dans la pièce, mais chacun fronçait le nez en y revenant.

L'hiver approchait peut-être, mais cela n'éliminait pas la nécessité de se laver et de faire la lessive.

Il y avait une douche dans le bâtiment principal de Genbu Shobō, mais les employés se plaignirent rapidement de la présence quasi permanente, matin et soir, de membres du service des dictionnaires. Majimé et son équipe décidèrent d'utiliser le dernier bain public du quartier de Jinbochō, celui des librairies, où se trouvait Genbu, comme la plupart des maisons d'édition. Cet afflux soudain de clientèle réjouit son propriétaire, mais comme le dit un jour Kishibé en en revenant, une serviette nouée sur ses cheveux humides, le visage non maquillé, le problème était que l'on ne pouvait y faire la lessive.

Jinbochō était aussi connu comme un quartier d'étudiants, mais aucune laverie ne s'y trouvait.

— Il y a des universités, mais en réalité très peu d'étudiants habitent ici, remarqua Kishibé.

— Très peu de gens parmi ceux qui fréquentent les bouquinistes pensent en même temps à faire leur lessive, continua Mme Sasaki.

— Les amateurs de vieux livres sont presque comme des plantes. La lessive ne fait pas partie de leurs préoccupations.

Moi, j'aime les vieux livres, mais je ne suis pas une plante, je suis une créature omnivore, pensa Majimé. Quand on va chez un bouquiniste, on ne pense qu'aux livres. C'était évident pour lui. Un amateur de vieux livres qui réfléchirait en même temps à la lessive ne pourrait plus se concentrer et serait disqualifié en tant qu'amoureux des livres. Il renifla discrètement la manche de sa chemise. Il n'avait pas l'impression qu'elle sentait mauvais, mais il n'était pas sûr de pouvoir se fier à son propre jugement.

Le problème fut résolu lorsque quelqu'un eut l'idée de désigner un "chargé de lessive" qui allait tous les deux ou trois jours dans une laverie d'un des quartiers voisins laver les vêtements sales des autres. Les frais étaient répartis entre tous les utilisateurs. Personne n'y mettait de sous-vêtements : ceux-ci étaient remplacés par des nouveaux, ou lavés à la main dans les lavabos des locaux. Un séchoir destiné à cet usage fut installé dans les toilettes dames de l'annexe, tandis que les slips des hommes étaient suspendus dans le bureau entre les rayonnages de livres. Le personnel féminin critiqua naturellement ces alignements aux couleurs aussi variées que celles de drapeaux aux Jeux olympiques.

Majimé s'en excusa en soulignant que la situation était exceptionnelle, et s'engagea à veiller à ce qu'ils disparaissent sitôt qu'ils seraient secs.

Parallèlement à la vérification approfondie du quatrième jeu d'épreuves, il retrouvait souvent Miyamoto et des ingénieurs d'Akebono. Étant donné l'épaisseur du dictionnaire et le fort tirage, l'impression requérait une technique pointue. L'imprimeur mena de nombreux essais sur le "papier parfait".

La composition de l'encre modifiait la netteté, les couleurs et les nuances des caractères. Quelle était la plus appropriée pour le papier parfait ? Comment régler les machines pour parvenir à la meilleure lisibilité ? Majimé et les représentants d'Akebono et de l'imprimeur se retrouvaient parfois dans les locaux de l'imprimerie pour discuter de ces questions.

Une fois ces problèmes réglés, le graphiste responsable du dictionnaire lui demanda de venir le voir.

Le tee-shirt rouge que ce quadragénaire portait en permanence, quelle que soit la saison, lui avait valu le surnom de Chemise Rouge. À la différence du personnage du même nom de *Botchan*, le roman de Sōseki, Chemise Rouge était excentrique, mais franc et plaisant.

Grâce aux efforts de Nishioka, le plan marketing pour *La Grande Traversée* était plus important que la normale chez Genbu Shobō. La stratégie publicitaire élaborée en collaboration avec une agence spécialisée prévoyait des affiches dans le métro au moment de la sortie de l'ouvrage, qui serait annoncée par des brochures dans les librairies. L'ensemble de ce matériel utiliserait la même image. Chemise Rouge était chargé du plus important, la conception graphique.

Sitôt que Majimé entra dans son bureau, il se jeta sur lui.

— Monsieur Majimé, ça y est, j'ai les prototypes définitifs !

Il le prit par la manche et l'emmena jusqu'à sa table de travail. Les matériaux – étui, bandeau, couverture, jaquette, page de garde – avaient été imprimés sur une imprimante à haute définition. Il y avait même un échantillon de la tranchefile.

— Quand ils utilisent un dictionnaire, les gens ont tendance à se débarrasser de l'étui, du bandeau, et même de la jaquette. C'est vraiment dommage. Mais je me suis quand même donné à fond pour ceux-là.

Sans vraiment prêter attention à ce que Chemise Rouge venait de dire, Majimé tourna les yeux vers les prototypes. L'étui et la couverture étaient de l'indigo intense de la mer dans la nuit. Le bandeau et la page de garde avaient un ton crème.

La tranchefile décorative, en haut et en bas de la reliure, avait la nuance argentée de la lune dans le ciel nocturne.

Les caractères du titre, eux aussi argentés, se détachaient sur ce fond. En regardant bien, on remarquait le tracé d'une vague argentée en bas de l'étui et de la couverture. Le bateau à voile antique dont la silhouette était esquissée sur le dos de l'ouvrage donnait l'impression qu'il était prêt à se lancer sur les vagues déchaînées. Un croissant de lune et le même bateau étaient imprimés légèrement sur la première et la quatrième de couverture.

Chemise Rouge avait réussi à exprimer exactement l'ambition de *La Grande Traversée*. Submergé par une vague de gratitude, Majimé passa un long moment à dévorer les prototypes des yeux.

— Alors ? demanda Chemise Rouge, sans doute inquiet de ce long silence.

— Brillant ! Mais aussi chaleureux, répondit-il. C'est très réussi, je trouve. Qu'en pense le service commercial ?

— Je ne leur ai pas encore montré. Je vous ai réservé la primeur.

— Je vous remercie. Mais ce n'est quand même pas de la feuille d'argent ?

Majimé posa sa question en montrant du doigt l'étui et la couverture. La feuille d'argent procurait une sensation de luxe, mais coûtait trop cher.

— Ne vous en faites pas. Les progrès de la technologie permettent de donner l'apparence de la feuille d'argent sans en utiliser. Il y en aura sur la page de couverture, mais ça restera dans le budget prévu, répondit son interlocuteur d'un ton assuré. J'y ai pensé, vous savez !

— Je n'en doutais pas, réagit Majimé, légèrement embarrassé. Eh bien, je vous donne mon accord. Et si le service commercial a quelque chose à vous reprocher, qu'ils viennent me voir !

Cet aspect du projet étant traité, Majimé se sentit plus léger. Il avait été délivré d'une partie de son fardeau. Son pas était un peu plus gaillard quand il revint dans le service des dictionnaires.

Le quatrième jeu d'épreuves, dont la vérification était presque achevée, repartirait chez l'imprimeur, qui livrerait ensuite le cinquième jeu.

Tout n'était pas encore fini.

Il se ressaisit et sortit son crayon rouge, afin de s'assurer que tous les changements de lignes étaient identiques dans le quatrième jeu.

La longue vérification collective avait révélé que *chishio* était le seul mot manquant. Ce travail supplémentaire ne fut cependant pas inutile, car il permit de détecter d'autres coquilles, et suscita de nouvelles discussions sur la justesse de certains articles.

— Il n'empêche que la montagne a accouché d'une souris, remarqua Araki.

Les visages épuisés et découragés des personnes présentes dans la rédaction semblaient lui donner raison.

— Je suis navré de vous avoir demandé tant d'efforts pour si peu et je vous prie d'accepter mes plus plates excuses, déclara Majimé en se tournant vers eux.

— Pas du tout. Pour citer un autre proverbe, deux précautions valent mieux qu'une.

— Maintenant qu'on a tout vérifié, on se sent mieux, renchérit un autre étudiant.

Ni lui ni ses camarades ne semblaient lui en vouloir. Ils étaient certes tous fatigués, mais remplis d'un sentiment de satisfaction. Ils rangèrent leurs affaires, heureux de pouvoir enfin retrouver leur foyer.

La Grande Traversée avait eu la chance d'avoir un bon équipage. Majimé en remercia tous les membres, les uns après les autres.

Le "stage infernal" lui avait donné confiance. Très peu de coquilles avaient été trouvées. L'omission de *chishio* ne pouvait être attribuée qu'à la fatigue, mais le pire avait été évité. Le dictionnaire renfermait tous les mots retenus, et ses articles étaient aboutis.

La Grande Traversée serait un dictionnaire équilibré, précis, agréable à lire et à utiliser. L'épreuve qu'il venait de surmonter avait conforté Majimé dans cette conviction.

— Mademoiselle Kishibé, vous aussi devez être fatiguée, dit-il quand il se rendit compte qu'elle était encore là. Rentrez donc vous reposer chez vous.

— Très bien. Mais vous, vous restez ici ?

— M. Araki et moi avons l'intention de rendre visite au professeur Matsumoto, répondit-il.

Bien que le vieil homme leur eût dit qu'il ne resterait qu'une semaine à l'hôpital, il n'était pas venu une seule fois dans le service depuis le début de la vérification. Un appel de son épouse leur avait appris qu'il n'était pas tout à fait remis et cela les avait inquiétés, mais ni lui ni Araki n'avaient eu le temps d'aller le voir au cours du dernier mois.

Maintenant que tout était revenu à la normale, ils pouvaient se permettre de le faire. Majimé devinait que Kishibé aurait aimé les accompagner, mais elle paraissait fourbue. Ce serait pour une autre fois. Ils se séparèrent dans la rue, devant le bâtiment principal, après être convenus de l'heure à laquelle ils se retrouveraient le lendemain.

Le professeur habitait à Kashiwa, une ville de banlieue. Majimé et Araki qui n'étaient jamais allés chez lui prirent le métro en direction de l'est, munis de l'adresse.

Ils purent s'asseoir, car l'heure de pointe de fin de journée n'avait pas encore commencé. Une boîte de gâteaux contenant des éclairs d'une pâtisserie connue, que le vieil homme aimait beaucoup, était posée sur les genoux de Majimé.

Une fois que le train se mit en route, Araki rompit le silence qu'il avait gardé dans le magasin.

— Tout à l'heure, j'ai téléphoné au professeur pour le prévenir de notre visite.

— Et comment allait-il ?

— Bien, d'après sa voix. Mais dans ce cas pourquoi n'est-il pas passé au bureau pendant tout ce temps ? C'est inquiétant.

Le taxi qu'ils prirent à la gare de Kashiwa mit cinq minutes pour arriver à la petite maison du professeur.

Son épouse vint leur ouvrir et les conduisit dans le salon. Majimé et Araki ne furent pas surpris de voir que la maison était remplie de livres. Les étagères qui cachaient les murs en étaient chargées, et il y en avait aussi de hautes piles sur le plancher, si bien qu'il restait tout juste assez de place pour laisser passer une personne.

Majimé se demanda comment l'épouse et les enfants du professeur s'accommodaient de cette situation. Peut-être à cause des livres, l'air sentait un peu le renfermé, mais le silence était profond. Le papier absorbait sans doute les bruits.

Mme Matsumoto leur apporta du thé et les éclairs.

— Je vous remercie pour ce délicieux cadeau, dit-elle en s'inclinant devant eux.

Les deux hommes lui répondirent poliment. La porte du salon s'ouvrit, et le professeur apparut.

— Je suis désolé de vous avoir imposé ce déplacement, dit-il.

Sa maigreur estomaqua Majimé. Son costume flottait sur lui et le col de sa chemise laissait voir son cou décharné. Il avait dû s'habiller pour les recevoir. Un coup de coude d'Araki le fit sortir de sa stupéfaction et il présenta d'abord ses excuses au professeur pour être venu à l'improviste.

Le vieil homme remercia sa femme qui quitta la pièce. Il s'assit alors en face de Majimé et Araki, et sourit en voyant les éclairs.

— Je vous remercie pour ce délicieux cadeau.

Ces époux s'entendent si bien qu'ils utilisent les mêmes mots, se dit Majimé.

— J'ai découvert que je souffre d'un cancer de l'œsophage, ajouta le professeur.

Majimé l'entendit mais le sens de ces mots ne parvint pas jusqu'à son cerveau. Il perçut le soupir d'Araki qui était assis à côté de lui, sans réagir, car il n'avait pas encore assimilé la gravité de la situation.

Araki lui demanda depuis combien de temps il le savait, et le vieil homme lui répondit. Il prenait des médicaments et faisait aussi des séances de radiothérapie. Grâce à ces soins, la tumeur avait un peu diminué, mais le traitement l'épuisait, et il serait peut-être à nouveau hospitalisé.

Bien qu'ils soient tous deux intrépides pour discuter de mots, Majimé et Araki étaient désemparés devant la maladie. De peur de laisser échapper des paroles vides de sens, "Tout ira bien, vous verrez",

“Ne perdez pas courage”, ils restèrent muets comme des carpes.

Le professeur comprit sans doute les efforts des deux hommes pour taire leur inquiétude et leurs craintes, car il les interrogea d’un ton dégagé sur les progrès de *La Grande Traversée*. Majimé répondit que tout allait bien, sans mentionner le “stage infernal”, et lui montra le prototype de l’étui qu’il avait apporté.

— C’est exactement ce qu’il fallait pour notre bateau ! s’exclama le vieil homme, qui déplia l’emballage sur ses genoux et suivit affectueusement du doigt la vague argentée. J’ai hâte de voir le dictionnaire. Je viendrai au bureau sitôt que j’irai mieux. D’ici là, n’hésitez pas à m’appeler si vous avez des doutes ou que vous rencontrez des difficultés.

— Mais bien sûr, professeur. Nous nous en remettons toujours à votre jugement, répondit Majimé.

Le professeur avait mis beaucoup de lui-même dans *La Grande Traversée*. L’éloigner du processus final d’édition sous prétexte qu’il était malade aurait été comme lui enlever une partie de son être.

Les deux hommes le quittèrent avant la tombée de la nuit et décidèrent de revenir à la gare à pied. Le professeur et sa femme vinrent les saluer sur leur perron. Majimé, qui se retourna avant de quitter leur rue, vit la mince silhouette du vieil homme qui agitait la main.

Personne n’avait touché aux trois éclairs qui étaient restés sur la table du salon.

Majimé se lança à corps perdu dans la relecture du cinquième jeu d’épreuves.

L'idée qu'il n'arriverait pas à tout faire à temps l'obnubilait. L'état du professeur risquait de se dégrader, et il ne verrait peut-être pas *La Grande Traversée* terminée. Il chassa cette idée pessimiste, de mauvais augure, mais l'optimisme n'était pas de mise. Peu de temps après leur visite, le professeur fut à nouveau hospitalisé. Il revint ensuite chez lui où il put accueillir la nouvelle année avec sa femme, mais il retourna à l'hôpital dans les premiers jours de janvier. Araki alla le voir, et le vieil homme lui fournit des instructions précises sur les points douteux apparus à la lecture du cinquième jeu.

Le funeste sentiment qu'il ne réussirait pas à tenir les délais était une cause de tension pour Majimé. Beaucoup d'étudiants étaient rentrés dans leurs familles pour les vacances d'hiver, et il eut du mal à recruter ceux dont il avait besoin. Majimé, Araki, Kishibé et Sasaki emportèrent du travail chez eux pendant la fermeture des bureaux du 31 décembre au 3 janvier, afin de combler le retard accumulé pendant la grande vérification.

À la mi-janvier, tous les étudiants étaient revenus de vacances, et la relecture du cinquième jeu se remit à progresser. Le tirage important du volumineux dictionnaire demanderait du temps à l'imprimeur. Il fallait lui envoyer graduellement les pages terminées pour lui permettre de commencer à travailler. À moins de lancer ce processus avant la fin du mois de janvier, les dictionnaires ne seraient pas prêts pour la date de lancement.

Majimé rentrait souvent très tard chez lui, à l'heure où Kaguya revenait de son travail. Ils dînaient ensemble dans leur pièce à vivre. D'ordinaire, c'était lui qui préparait ce repas, en laissant dans le réfrigérateur la part de sa femme, qu'elle mangeait à son retour. Puis elle faisait la vaisselle et cuisinait le petit-déjeuner qu'il trouvait à son réveil. Tel était le quotidien solidaire de ces deux personnes qui n'avaient pas les mêmes horaires.

Majimé se réjouissait de ces inhabituels dîners avec elle, mais la conversation entre les deux époux n'était guère animée. Il était au bord de l'épuisement et se faisait beaucoup de souci pour le vieux professeur. Kaguya le savait et lui préparait des plats revigorants, comme du riz à l'anguille ou du steak à l'ail. Il s'en voulait de lui imposer ce fardeau supplémentaire, alors qu'elle était elle-même fatiguée, mais les attentions de sa femme, qui manifestait ainsi sa force de caractère, le touchaient.

Manger de la viande et du poisson gras au milieu de la nuit n'est pas bon pour la santé, se disait-il aussi, en craignant l'embonpoint des hommes d'âge mûr qu'il avait réussi à éviter jusqu'à présent. Cela renforçait son désir de mener *La Grande Traversée* à bon port.

Comme il ne pouvait s'absenter du bureau, Kaguya allait voir le professeur chaque fois qu'elle le pouvait. Le vieil homme appréciait sa cuisine, qu'il avait découverte quand elle travaillait dans le restaurant Ume no mi, et venait souvent dans celui qu'elle avait ouvert. Il n'y avait rien d'étrange à ce qu'elle se fasse du souci pour lui et lui apporte à l'hôpital des plats qu'il aimait. Mais elle ignorait s'il les mangeait et comment il allait vraiment.

— Il me dit toujours qu'il s'en veut de te laisser toute la charge…

— Non, c'est moi qui m'en veux qu'il puisse penser des choses pareilles. Dis-lui que le projet progresse bien, et qu'il doit se concentrer sur son rétablissement.

Majimé et sa femme eurent souvent cette conversation pendant ce mois de janvier assombri par de lourds nuages, durant lequel le travail sur *La Grande Traversée* sembla ne presque pas avancer, et l'état de santé du professeur ne connut pas d'évolution favorable.

Mais même si l'on marche à tout petits pas, on voit un jour la lumière. Le moine chinois Xuanzang réussit au VIIe siècle à aller jusqu'en Inde, d'où il rapporta une quantité considérable de textes sacrés bouddhistes qu'il traduisit ensuite en chinois, une prouesse extraordinaire. Le moine Zenkai passa trente ans à creuser un tunnel dans le roc d'une falaise pour créer. On peut dire d'un dictionnaire que c'est une cristallisation de la sagesse humaine, non seulement parce qu'il accumule les mots, mais surtout parce qu'il incarne l'espoir au sens propre du terme, l'expression de la volonté inébranlable de ses auteurs.

Les rotatives de l'imprimeur se mirent en marche pour imprimer les pages de *La Grande Traversée*. Majimé, qui était venu assister à leur démarrage en compagnie d'Araki et de Kishibé, prit des deux mains la première feuille qui en sortit.

La grande surface de papier fin n'était pas encore pliée. Seize pages étaient imprimées dans un désordre apparent de chaque côté, donc trente-deux au total. Une fois que la feuille serait pliée quatre fois en deux, les pages seraient dans l'ordre et formeraient un cahier de seize pages. Comme *La Grande Traversée* en aurait deux mille neuf cent dix, elle compterait plus de quatre-vingt-dix cahiers reliés ensemble.

La grande feuille était légèrement chaude au toucher. Majimé savait que la chaleur provenait des rotatives, mais il ne put s'empêcher de l'attribuer à la passion d'Araki, du professeur Matsumoto, de Kishibé, de Sasaki, à la sienne et à celle de tous les étudiants qui avaient participé à *La Grande Traversée*, et même à celle du personnel de la papeterie et de l'imprimerie.

Les caractères se détachaient sur le papier qui avait une agréable nuance dorée, semblable à celle d'une belle soirée d'été. Majimé lut le mot *akari*, "lumière", et cligna des yeux pour ne pas laisser couler les larmes qui les emplissaient.

Akari signifie non seulement "lumière" ou "lampe", mais aussi "preuve". Et il tenait en main la preuve que les quinze années qu'il avait passées à se battre pour le dictionnaire chez Genbu Shobō n'avaient pas été vaines.

— Que c'est beau… s'exclama Kishibé en posant sur la page le regard qu'elle aurait eu pour des pierres précieuses.

Elle pressait un mouchoir contre ses yeux. Debout à côté d'elle, Miyamoto hochait la tête, l'air ému. La manière dont Araki effleura la feuille d'un doigt tremblant, comme s'il en avait peur, était comique.

— Majimé ! lança-t-il, comme s'il était à présent certain qu'il ne rêvait pas. Allons immédiatement…

— L'apporter au professeur.

Il confia à Kishibé la suite de la relecture de la dernière partie du dictionnaire. Araki et lui partirent sur-le-champ pour l'hôpital, un rouleau de papier sous le bras.

Allongé dans son lit, le dos appuyé contre le matelas relevé, le professeur était en train de noter quelque chose sur une fiche. Il était sous perfusion et un tuyau lui sortait du nez, peut-être pour l'aider à respirer. Il sourit en apercevant les deux hommes, et posa son crayon sur sa table de nuit.

— Quel plaisir de vous voir ! Vous vous faites rare, Majimé !

Il ajouta d'une voix un peu rauque que sa femme venait de partir et les invita à s'asseoir.

Il n'a ni grossi ni maigri depuis que je l'ai vu chez lui à la fin de l'année précédente, se dit Majimé qui cherchait à se rassurer en lui trouvant plutôt bonne mine. Araki dut encore une fois lui donner un coup de coude pour le faire sortir de sa réflexion. Il ne fallait pas fatiguer le malade en restant trop longtemps.

— Nous voulions vous offrir la primeur, dit-il en déroulant la feuille sur les genoux du professeur.

— Oh… s'écria le vieil homme sur un ton qui exprimait sa profonde joie. *La Grande Traversée* est enfin…

Ses doigts caressaient les caractères imprimés. Majimé eut envie de serrer la main du professeur, de lui dire : "Oui, notre dictionnaire commence à être imprimé, après tant d'années." Il n'en fit bien sûr rien, jugeant une telle initiative déplacée.

— *La Grande Traversée* paraîtra comme prévu à la mi-mars, annonça Araki d'une voix sereine. Nous vous apporterons le premier exemplaire sitôt qu'il sera prêt. Non, nous vous attendrons au bureau pour célébrer sa sortie.

— Je m'en réjouis d'avance, fit le professeur avec le sourire d'un enfant qui vient de capturer un beau papillon. Araki, Majimé, je vous remercie tous les deux.

Le professeur Matsumoto mourut à la mi-février, avant la parution de *La Grande Traversée*.

Après avoir reçu l'appel d'Araki qui se trouvait à l'hôpital, Majimé, hébété, ouvrit son casier, afin de s'assurer qu'il contenait une cravate noire. Son geste lui parut étrange, mais c'était comme si son corps était déconnecté de ses sentiments, comme s'il ne pouvait pas en contrôler les mouvements.

Le service des dictionnaires de Genbu Shobō soutint son épouse en s'occupant de l'organisation de la veillée funéraire et des obsèques. Majimé apprit à cette occasion qu'il avait soixante-dix-huit ans. Il avait démissionné bien avant l'âge de la retraite de son poste de professeur à l'université pour se consacrer à la rédaction de dictionnaires, l'œuvre de sa vie, loin des querelles académiques.

Araki, qui avait commencé à travailler avec lui à l'époque où il enseignait encore, avait été son partenaire loyal, le soutenant et l'encourageant pendant près d'un demi-siècle. Ensemble, les deux hommes avaient rédigé plusieurs dictionnaires. Incapable de verser une larme, Araki accueillit les gens venus présenter leurs condoléances. Seul son visage blafard exprimait le chagrin qui le minait.

Majimé rentra chez lui en fin de journée après les obsèques. Il répandit avec tristesse dans l'entrée le sel qu'il avait apporté pour purifier la maison. Il aurait tant voulu que le professeur ne quitte pas ce monde !

Kaguya, qui l'avait précédé et n'était plus dans ses vêtements noirs de deuil, vint l'accueillir en haut de l'escalier. Le restaurant ouvrirait plus tard que d'ordinaire, car elle voulait passer un peu de temps avec son mari. Ils s'assirent tous les deux dans la pièce à vivre et burent le thé qu'elle avait préparé.

— Je n'ai pas réussi à finir à temps, murmura Majimé.

Il ne pourrait pas montrer *La Grande Traversée* au professeur. Quelqu'un d'autre que moi y serait probablement arrivé, pensait-il. À cause de son insuffisance, le professeur était mort avant de voir le résultat de ses années d'efforts.

Soudain, il se rendit compte qu'il sanglotait. Il avait honte de le faire devant Kaguya, mais ne pouvait s'arrêter. Elle vint s'asseoir à côté de lui et lui passa le bras sur les épaules sans rien dire.

La réception donnée pour célébrer la parution de *La Grande Traversée* eut lieu dans une salle de banquet d'un hôtel prestigieux, non loin du palais impérial, par une soirée de la seconde quinzaine de mars, alors que les cerisiers étaient sur le point d'éclore.

Une centaine de personnes avaient été invitées, à commencer par les universitaires auteurs de contributions, ainsi que des représentants de la papeterie et de l'imprimerie. La fête commença après le discours du PDG de Genbu Shobō.

La veuve du professeur Matsumoto regardait avec émotion les exemplaires du nouveau dictionnaire placés devant une photo de son défunt mari, sur une table au fond de la salle. Il y avait aussi des bouquets de fleurs, un carafon de saké et une coupe, comme sur un autel bouddhique.

Dommage qu'il n'ait pas été possible d'inviter la cinquantaine d'étudiants qui ont participé à l'aventure, pensait Majimé pendant qu'il remerciait les personnes présentes. Mais s'ils étaient venus, les plats du buffet auraient disparu comme sous une nuée de sauterelles. Le budget dont il disposait ne le permettant pas, il avait décidé de convier les étudiants à une fête dans un bar.

Les invités de ce soir étaient surtout des libraires et des bibliothécaires. *La Grande Traversée*, sortie deux semaines plus tôt, se vendait bien. Le dictionnaire avait eu de bonnes critiques et, pour le moment, les ventes dépassaient les projections. Les commerciaux, qui attendaient de nouvelles commandes de cette réception, faisaient leur travail ce soir aussi.

Majimé se retourna en entendant quelqu'un l'appeler et vit Nishioka se détacher d'un groupe pour s'approcher de lui. Il était très chic dans un costume élégant qui mettait en valeur sa haute stature. Majimé admira la pochette rouge qui sortait de sa poche de poitrine et regretta de n'avoir que celui qu'il mettait toujours.

— Mon nom figure dans les remerciements ! lança-t-il d'un ton ému pendant que son collègue admirait sa pochette.

— Oui.

— C'est toi qui l'as inclus, non ?

— Oui, parce que le professeur Matsumoto était hospitalisé. Mais il m'avait donné son accord, tu sais.

C'était normal, puisque Nishioka avait autrefois travaillé dans le service des dictionnaires en y mettant toute son énergie. Majimé ne comprenait pas son émotion.

— Ne me dis pas que nous nous sommes trompés sur les caractères de ton nom !

— Ce n'est pas pour ça que je t'en parle. Moi, je n'ai pas…

Il s'interrompit et esquissa un sourire.

— Tu es incroyable, reprit-il, en donnant une tape sur le dos de Majimé avant de repartir vers un autre groupe.

Majimé crut l'avoir entendu dire tout bas "Merci", sans en être sûr. Il le vit aborder quelqu'un qui travaillait dans une agence de publicité en disant : "Monsieur Hagiwara ! Super que vous soyez venu. Et vraiment merci pour tout, hein !" À en juger par le sourire du dénommé Hagiwara, cette façon de s'exprimer était acceptable.

Après avoir salué tous les gens qu'il connaissait, il s'approcha de l'autel. Mme Matsumoto caressait du regard l'exemplaire de *La Grande Traversée* qu'elle tenait entre ses mains.

— Je crois que mon époux savait ce qui se passerait dès sa première hospitalisation, déclara-t-elle d'une voix paisible. Ce qui ne veut pas dire qu'il n'était pas résolu à se battre. Même quand il délirait, tout à la fin, il ne parlait que de *La Grande Traversée*.

— Je suis vraiment navré de n'avoir pas réussi à lui montrer le dictionnaire terminé, fit Majimé en baissant la tête.

— Surtout ne vous en faites pas pour ça, répondit-elle. Je suis sûre qu'il est heureux. Comme moi. Vous avez mené *La Grande Traversée* à bon port et c'était tout ce qui comptait pour lui.

Elle reposa le dictionnaire devant la photo de son mari. Il la regarda s'éloigner et joignit les mains devant l'autel.

— Merci, entendit-il.

Il releva la tête, surpris. Était-ce la voix du professeur ? Non, c'était Araki qui était venu le rejoindre sans qu'il le remarque.

Lui aussi avait vieilli. C'était tout à fait normal. Quinze ans avaient été nécessaires pour accomplir le projet.

— Alors comme ça, tu es déprimé ? Je suis allé manger chez ta femme l'autre jour. Elle se fait du souci pour toi.

— J'ai honte de ma faiblesse, à cause de laquelle le professeur Matsumoto n'a pu voir le dictionnaire terminé, avoua Majimé tout en se trouvant puéril.

— Je m'en doutais, et j'ai apporté quelque chose que je veux te montrer.

Il sortit une enveloppe blanche de la poche intérieure de son veston.

— C'est une lettre que le professeur a laissée à mon intention.

Majimé la prit et sortit la missive. Il reconnut l'écriture vigoureuse du professeur, la même que sur ses fiches.

Je présente toutes mes excuses à l'équipe du service des dictionnaires pour n'avoir pas pu terminer ma mission de rédacteur en chef. Je ne serai sans doute plus de ce monde au moment du lancement de La Grande Traversée. *Mais je n'ai ni regret ni inquiétude à son sujet.*

Je vois sa silhouette voguer sur l'océan du trésor que sont les mots.

Araki, je souhaite faire une dernière correction. Je vous ai dit autrefois que je ne croiserais plus jamais un éditeur de votre calibre. Je m'étais trompé. Grâce à Majimé, que vous avez déniché, j'ai pu continuer à avancer sur le chemin de la lexicographie.

J'ai eu beaucoup de chance de rencontrer des éditeurs de votre valeur. Grâce à vous deux, ma vie a été réussie au-delà de mes espérances. Dans l'autre monde, s'il y en a un, je compte bien chercher s'il existe un mot plus fort que "gratitude" pour exprimer ce que je ressens.

Quel bonheur cela a été de travailler sur La Grande Traversée *! Je vous souhaite une longue et heureuse navigation sur ce splendide bateau.*

Majimé replia la lettre et la remit dans l'enveloppe. Il posa d'abord les yeux sur la photo du professeur, puis sur *La Grande Traversée* où son nom figurait sur la couverture, et enfin sur les visages des personnes rassemblées dans la salle.

Les mots sont parfois impuissants. Araki et Mme Matsumoto n'avaient pas réussi à garder le professeur à leurs côtés malgré tous ceux qu'ils lui avaient adressés.

Mais il est encore avec nous, pensa Majimé. Grâce aux mots, nous gardons dans notre cœur le plus important. Même si la vie s'achève, même si le corps devient cendre. Le souvenir du professeur est la preuve que l'âme continue à vivre même au-delà de la mort physique.

Il faut des mots pour partager et transmettre le souvenir que nous gardons de lui, de ses paroles.

Soudain il perçut dans sa main la sensation de celle du professeur qu'il n'avait jamais touchée, qu'il aurait voulu saisir la dernière fois qu'il l'avait vu à l'hôpital, sa paume lisse et sèche.

Les hommes ont inventé les mots pour avoir un lien avec les morts, et avec les générations à venir.

Kishibé et Miyamoto partageaient une part de gâteau en souriant. Alors qu'il avait dit à son employée qu'elle n'était pas là pour se remplir la panse mais pour s'occuper des invités. Mme Sasaki buvait un verre de vin blanc, et Nishioka continuait à papillonner au milieu des invités.

Ils souriaient tous, heureux d'avoir mené à bien *La Grande Traversée.*

Nous avons bâti ce bateau chargé des âmes du passé qui vont vers le futur, qui vogue sur la riche mer des mots.

— Majimé ! Dès demain, attaquons la révision de *La Grande Traversée*, dit Araki en le ramenant vers le centre de la salle.

Il crut voir sur sa joue une trace brillante qui trahissait son émotion, mais peut-être était-ce dû à son imagination.

Même au moment où l'on célébrait *La Grande Traversée*, il pensait déjà à la suite. Tel était Araki, le disciple du professeur Matsumoto.

Un dictionnaire n'est jamais terminé. Il vogue pour l'éternité sur l'océan des mots.

Majimé hocha la tête et sourit.

— Eh bien, ce soir au moins, buvons !

Il remplit de bière le verre d'Araki en faisant attention à ce que la mousse ne déborde pas.

LA LETTRE D'AMOUR DE MAJIMÉ
(version intégrale)

À vous,

Le vent froid qui souffle aujourd'hui annonce la prochaine arrivée du général Hiver, mais j'espère que vous allez bien. Je vous adresse cette missive car j'ai quelque chose à vous confier. Mes pensées affluent dans mon cœur comme la marée, mais je suis arrivé à la conclusion qu'il s'agit d'une marée extraordinaire parce qu'elle ne connaît pas le reflux. Vous êtes peut-être étonnée de lire cela, mais je vous en supplie, lisez-moi jusqu'au bout.

J'ai vécu jusqu'à présent dans le monde des livres. Ils ont été mes seuls amis, bien que je me demande sans cesse si j'ai raison de vivre ainsi.

La neige enserre l'ermitage de montagne, les ombres profondes, les arbres.
La nuit est impénétrable, la cloche de l'auvent, immobile.
Dans le calme, je tente d'ordonner mes pensées confuses.
Et à la lumière bleue de la lanterne se pressent des dizaines de milliers d'âmes anciennes (1).

Oui, j'ose le dire, j'ai vécu comme dans ce poème.
Mais maintenant, j'en ai conscience.

Pour mes yeux, les lettres d'Orient et d'Occident,
Pour mon esprit, une bien longue inquiétude[1] (2).

Longtemps, je me suis amusé avec les livres, et je me rends compte à présent que je ne comprenais nullement ce qu'était cette inquiétude. Et les livres que je prenais

Nishioka : Jetons donc un coup d'œil sur cette fameuse lettre.
Kishibé : Super ! Mais dès le début, elle n'est pas claire. On ne voit pas où il veut en venir...

Nishioka : Et vlan... Un *kanshi,* poème en chinois.
Kishibé : J'ai emprunté des notes du professeur Matsumoto à ce sujet. D'après lui, ce serait un poème de Kan Sazan, un lettré confucéen de l'époque d'Edo, un quatrain en vers de six caractères, intitulé "Une lecture d'hiver nocturne". Littéralement, cela donne : "La neige recouvre le chalet dans la montagne, et les ombres des arbres sont noires. La cloche de l'auvent ne tinte pas, le calme nocturne est profond. Je range mes livres éparpillés, en réfléchissant à mes soucis. Dans la lumière bleue de la lanterne, apparaissent les sentiments des hommes du temps jadis (1)."

Nishioka : En tout cas, ça sonne bien, non ? Et ce qui suit (2), c'est un autre poème chinois ?
Kishibé : Oui, mais de Natsume Sōseki. Littéralement, ça dit : "Je peux lire les lettres et les caractères de l'Occident et de l'Orient, et mon cœur est rempli de regrets du présent et du passé."
Nishioka : Ce n'est pas du tout sûr qu'elle le comprenne. Je reconnais bien Majimé – il réalise qu'il est pétrifié, mais tout ce qu'il sait faire, c'est infliger des poèmes en chinois.
Kishibé : Si au moins, il fournissait des annotations !

pour mes seuls amis refusent à présent de me parler, comme s'ils s'étaient lassés de moi.
Ils m'entourent, et pourtant je suis seul. C'est ma punition pour n'avoir rien fait, de peur de ne pas être compris. Si rien ne change, ma vie finira sans que j'aie jamais vraiment parlé à quelqu'un, sans jamais avoir été l'intime d'un autre être, avoir compris ses pensées, et sans lui avoir fait comprendre les miennes. Si bien que je ne pourrai jamais vraiment goûter aux joies que nous apportent les livres. Je m'en rends compte à présent, même s'il est trop tard. Et j'entends en moi une voix qui proteste, qui me dit qu'elle ne veut pas cela.
Je veux montrer mon courage.

> L'être humain est foncièrement libre d'affaires
> Le blanc nuage est par nature tout aisance[2] (3).

Savoir si j'arriverai à connaître un jour cet état d'esprit dépend de mes efforts futurs et de votre réponse (4). Si vous deviez donner une suite favorable à ma requête, je jure de tout faire, jusqu'à la fin de mes jours, pour m'ouvrir aux autres, à moi-même, et plus que tout, à vous.
On a vu des cas de princesses baignées de lumières, qui étaient descendues de la Lune sur la Terre, mais depuis le jour où je vous ai rencontrée, je souffre comme si vous habitiez la Lune, et j'ai de la peine à respirer. Mais je sais aujourd'hui que je vis pour de vrai ! Quelle merveille ! Vous m'avez donné vie, je vous dois tout.
Si j'étais poète, j'écrirais pour vous, mais je ne suis qu'un homme ordinaire, qui ne sait rien faire d'autre que soupirer en levant les yeux vers la lune éblouissante, et je préfère emprunter un des poèmes antiques les plus célèbres.

Nishioka : Il en est loin ! Tout ce qu'il trouve à faire c'est d'ajouter un nouveau poème, toujours en chinois (3).
Kishibé : Non, ce sont les deux derniers vers du même poème de Sōseki. Littéralement, cela signifie : "Il ne sert à rien aux hommes d'hésiter / Les nuages blancs montent d'eux-mêmes dans le ciel."
Nishioka : Le poème dit ça ?
Kishibé : Toutes mes excuses. C'est une interprétation libre. N'empêche qu'à mon avis, l'idée c'est quand même de "partir sans angoisse, sans crainte".
Nishioka : Et il dit que tout dépend de la petite Kaguya, c'est ça (4) ? Alors comme ça, Majimé lui fait du chantage ?
Kishibé : Pas la peine de se tourmenter à ce sujet. À cause de cette offensive menée à coups de poèmes chinois, Kaguya n'a pas dû comprendre le véritable sens de cette missive, et je ne crois pas qu'elle se soit sentie menacée du tout.
Nishioka : Faut dire que ça ressemble à tout sauf à une lettre d'amour !

Sur la mer du ciel
des nues les vagues se dressent
la barque lunaire
par la forêt des étoiles
voguant se cache paraît[3] (5).

N'avez-vous pas l'impression que ce poème a été composé pour vous ? C'est un de ceux que je préfère, à la fois solennel et touchant. Mais c'est aussi un poème triste, où l'on sent une aspiration vers l'inatteignable, un regard lucide sur sa propre faiblesse. Les gens de jadis auraient-ils connu les mêmes souffrances que nous ? Voilà ce à quoi nous fait réfléchir ce poème débordant de force et de beauté, qui lie la tristesse à l'espace, et le passé au présent. Comme vous le savez, je m'occupe de lexicographie et participe à la rédaction d'un nouveau dictionnaire, qui s'appellera *La Grande Traversée*.

(Omission) (6)

Le chemin du lexicographe est semé d'embûches, et le découragement m'envahit parfois. Je me hâte d'ajouter que je ne vous demande en aucune façon votre aide ou votre contribution. Je n'ai aucune attente à ce sujet. Si cela peut se réaliser, la seule chose que je souhaite est de continuer à suivre ma propre voie, en sentant sur moi votre regard. Si vous pouviez l'accepter, j'aimerais aussi vous suivre des yeux, sans me montrer (7), pendant que vous progressez sur le dur chemin de la cuisine.

Le ver à soie du printemps jusqu'à la mort déroule son fil,
La chandelle ne sèche ses pleurs qu'une fois réduite en cendres[4] (8).

Kishibé : La prochaine citation vient du *Man'yōshū*, la première anthologie de poésie japonaise, qui date du VIIIe siècle. Il s'agit d'un poème de Kakinomoto no Hitomaro, l'un des plus grands poètes de son époque (5).
Nishioka : Et celui-là, j'ai l'impression de le comprendre même dans le texte original. On dirait presque une scène d'un film de science-fiction. En plus, il prend un vers où l'on trouve les caractères du nom de sa belle. Il est fort, notre petit Majimé.
Kishibé : Ça ne fait aucun doute ! Et là, il ose enfin, et se lance pour de bon.

Nishioka : Comment ça, "Omission" (6). Il était question du texte intégral, non ?
Kishibé : C'est bien assez long comme ça. Et la partie que j'ai omise traite de la vision qu'a Majimé de la lexicographie, et inclut un passage dont l'utilité m'échappe, dans lequel il présente presque intégralement son CV détaillé. Vous voulez le lire ?
Nishioka : Non, je vous fais confiance. Mais notre Majimé commence à se lancer sur un terrain glissant, non (7) ?

Kishibé : Oui, il se présente presque comme un *stalker*. Les deux vers qui suivent viennent d'un poème de Li Shangyin (8). Littéralement, cela donne : "Comme le ver à soie du printemps qui n'arrête de cracher du fil qu'une fois mort, et la bougie, de brûler qu'une fois devenue cendre, les larmes de l'amour ne cessent qu'avec la mort."

La rédaction d'un dictionnaire, comme l'apprentissage de la cuisine, n'a pas de fin. Il en va de même pour mes sentiments. Je suis un ver à soie qui continuera à cracher du fil même après ma mort. Je vous montrerai qu'une nouvelle flamme peut naître de la cire qui coule le long de la bougie. Soyez rassurée. Les sentiments que j'ai pour vous sont une machine éternelle. J'ai déposé une demande de brevet (9) ! Peut-être allez-vous me dire qu'il lui faut quand même du combustible. Ne vous inquiétez pas. Ma machine éternelle permet à mon cœur de brûler sans combustible. Je vous garantis qu'elle produira assez de fil pour un cocon géant, plus grand que le Tokyo Dome. Et je ne pense pas seulement aux sentiments. Sur le plan physique, je me crois très résistant, même en me nourrissant de nourriture grossière. Bien sûr, je préfère les bonnes choses, mais ni mon palais ni mon estomac ne se plaignent de manger pendant une semaine matin, midi et soir, des nouilles instantanées Nupporo Ichiban. Je ferai tout pour ne pas vous peser. Toutes mes excuses. Je crois que j'ai cherché à paraître plus fort que je ne suis. J'ai fait comme si je ne demandais rien. Je perçois votre présence et ne dors plus la nuit. Jamais je n'aurais pensé que vivre sous le même toit que vous pouvait me remplir d'une souffrance aussi douce.

Se rencontrer, difficile, et se quitter, plus encore[5] (10).

Nous avons des horaires si différents que je ne vous croise que rarement. Les jours où vous partez travailler tard et que je vous vois prendre votre temps le matin, je me sens au bord de la phobie professionnelle. J'arrive à la vaincre en me répétant que le dictionnaire m'attend, et je quitte la pension au bord des larmes, tellement troublé que dans ma tête l'ordre du syllabaire japonais passe de *a ka sa ta na ha ma ya ra* à *a ka sa ta na ha ri ma o*

Nishioka : C'est héroïque... Majimé, ne t'emporte pas, hé (9) !

Kishibé : La citation suivante est un vers du même poème de Li Shangyin (10). En gros, ça dit : "Se rencontrer n'est pas facile, mais se séparer est encore plus difficile." C'est le premier vers. Mais ce poème a été écrit à propos de gens qui avaient déjà une relation, non ?
Nishioka : Vous n'allez quand même pas en faire un problème, non ? Moi, ce que je ne comprends pas, c'est comment avec un début pareil, le poème parle ensuite de ver à soie et de cire.

ya (11). Cela me fait craindre que l'ordre des syllabes dans *La Grande Traversée* n'en soit affecté (12).
Si je dois vous dire simplement mes sentiments, le mieux serait : "Kaguya, Kaguya, que deviendras-tu ?" *(Kaguya Kaguya nanji wo ikansen ?)*

> Chang'e se repent d'avoir volé l'élixir de longue vie
> Mer d'émeraude, azur du ciel, nuit après nuit la solitude[6] (13).

Chang'e est une femme qui est partie pour la lune après avoir bu l'élixir de l'immortalité, comme la Kaguya de la légende japonaise. Selon certains, l'auteur de ce poème l'a écrit en pensant à une femme qui l'avait abandonné, et qu'il a comparée à Chang'e. Je suis dans le même état d'esprit. Ce poème exprime exactement ce que je ressens. Si elle n'avait pas bu la potion interdite, elle n'aurait pas eu à passer ses nuits à revoir le visage de l'être cher…
Je me languis. Je brûle d'impatience. Je veux brûler touché par cet éclat. Ce bel éclat. Moi qui jusqu'à hier ignorais même que je vivais dans l'obscurité.
C'est tout ce que je souhaitais vous dire. Enfin non, il y a beaucoup plus, mais comme je n'arriverais pas à le faire même si je vivais jusqu'à l'âge de cent cinquante ans, et que l'on abatte tous les arbres des forêts tropicales pour me fournir le papier nécessaire, je m'arrête ici.
Une fois que vous aurez lu cette missive, j'aimerais que vous disiez ce que vous en pensez. Je suis prêt à tout entendre. Et déterminé à tout accepter solennellement.
Prenez bien soin de vous.

Novembre 20XX
À Mlle Hayashi Kaguya
Majimé Mitsuya

Kishibé : Les poèmes chinois sont connus pour leur force. Ah... le revoilà en train de dire n'importe quoi (11).
Nishioka : Je suis bien d'accord (12)...
Kishibé : Remettez-vous, monsieur Nishioka. On arrive au dernier poème chinois. C'est le fameux *Chang'e* de Li Shangyin. Un poète qu'il aime beaucoup, j'ai l'impression. Ici, la transcription littérale est : "Chang'e regrette sans doute d'avoir bu en secret l'élixir de l'immortalité. Seule sur la lune, elle regarde chaque nuit la mer azur (13)."

Nishioka : J'ai l'impression que cette lettre, si on la lit attentivement, exprime assez directement ses sentiments.
Kishibé : Vous croyez ? Elle est loin d'être facile à comprendre. Et puis il manie trop bien le stylo, ses caractères sont tous parfaits. Si bien qu'on dirait qu'elle a été écrite par un vieillard.
Nishioka : Pan ! Prends ça, Majimé !
Kishibé : Mais finalement, tout s'est bien terminé pour lui. Kaguya a bien voulu de lui.
Nishioka : C'est vrai. Sacré Majimé ! Tu en as de la chance ! Bon, on a fini !

Notes de la lettre de Majimé Mitsuya

1. Natsume Sōseki, *Poèmes*, traduit du chinois (Japon) par Alain-Louis Colas, éditions Le Bruit du temps, 2016.
2. *Ibid.*
3. *Man'yōshū*, livres VII à IX, traduit par René Sieffert, Publications orientalistes de France, Éditions Unesco, 2001.
4. *Amour et politique dans la Chine ancienne. Cent poèmes de Li Shangyin (812-858)*, traduit par Yves Hervouet, Éditions de Boccard, 1995.
5. *Ibid.*
6. *Ibid.*

OUVRAGE RÉALISÉ
PAR L'ATELIER GRAPHIQUE ACTES SUD
ACHEVÉ D'IMPRIMER
SUR ROTO-PAGE
EN AVRIL 2023
PAR L'IMPRIMERIE FLOCH
À MAYENNE
POUR LE COMPTE DES ÉDITIONS
ACTES SUD
LE MÉJAN
PLACE NINA-BERBEROVA
13200 ARLES

DÉPÔT LÉGAL
1re ÉDITION : MAI 2023

N° impr. : 102373
(Imprimé en France)